愿把青春寄落花

The petals of youth fall

未澜 著

中国文联出版社
http://www.clapnet.cn

图书在版编目（CIP）数据

愿把青春寄落花 / 未澜著. -- 北京 : 中国文联出版社，2019.3

ISBN 978-7-5190-4163-2

Ⅰ. ①愿… Ⅱ. ①未… Ⅲ. ①长篇小说—中国—当代
Ⅳ. ①I247.5

中国版本图书馆CIP数据核字（2019）第001475号

愿把青春寄落花

作　　者：未　澜

出 版 人：朱　庆

终 审 人：奚耀华　　复 审 人：胡　笋

责任编辑：蒋爱民　　责任校对：章淦钎

封面设计：张思悦　　责任印制：陈　晨

出版发行：中国文联出版社

地　　址：北京市朝阳区农展馆南里10号，100125

电　　话：010-85923066（咨询）85923000（编务）85923020（邮购）

传　　真：010-85923000（总编室），010-85923020（发行部）

网　　址：http://www.clapnet.cn　　http://www.claplus.cn

E - mail：clap@clapnet.cn　　jiangam@clapnet.cn

印　　刷：大厂回族自治县德诚印务有限公司

装　　订：大厂回族自治县德诚印务有限公司

法律顾问：北京市德鸿律师事务所王振勇律师

本书如有破损、缺页、装订错误，请与本社联系调换

开　　本：880×1230　　1/32

字　　数：198千字　　印张：8.5

版　　次：2019年3月第1版　　印次：2019年3月第1次印刷

书　　号：ISBN 978-7-5190-4163-2

定　　价：49.00元

/目　录/

第一章　如此相遇

七月蝉鸣不断，令人躁动不安。下午一两点，正是太阳最毒的时候，阳光洒下来，灼热难耐。

苏言从出租车上下来，立刻感觉热浪涌来，如同置身蒸笼一般。

今天班长做东，叫同学们一起聚一聚。

聚会定在Season，那是一个音乐酒吧，昂贵的消费标准令人咋舌。苏言第一次来这种地方，她看了看表，已经迟到了。包厢订在213号厢房，服务员将她引了过去。烤漆的金属门被推开，里面沸反盈天。

苏言一直认为同学聚会是一件很无聊的事情，除了八卦和炫富之外，似乎没有别的事情可做。果不其然，在同学们热情高涨的攀比下，苏言闷得透不过气。

“你们先玩儿着，我去趟卫生间。”

苏言去洗手间洗了把脸，出来后就傻了，面对KTV迷宫一样的走廊，她有些迷糊。

“231号是吗？我带您过去。”苏言窘，乖乖跟在服务员后面。

包厢门被缓缓推开，微弱的光线透进来，服务员很绅士地把苏言让进来。里面的人停下动作，齐齐望了过来。

苏言能感觉到包厢里的人有些错愕，她双颊微微泛红，唇角微扬。确实有些尴尬，这么大的人了还迷路，同学们应该都尴尬了吧。

有人吹起了口哨，促狭地转向身边的男子："逸，你的人来喽！"

"那女孩，就是被安排过来的小姐吧，来得真够快的。似乎从未见过，新来的？"有人轻声说道。

被叫到的男子——帝唐集团的 CEO 唐逸，原本正同别人聊天儿，却因苏言的出现中断了谈话。他锐眼微眯，夹着香烟的手，顿在了空中。

他不是很喜欢这种风月调子，若不是为了给兄弟饯行，他一定会拒绝这种服务。而此刻他却认真看着眼前的女人，倒不是被惊艳了，而是这个陌生的女孩，大约一个半小时前他见过。

那会儿他正驱车赶往公司，路上堵车。他挂了空挡，惬意地伸了个懒腰，目光稍稍偏向一侧。炎炎烈日下，一抹清爽的身影跃入眼帘。她站在公交站台前，伸长脖子等待公交。美女他见多了，只是望着那张面孔，居然有种似曾相识的感觉，便忍不住多看了一眼。

人群中，她无疑是出挑的。原以为只是无意间的偶遇，却没想到能再看到她，一种无法名状的感觉隐隐冒出。

她居然是这里的小姐，可惜了那一身清新脱俗的气质。选择这个行业的女子，他终是瞧不起的，他才不信什么情非得已、身不由己。若在平时，苏言一定能在第一时间察觉出异样，可是当下——在酒精的作用下——她完全没有发现自己进错了包厢。

苏言很自然地掩上门，然后朝着里面走去。脸颊越发滚烫起来，有点醉了呢！

她能感觉到无数道目光聚焦过来，瞧得她浑身不自在，好像有什么地方不对劲儿，她迟疑着放缓了脚步，而此时她已走至人群跟前。

近距离下，借着昏暗的灯光，她终于看清这些人的样貌，一张张陌生的脸庞，一个个搂着佳人的男人。天哪！这是什么情况？脑袋“嗡”的一声，她凌乱了。

恍惚中，轻佻的声音在她耳边响起。

“哟！这小妹够正点。”

“刚来的？多大了呀？”

“逸，张经理真会讨好你，一听是来伺候你，就派了个高质量的过来。”

听到这些话，苏言总算于混乱的思绪中找回了些许理智。当她意识到他们把她当成小姐后，脑袋顿时清醒了：“对不起，我走错地方了。”她逃也似的转身欲走。

可是，刚抬起脚却遭到阻拦，她的手臂被一股力量拉扯着往后退，紧接着便跌入了一个宽阔的怀抱中。

“放开我！”

“怎么？怕了？”唐逸微怒的气息拂过苏言面颊。

刚陪完一场过来吗？想到这，唐逸冷哼一声，不知道为什么，得知她是小姐，他竟没来由地有些生气。

他鬼使神差地就想逗一逗她。

唐逸一只手揽上她的腰肢，禁锢住她乱动的身子，然后贴着她的耳垂悠悠道：“怕什么，我又不会吃了你。”

“放手，我不是这里的小姐。”挣扎中，桎梏越来越紧，男子的气息喷薄在苏言的颈窝，挠得她有些发痒，更糟糕的是，压迫感袭来，一只爪子竟然恬不知耻地爬上了她的脸蛋。

“啪！”一记清脆的耳光，如平地惊雷，震得周围的人停下了所有的动作和声音，气氛顿时凝固下来。

苏言挑衅地扬了扬眉。不得不说，在酒精的驱使下，她这一巴掌绝对铆足了劲儿。唐逸脸上迅速出现了五个鲜红的指印。

如果她是完全清醒的，一定会觉得自己下手重了，而现在，她认为那一巴掌根本不足以表达自己的愤怒。于是她“霍”地起身，望着那个惊愕的男子，吐了两个字：“恶心！”

说完便转身走向门口，刚想拉门，门就被推开了，随后进来一个风情万种的女子，苏言看都没看她便愤然离去。

“滚，全给我滚出去！”

一声怒吼，吓得门口的女子立时停住了脚步，然后她看见姐妹们纷纷退了出来。

“唐总生气了，快走吧！”

“可是……”不容她继续往下说就被其他人拉走了，可是，她好不容易才争取到陪唐总的机会啊！

包厢里，只剩下死一般的沉寂。

孙阳实在受不了这尴尬的气氛，望着那刺目的掌印率先打破了沉默：“逸，你没事吧？”

很久之后，唐逸才阴鸷地开了口：“那个女人，她惹到我了！”他锐眼眯起，心情早已不爽到了极点。

他在岚市是有头有脸的人物，却被一个小丫头片子扇了一巴掌，还嫌他恶心。当着这么多兄弟、这么多女人的面，叫他颜面何存？从小到大，他何曾受过如此羞辱！

刚刚怎么没有拦住她，怎么就让她走了呢？唐逸愤恨地想着。猛地，他脑海里有什么东西浮现出来，哦，他想起来了。

几天前唐逸无意间看到人事部桌上放着一堆简历，而苏言很不巧地入了他的眼，那张漂亮的素颜照至今让他记忆犹新。他记得那是公司最新一轮的招聘，她想进帝唐？

如果是这样……

唐逸的嘴角漾起了一抹笑容。

十天后，周一，下午五时十分。

推开旋转门，阳光无比绚烂。苏言走出几步，回首望着身后这座大气华美的建筑，她仍然不敢相信自己竟然被录取了——帝唐集团，它就像至高神一般矗立于这座城市的繁华地段，俯瞰着底下的芸芸众生。

看了眼胸前的工作牌，直到此刻，苏言仍觉置身梦中，这一切太不实际了。她的理想是进“帝唐”没错，然而她根本没想过能有今天。她有自知之明，压根儿就没向他们投过简历。

她大概永远都不会知道，她的简历之所以能出现在“帝唐”人事部经理的桌子上，源于一次阴差阳错的事故。

当时招聘会结束的时候，“帝唐”人事部经理抱着符合条件的简历准备离开会场，中途被其他公司 HR 撞了一下，简历撒落一地，好巧不巧，苏言的简历就稀里糊涂混了进去。

这便是苏言噩梦的开始。

在岚市，论实力，帝唐集团说自己第二，没人敢称第一。其涉足领域甚广，酒店、媒体、餐饮、娱乐等，皆是行业中的佼佼者，分公司遍布全国。而所有领域中成绩最傲人的，当属商业地产项目，岚市的地标“星月之门”、最时尚奢华的“忆欧购物天堂”、黄金地段高档写字楼等，皆是它的作品。

苏言学的是工程造价。来岚市四年多，每当她从这座大厦前走过，都梦想着有朝一日可以为它效力。上周四接到帝唐人事部经理电话的时候，她都惊呆了，一度怀疑是不是骗子，直到翌日面试通过。

上天砸了个大馅儿饼，直接把她砸晕了。

苏言的心情无比舒畅。上班第一天，她没什么事儿，只是同办公室里的同事熟络熟络，时间一晃就过去了。

苏言整个人沐浴在夕阳的余晖中。她正享受阳光的时候，突然感觉后背凉飕飕的，像是被什么东西盯上了。她不禁回头望去，巍峨的大厦里陆续走出一些人，并没什么异样。

想太多了，甩甩头，打道回府。

帝唐大厦第二十八层，唐逸就站在办公室的落地窗前，不动声色地看着苏言离去，直到那身影变成蚂蚁融入人流，他才悠悠地开口："记住名字了吗？一个月后，让她夹着尾巴滚出帝唐。"

"明白。"秘书郑颖虽然满腹疑惑，但还是一口应了下来。

郑颖跟在唐逸身边两年多，对老板的脾气了如指掌，然而她无论如何都不明白，为什么破例招进了那个什么苏言，又要这样刁难她？

当然，她也无须明白，只管执行老板的指令就行。

"没其他事的话，我先下去了。"

郑颖离开后，办公室顿时安静不少，唯有书页翻动的声音以及空调运作的轻微声响。

"哎，"孙阳自始至终都坐在沙发里埋头看他的杂志，虽然他无心插手这件事，但听到了，总得表明自己的立场，"你已经二十七岁了，不是七岁，跟一个小丫头较真儿，脸呢？"

作为帝唐的副总，孙阳的地位仅在唐逸之下，两个人从小便情同手足，交情甚笃，所以在唐逸面前，他向来随性，当然只是非正式场合下。

唐逸也觉得自己的行为有些反常，按理说他不该这么小肚鸡肠，何况对方还是女性，花费这般心思整人实在说不通，但事情已经这样了，总不能现在撤退吧？

"是她惹我在先。"

"是你调戏她在先。"

"她竟敢打我！"

对于他这种近乎执拗的态度，孙阳颇感无奈。"行，你自己玩，我还约了人，先走了。”

周围又安静了下来，唐逸折身坐在老板椅上，若有所思。

苏言有个闺密叫周叶，两个人是老乡兼校友，关系好得不得了。周叶毕业后也留在了岚市，两个人共同租了个两室一厅的公寓，生活很是舒坦。周叶大学主修“应用德语”，目前在一家汽车销售公司工作，专门与德国那边接洽业务。

这天快要下班时，苏言收到周叶的微信，抱怨晚上要加班。苏言却羡慕得不得了，她实在是太闲了！这办公室里一共八个人，就她没事干，整天盯着电脑屏幕无所事事。下午终于有份差事落到她头上，她却不争气地无从下手。好在组长派了个人来带她，不然就尴尬了。

周叶不在，苏言只好一个人去吃饭了。

“寒舍饭馆”里，苏言选了个靠窗的位置坐下后，立刻就有服务生拿着菜单过来。

一盘香菇里脊、一盘蟹黄豆腐、一盘香脆三丝，再加上一盅上汤虾丸。色、香、味皆不错，苏言吃得很是满意。可是付钱的时候，她就懵了。包包里没有钱包！也没有手机！

肯定是落在办公室了。

苏言眼巴巴地看着收银员，声音细如蚊蝇：“那个，不好意思，我手机和钱包都落在公司了，我公司就在附近，我现在去拿，拿了立刻回来付款，可以吗？”

她的样子这样纯良，眼神这样诚恳，看上去不像骗子吧，可是收银员不吃这一套。

“那这样，你借我个手机，我打给我闺密让她转钱给你——等等，我背不出她号码。”苏言几乎要哭了，都怪自己走得匆忙，丢三落四。

“多少钱，我来付。”尴尬中，低沉的男子声音在苏言耳畔响起，犹如天籁。

来人正是孙阳，他正驱车与人约会，路过这里时恰巧看到了苏言。漂亮的女孩总是能激起男人的保护欲，看到她在收银台前一脸愁容，孙阳便知她有了难处，于是停好车，赶了过来。

结完账后，苏言把目光全部放在了替她解围的男子身上。那个男子长得很帅，气质出众，全身上下都是名牌，活脱脱一副风流阔少的形象。她眨了眨眼，很郑重地向他道谢。

“美女，我们是不是在哪儿见过，怎么感觉那么面熟呢？”

对于这种毫无创意的搭讪方式，苏言只是习惯性地扯了扯嘴角，如实回答：“没有。”

孙阳露出了一抹不易察觉的苦笑，还真是把他忘了啊！他确定当初在 Season 的时候，她的目光绝对有停留在他脸上超过一秒钟，这个时间足以让一个女人记住他的容貌，怎么她就把他忘了呢？

“那……兴许是我记错了吧，我叫孙阳，你呢？能告诉我你的名字吗？”孙阳明知故问。

“苏言。”既然他伸以援手，告诉他也无妨，“对了，你加我微信吧，回头我把钱转你。”

这话正中孙阳下怀，和美女互留联系方式向来是他的爱好。掏出手机，孙阳立马把苏言的微信加了进去。想到还有约在身，孙阳便不舍地与她告别：“明天见。”

明天见？苏言一头雾水，皱了皱眉也离开了。

翌日下午，办公室里每个人都忙得不可开交，集团副总突然大驾光临的时候，苏言才恍然大悟，原来那个孙阳是自己的大 boss（副总级别在她眼里就是 boss）。

这次帝唐招新，除了她以外，还有一男一女。那两个人皆有数年工作经验，业务能力强；反观自己，刚刚毕业，却跳过复试直接录用，为什么？

后来她才知道，招新名额只有两个，本来都已经定了，后来又录用了她，同事们茶余饭后都在谈论此事，觉得她应该是走后门进来的。

苏言觉得很委屈，她哪里有后门可走嘛！

如今想想，该不会是眼前这位孙副总背后使的劲儿吧，昨日在“寒舍”时他问过自己是不是在哪里见过，当时只觉得是普通搭讪。他们或许真的见过，只是她不记得了。

“近水楼台”，是岚市最具知名度的酒店，出入这里的，往往都是些富贾名流，普通人只能望洋兴叹。

三楼的一个包厢里，唐逸坐在靠近窗户的位置，他的左边是孙阳，右边坐着一个大腹便便的中年男子，名叫钱万里。同席的还有另外五人，大家一起喝着酒，聊着些男人们喜欢的话题。

“来，钱总，把酒满上，我再敬你一杯。”孙阳拿起酒瓶站起了身，刚想过去倒酒，就被对方挡了下来。

“孙总，我不行了，今天喝得有点儿高了。”钱万里醉醺醺的，站都站不稳了。

“这话说得就不对了，”孙阳不由分说将对方的酒杯倒满，挑眉继续道，“女人不说‘随便’，男人不说‘不行’，钱总你说是不是？”

“那我再喝这最后一杯，下午公司还有个会议，可不能误了事儿。”

待钱万里饮尽了杯中酒，唐逸正了正神色，慢条斯理地将这场饭局的目的说了出来：“钱总，之前和你说的关于那块地的事儿，我让郑秘书拟了一份合同，你拿回去看看，有什么不满意的地方尽管提出来，只希望到时你能给我一个满意的答复。”

钱万里接过合同略微翻了几下，随后放进了身后的公文包里：“好，我回去研究一下。今天吃得差不多了，就到这里吧，改天再约。”

众人附和着纷纷散去。

“你说他肯签吗？”走向停车场的时候，孙阳问身边的唐逸。

“很难，”唐逸眉头微蹙，要是容易的话他也不会亲自出马了，“不过，那块地最后总会是我的。”

“那倒是，这世上的东西只有我们唐总不想要的，没有我们唐总得不到的。”孙阳拿他常说的话调侃他，随即猛地一拍自己的额头，“今天周六吧？”

“是啊，怎么了？”

“可以约她出来联络联络感情了。”孙阳与其说是回答，不如说在自言自语。

“又是哪个小妹妹要遭殃了？”

“我这次是认真的。”

唐逸翻了个白眼：“你哪次不是认真的？”

孙阳被堵得说不出话来，反正这次就是不一样，他的内心如是想。

唐逸万万没有想到，孙阳口中的“她”会是那个叫苏言的女孩。他之所以会知道，是因为当天下午，他在“茗月阁”喝茶的时候，遇到了那两个人。

苏言接到孙阳电话时，原本并不打算赴约，但孙阳是个老司机，怎么会让她这么轻松回绝。

“上次在‘寒舍’帮了你，你总算欠我一份情，就当是还个人情怎么样？”

领导都这样说了，苏言只好答应。

茶楼里，播放着舒缓柔和的轻音乐，将这本就典雅的氛围烘托得更加别致。

唐逸只是无意间扫了眼窗外，便瞥见孙阳背对着自己跟一个女孩聊天儿。坐在孙阳对面的，正是那个打了自己一巴掌的苏言。

唐逸心里有种奇怪的情绪，时至今日，当初的愤怒早已抹平，而此刻眼里的她，模样太过甜美。海藻般浓密的长发俏皮地搭在肩上，卷卷曲曲，随着她轻微的动作轻轻摆动。那一颦一笑，仿佛有触手般，挠在他的心上。

唐逸发现，他的内心有些雀跃，因再次见到她而雀跃。可是，为什么她会和孙阳在一起？为什么他们看起来很熟的样子？孙阳这家伙，不会在Season时就打上了那女孩的主意吧，所以自己将她招进来，其实是便宜了那小子。

一种从未有过的恼怒涌上心头。眼不见为净，唐逸当下便结了账，驱车离开了。

周叶就职的公司总部在德国，这次公司指派她去德国学习业务知识，为期六个月。出发的时间是周日，苏言闲着没事，便去机场为她送行。

机场休息区的一隅，刚下飞机的安落打完电话后把手机放回了包里，然后对身旁的丈夫说："继尧，坐下歇会儿吧，阿逸说很快就到。"

唐继尧依着她坐了下来，看她面色不佳，有些心疼："是不是累了？"

"有一点。"刚说完这话，安落便感觉心口一阵悸痛，紧接着心跳加剧、胸闷无力、呼吸短促。她难受得捂着心口，这才想起自己忘记吃降血压的药了，旅途的疲劳引发了心绞痛。

安落虚弱地开口："药……快拿药给我。"

唐继尧立刻翻出药，但没有水，他的妻子囫囵咽不下任何药丸。该死，最近的小卖部离得有点儿远。

看妻子痛得不能自已，唐继尧当机立断："等我，我去买水。"

苏言路过这片僻静的休息区时，已将周叶送上了飞机。她听见那男的说要去买水，好像很慌乱的样子，也不管发生了什么，走上前把自己没开封的矿泉水递给了唐继尧。

唐继尧连连道谢，同时拧开瓶盖，让妻子就着水把药片吞了下去。

安落的呼吸逐渐平缓，心痛也慢慢缓解了下来。苏言发现，这位夫人气质出众，绝对是位贵妇人。

“小姑娘，谢谢你。”安落无比慈爱地看着苏言说。

“不客气。”苏言见她没事了，便踩着轻快的步伐离去了。

唐逸从另一边过来的时候，远远地望见她跟自己的父母站在一起——没错，那对夫妇正是唐逸的父母。实在太巧了，如此三番两次遇到她，不得不说很奇妙。

“妈，刚才那女孩你们认识？”一碰头，唐逸便抑制不住好奇心。

安落望着苏言远去的方向，摇了摇头：“不认识，萍水相逢，是个不错的小姑娘。”

听到母亲这样夸赞苏言，唐逸莫名有些欢喜，嘴角也不自觉扬了起来。

第二章　笑泯恩仇

周叶到了德国以后，苏言瞬间寂寞空虚了不少。好在工作上进步很大，每天上班她都充满了动力，只有一件事让她很苦恼，那就是孙阳对她的追求日渐明朗化，高调到几乎整个公司都知道了。

公司副总——顶头上司——花花公子，总是能想到办法让自己无法拒绝他的邀约。原本她当他是很好的朋友，便没怎么多想，直到他的态度明朗化，她便开始躲着他，能不见就不见。

前几天孙阳出差去了，苏言耳根儿清净了许多。

此刻同事早都下班回家了，整个办公室只剩下了苏言一个人。因为上面突然来了个紧急项目，明早九点就要开标，而那个项目的标书正是由她来做的，所以不把它赶出来她不能走人。

苏言修改完最后一个数据，再从头浏览了一遍确定无误后按下了打印键。全部打印出来要一会儿时间，有些内急，不如先去趟洗手间。

此时的公司分外安静，走到卫生间门口的时候，从里面传出一个微弱的女声。苏言似乎听到了自己的名字，正欲推门的手下意识顿住了。声音继续传出，夹杂在“哗哗”的流水声中，有些模糊但还是可以听得清楚，是两个同事在八卦。

“哦，苏言啊，当然知道。新来的，又漂亮又能干，据说刚大学毕业呢，前途无量啊！”

“那你知道为什么她刚毕业就能进来吗？”

“这还用问，肯定是有门路呗！我听说是孙副总为她开的后门。”

“不，是唐总。”

“她和唐总是亲戚吗？”

“才不是，独家消息，她其实是……”

后面的话苏言没有听见，她想说话者定是附在另一人的耳边将这句话说完的。

朋友？情人？干妹妹？不论是什么，都纯属扯淡。她只知道公司最高领导人姓唐，叫什么都不清楚，更遑论与高高在上的唐总产生瓜葛，怎么就闹出绯闻来了呢？

回到办公室，苏言抛开杂念继续工作。她正忙得像只蜜蜂的时候，被突然蹦出的声音吓了一跳。

“言言，天！我看这办公室里有灯光，居然是你。”说话的正是孙阳，看到她在加班，他故意装出一副感动的模样说，“你是特意在这里等我的吗？”

两个小时前孙阳就微信告诉苏言自己已在返程的路上，顺便表达了自己的思念之情。

苏言仅仅回复“知道了”三个字，孙阳隔着屏幕都能闻出一股冷漠的气息。

“还要多久能好？”

“十分钟吧！”

“那你等我一下，我先去把文件送了，一会儿一起吃个饭。”孙阳说完，一刻都不耽误，直冲 28 楼。

放下电话，唐逸无谓地笑了笑，钱万里果真是不肯轻易转让那块土地，这只商场上的老狐狸……看来得派个精明能干的人去把他拿下。正思索间，门被推开了，不敲门就直接进来的，除了孙阳谁还有这么大胆？

“喏，你要的东西我给你带来了，没什么事的话我先走了。”

“站住！”唐逸关了电脑，从转椅上起身，“我在‘近水楼台’为你备了接风宴，时间差不多了，走吧！”

“有饭局你不提前通知我。”想到自己方才随口约了佳人，孙阳忍不住抱怨，却也不好推托，“你去停车场等我吧，我去趟十五楼。”

“十五楼？”十五楼有谁值得这家伙专门跑一趟？唐逸一下就反应了过来，却故意愣了一会儿，漫不经心道：“最近公司盛传你在追十五楼的那个什么苏言，如果我没记错，她给过我难堪，算一算，还有不到一个星期，她就该滚出帝唐了。”

差点儿忘了还有这茬儿，孙阳当然不希望事态如此发展，正好借此机会跟眼前这位老总谈谈：“我很严肃地跟你说，苏言虽然是应届毕业生，经验不足，但非常聪明，一点就透，短短数日就叫同事刮目相看，前途不可限量。她若离去，绝对是帝唐的损失。”

听到好哥们如此夸赞那个女孩，唐逸心里莫名有些堵，怒意悄然而生。孙阳不知道，其实他亦有留下那女孩的意思，郑秘书那边也已打过了招呼，他特别不愿承认，自己竟会为了一个女人改变主意。

“你好好考虑，我先下去一趟。”

耽搁了几分钟，孙阳拼命地奔跑起来。赶到苏言办公室时，看见她正在收拾包包，他便倚在门口说：“言言，今晚我有安排了，改天再约你吃饭，回去路上小心。”

“好呀！”苏言眉眼弯弯，刚才想好的托词就留着下次用吧，“对了孙总，能不能问你一个事？”

"有问必答，知无不言，言无不尽。"

"我为什么能够进帝唐？帝唐什么时候也招应届毕业生了？"

"嗯……"孙阳没想到她会问这个事情，支吾道，"这是人事部的事情，我也不清楚。"

"知无不言，言无不尽。"苏言学着他的台词，满是鄙夷，看他这样子，不清楚才怪。

孙阳窘了一下，促狭道："言言，你别这样看着我，不关我的事。"

"那关谁的事？唐总？"

"你怎么知道？"收口都来不及，居然被套进去了。

"真的是他？！"苏言这下彻底震惊了，"怎么会是他呢？我们又不认识。"

"是这样……"话已至此，总得给她个交代，免得她胡思乱想，"他其实见过你，而且他……他喜欢上了你，所以假公济私把你弄进来了。"总不能说是因为想撵走她才把她招进来吧！

"不跟你说了，我得先走了。"说了胡话，心里到底还是有些发虚，孙阳故意掏出手机看了看时间，假装很急的样子，话音未落便溜了。

苏言愣在原地，对于自己刚才接收的信息，着实无法消化。

周六，又是一个阳光灿烂的日子。午后，苏言约了朋友逛街，刚准备出门，就收到大洋彼岸周叶发来的信息："在哪里嗨呀！给你看看我现在在干吗。"

紧接着一张图片传了过来，是周叶的自拍。照片背景俨然是一个办公室，苏言甚至能看清电脑屏幕上密密麻麻的数据。

苏言推算了下时差，德国虽慢七个小时，也已跨入周六，便吐槽："周末还加班？"

不一会儿，一串语音发了过来："哎，说多了都是泪，我可能哪里得罪了大 boss，他整天揪着我加班，压榨我的劳动力，赤裸裸一个万恶的资本家。不过话说回来，大 boss 长得很帅哦！”

“花痴。”苏言鄙视她。对方又有语音过来，音量明显被压低：“说曹操曹操到，剥削阶级来了，回聊。”

之后的几天里，苏言常听周叶提起这个剥削者，了解到他叫汉斯·加德兰，中文名字叫凌风，他中文说得非常流利。

不知道是不是苏言敏感，她总觉得凌风对叶子心怀不轨。

得出这个结论的时候，苏言正拎着一大袋东西从超市出来。下班高峰，车水马龙，思考太过专注，过马路就分心了，所以当尖锐的刹车声响起，她着实吓了一跳。

车辆猛地停住，坐在后排闭目养神的唐逸睁开眼便看见了一抹慌乱的身形，俏丽的面容映入眼帘，他的嘴角不自觉扬起。

于千万人中，不早不晚，就这样偶遇你。他与这个叫苏言的女孩，缘分还真不浅。

唐逸从容地打开车门，优雅地走到苏言跟前，淡淡问：“没撞到你吧？”

“没有。”苏言惊魂甫定，刚想走开，就被突然出现的美男子吸引住了目光，脚步顿住。帅哥见过不少，但帅成这样的，还第一次见。

刚刚还笑叶子花痴，汗。

眼前的男子，五官俊美，眉眼间充满英气，玩世不恭里带着一丝淡淡的笑意。他穿着干净利落的白衬衣，得体出尘，自带光芒一般，整个人散发出一种浑然天成的高贵之气。

细看之下，苏言发现这张脸似曾相识，好像在哪儿见过。皱起眉头想了想，终于对上了一段不算美好的记忆，这不就是那天在 Season 把自己当成“小姐”的那个人嘛！

想到这，苏言没好气地开口：“我认得你。”

“正好，我也认得你。”唐逸原本怀着侥幸心理，希望她没有看清自己，但既然无法掩盖事实，便把话说清楚吧，“上次误会了你的身份，抱歉，我不是故意的。”

“没事。”

“又见面了，说明我们很有缘分，不问问我叫什么名字吗？”

要搭讪的话不是应该问她叫什么吗？怎么反倒要她问他？这是什么套路？苏言一头雾水，却也懒得理会：“没兴趣知道。”

“可我想告诉你。”

“没有必要。”

唐逸无谓地扯了扯嘴角，对着她转身欲走的侧影说道：“我叫唐逸。”

“哦。”唐逸？唐逸！这不是她家老总的名字吗！苏言震惊了，扭头问，“哪个唐逸？”

“帝唐执行董事。”

天哪！这位只存在于八卦中的老板居然活生生站在了自己面前。有传言称，老板是妖孽，擅长辣手摧花，加之孙阳那天的话……想到这，苏言心底生出一股不祥之兆。

“苏言。”

低沉的声音拉回了苏言神游的思绪。

“你知道我的名字？”话音未落，她便觉这是废话，而对方的回答更让她有种“搬起石头砸自己脚”的感觉。

“当然，如果连自己喜欢的女人的名字都不知道的话，那岂不是太失败了。”唐逸眉梢轻挑，一双桃花眼似笑非笑地望着她。

调戏！那眼神、那语气，绝对是赤裸裸的调戏。苏言最怕他说出这样的话来，绝不是认真但却兴致盎然，说白了，就算自己真有幸被他喜欢，那也只不过是他猎艳游戏中微不足道的一员。他的游戏，她玩不起，也不屑玩。

“唐总，你开玩笑的吧？”

“的确是逗你玩的，我喜欢性感火辣的女人，你显然不是我的菜。”唐逸勾唇一笑，他看到对方明显松了一口气，仿佛被自己喜欢是一件非常倒霉的事儿，心中升起一丝薄怒，“对了，孙阳其实骗了你，知道我招你进来的真正原因吗？”

苏言摇头。

唐逸收起玩世不恭的表情，严肃道：“一开始我是想报你当日一巴掌之仇，把你招进来，是为了看你出尽洋相然后夹着尾巴被赶走。后来冷静下来想想，我一个大男人如此刁难你一个小姑娘，实在不合身份。某人又向我力保你，就决定把你留着了。”

看着她有些不爽的脸，他问：“知道了真相后，你还愿意留在帝唐吗？”

原来是这样，苏言有些哭笑不得，只是有一点她不明白：“那我的资料你是从哪里得来的？帝唐虽然是我一直以来的梦想，但作为职场菜鸟的我，还不会自以为是地向帝唐投简历。”

“嗯？”唐逸蹙眉，她的简历他可是亲眼看见的，可是她……难道这又是一个误会？

看他的样子，苏言便知他也不知道怎么回事。

“不重要了，既然我已经进了帝唐，就不会轻易离开。我会给帝唐创造效益，我会证明给你看，我进帝唐，得益的不仅是我，更是帝唐。”

她是那样自信，那样神采飞扬。晚霞漫天，绚烂无比，她却比那晚霞更美、更摄人心魄。

这一刻，他无比欣赏眼前的女子。心底有花，破土而出。

“我相信你，也请你忘记之前的不愉快，我们重新认识一下，怎么样？”

“好啊！”

“你好，我叫唐逸。”

“我叫苏言。”酷暑过去，气温虽维持在三十度左右，到底舒适了不少。

自从那天马路偶遇后，苏言的生活里便多了唐逸的身影，当然，他只是在工作中接触她。好几次，她都得到了那位唐总的召见，在他的豪华办公室里，接受他亲自派下的任务，而每次停留的时间都不长，最多不超过五分钟。

苏言经常想，为什么一定要让她去呢，按理说她还没有到能够直接接触他的级别，这些事情不都是一级一级落实下来的吗？而且有些根本就是他秘书的职责，不该轮到她。

上司的心思果然难以揣测。

要说变化其实还有一个，那就是孙阳来找她的次数逐渐减少，最近忙得连人影都快看不到了，记得他这样抱怨：“也不知道唐逸那小子是不是在整我，从我出差回来后，他就不断给我加任务，害我公事缠身见你一面都难。”

没错，唐逸就是故意的，看到孙阳那么殷勤地去找苏言，他早就不爽了，便动用自己的职权，让孙大少把心放在事业上。想到孙阳最近的苦闷样儿，手握方向盘的唐逸忍不住“扑哧”一声笑了出来，引得身旁的女子侧目望来：“什么事儿这么开心呀？”

唐逸的目光迎上那双眼睛，再也没有了调笑孙阳的兴致，自从喜欢上苏言后，他已经很久没有约过女孩了。他身边这位是刚从国外回来的沈秋小姐，早前他就答应她等她回国后带她去海边。她的父亲是他重要的客户——人在商界，身不由己。

“没什么。”唐逸随口敷衍了句，继续开他的车，一路无话。

周末的澄海公园游客甚多，天气很好，水里的姑娘们形成一道亮丽的风景。沈秋换好泳衣准备下水。唐逸则躺在了沙滩椅中，闭着眼睛享受日光浴。

沈秋刚想叫他，便见一个排球突然袭来，不偏不倚正中他的额头。

哪个不长眼的？唐逸霍然睁眼，想打人的情绪在见到那个带着歉意奔过来的人后偃旗息鼓。那人穿着可爱的运动装，长长卷卷的马尾束在脑后，青春洋溢、神采飞扬，不是苏言还能是谁。

这一刻，唐逸很想抱她，但最终只是站了起来，摆出满脸的不高兴，等着苏言乖乖到他跟前认错。

苏言没想到自己能把球打飞，飞出去就算了，竟然还砸到了人，砸到人就算了，竟然砸到的还是自己的大 boss！

这也太倒霉了吧！

苏言惴惴不安地跑到唐逸跟前，看着他额头明显的红印，想死的心都有了："唐总，对不起，没什么大碍吧？"

没等唐逸开口，立在一边的沈秋便颐指气使起来"对不起有用吗？你来试试不就知道有没有大碍了。"

苏言闻声偏过头去，这才发现，原来还有一个女人在场。唐逸的女伴吧，身材果然够性感呢。

"我在问你话吗，你是唐总吗？"苏言说完愣了一下，好像不至于这么针锋相对，可是打心底里，她就是厌恶她穿成这样站在唐逸身边。

凌厉的气势将沈秋惊到了，她指向苏言，望着唐逸，眼睛里充满了委屈："逸，你看她……"

"好了，本来就没事，只是被砸了一下而已。"唐逸安慰沈秋道。他惊喜地发现，他这么一说不仅让沈秋的气势平息了下去，更让苏言眉眼弯弯，十分得意。他喜欢她这个表情，有些小女人，有些腹黑，有些……在意自己。

"言言。"

苏言不用回头便知是她的小伙伴吴晗和林悦在叫她，如果猜得没错，她们是被帅哥吸引过来的。

“把人砸伤了吗？”林悦说话的时候都没看苏言，一双眼睛盯着唐逸，一眨不眨。

“没有。”唐逸替苏言回答，而后问她，“你朋友？”

苏言点了点头，她打算捡起球就撤：“唐总，没事的话我去玩了。”

“唐总？原来还是熟人呀！”吴晗一听有了主意，嬉笑着提议，“既然认识，那一起玩吧，人多热闹。”

哪壶不开提哪壶，苏言恨不得拿排球堵上她的嘴，好在尊贵如唐逸，定是不屑和她们一起玩沙滩排球的。

“好啊，正好我也很无聊。”

苏言“啪啪”打脸。

“我突然又不想下水了。”沈秋现在那个气呀，她不光生这群女生的气，甚至觉得，那只排球也不是什么好东西。

“那你自便吧，我去玩会儿。”见沈秋跟他赌气，唐逸便自顾自去玩了。他才不会继续安慰她，他一直没这个耐心。

沈秋恨得直跺脚，自己美好的约会全被搅了。她愤懑地躺在沙滩椅里，戴上眼罩，眼不见为净。

“我们两个人一组，三局两胜，输的那组要接受胜方提出的一个小小要求，怎么样？”

一经提议，三票通过，苏言沉默。

“那我和苏言一组吧，跟她比较熟点儿。”唐逸始终站在苏言身边，她的这两个朋友，鬼灵精怪得很，一看就是不拘小节爱搞鬼的那种性子。唐逸心想，赢了她们又如何，他倒是很期待输掉比赛，那时候她们会提出什么要求呢？

比赛开始，苏言镇守前方漂亮地拿下了第一分，吴、林二人了解苏言的实力，交换了下眼神后决定专朝她照顾不到的后方攻击，不知道是对手太弱还是自己太强，她们几乎屡战屡胜。

苏言郁闷地和唐逸换了个方位，对方的攻击力随之转到前方，没关系，她可以瞅准时机扑上前去。可是，每次她都和唐逸撞个满怀，球倒是很少接住。她简直怀疑唐逸是对方阵营的，不配合她就算了，反而不断扰乱她接球。

“小晗你看出来没，唐总是故意的，他想输球。”

“看出来了，我还隐隐嗅出了一丝暧昧的气息。”

“嘿嘿，我想到待会儿若是赢了给他们什么惩罚。”林悦说着跟队友击了下掌，“加油，必胜！”

毫无悬念，比赛以 2:0 结束，作为胜利方，林悦假装和吴晗商量了下，接着把自己酝酿已久的主意说了出来：“一时也想不到什么惩罚，就接个吻吧。”

“小悦，你……”苏言气得说不出话来，对方却笑得奸诈：“愿赌服输哦！”

唐逸面上波澜不惊，内心却笑开了花，这两丫头真懂事！他转向苏言，低低地问：“服输吗？不说话的话，那我就要吻你了。”

此刻，苏言的脑子一片空白，想到接下来要做的事，她的心脏就“扑通”乱跳。说不清楚那是一种什么样的感觉，有些紧张，有些期待，又有些抵触。

苏言觉得自己一定是疯了，怎么可以有期待！应该毫不留情地把他推开才对。然而，预想中的事情并没有发生。唐逸靠过来，只是在她额头轻轻一碰，隔着薄薄的刘海儿，蜻蜓点水。

吴晗抗议：“这也太缩水了吧！”

“我怕她翻脸。”唐逸打趣，而后一本正经道：“好了，我还有事先撤了，你们继续玩。”

看着唐逸离去的背影，苏言摸了摸自己的额头，心里莫名觉得很暖。

周末的时光总是短暂，眨眼又到工作日。

坐在办公室里，唐逸心不在焉地敲击着键盘，当听到门外走廊传来“嗒嗒”的高跟鞋声时，嘴角微扬，索性停下了手里的活儿，待门被敲响，他一本正经地开口：“进来。”

苏言推开门，礼貌性地问候了一声，心里却有怨念：怎么挑了个快要下班的时间叫她，真不厚道！而且，昨天一起玩过沙滩排球后，再面对他，总觉得有些不自在。

“坐吧，我有事问你。”唐逸指了指对面的座椅示意她坐下，闲扯几句后便步入了正题：“假设你手上有一块地，而我看中了它想从你那收购过来，除了充裕的资金外，你还会想要得到什么？”

“唐总，你说的是渚镇的那块地吗？”

“你怎么知道？”在项目启动之前，这件事并没有对全体员工公开，按理说她不应该知道的，随即他就明白了过来，她的回答也验证了他的想法：“孙总有跟我提过。”

“嗯，具体了解多少？”

“我只知道公司派了好几拨人都没有成功。”

“是啊，”唐逸淡笑了下，颇为苦恼，“你说那老狐狸究竟想要什么？”

“我觉得，他什么都不想要，他就是纯粹不想卖给你。”苏言说出了自己的观点，那人不直接拒绝，只是一味地拖着，不是为了钱，那必定是和人有关系，“他必定是不缺那笔钱，渚镇那样的风水宝地价值无可估量，是我也不会轻易把它卖了。”

“我也是这么想的，但那块地我是要定了。”唐逸眼神坚定，这个项目是目前公司最大的战略目标，他必须拿下，但一直这么耗下去总不是办法。

“你觉得他有可能会签吗？”

“除非，你能让他得到更大的利益。”

“这个我不是没有想过，但我最大的让步都喂不饱他的胃口，再让的话，那我就是给他赚钱了。算了，这事以后再说吧。”唐逸瞥了眼墙上的挂钟，故作惊讶道，“都已经五点半了，抱歉占用了你的下班时间。这样吧，我请你吃饭。”其实，最后一句才是唤她过来的目的。

偏偏某人不领情：“没关系，我的时间一点儿都不宝贵……”

“我说出去的话从来都不收回，”唐逸板着脸孔打断了她，“这个面子都不肯给我？”

“那……好吧，我先下去收拾东西。”

苏言不知道自己是不是真的期待与他共进晚餐。面对唐逸，她说不清是一种什么感觉，有些矜持，有些紧张，但至少不是抗拒。

唐逸拉着苏言进了1号专用电梯，待她回十五楼取了东西后，一起去了地下车库。

这是苏言头一回进入1号电梯，果然比员工电梯气派不少，她忍不住浮想联翩。

“唐总，你平时坐电梯都是一个人吗，会不会觉得冷清啊，要是电梯突然坏了，你一个人在里面会不会慌啊？”

唐逸嗤笑，刚想说什么，电梯里的灯光突然熄灭，黑暗笼罩下来，伴随着“咔嗒”一声，电梯停止了运行。与此同时，一个香软的身子撞在了自己胸前，但又很快撤离了，像一只受惊的小鹿撞在老虎身上一般。

“不好意思。”黑暗中，苏言的脸微微泛红，她发誓，她绝对不是故意靠上去的，纯粹是那一刹那重心不稳而已。她有些局促地开口：“这也太巧了吧，断电了吗？”

“嗯，应该是跳电了，不用急，一会儿就能来。”

“我没有急。”

唐逸习惯性地挑眉，虽然对方看不到他的表情，但他还是笑出了一脸暧昧。他凭着气息靠近苏言，然后几乎是贴着她的耳朵说道：“这个时候，你不是应该害怕地躲进我怀里来才对吗？”

“你电视剧看多了吧。”

苏言一扭头，不偏不倚，与他的脸正好对上；不快不慢，这时的灯光一下亮起；没有预兆，电梯突然启动，她再次重心不稳开始倾倒。

这一次，唐逸张开了双臂，稳稳地将她抱进了怀中。那一刻，他觉得向来空虚的心变得充盈无比，要是怀里的妞儿安分点儿就更好了。

苏言扭动了一下身体企图让对方松手，但他显然没有，于是扭动变为挣扎，然而还是不见成效。

“唐总，放开我。”

“如果我说，我想就这么抱着你呢？”

挑逗却又满含认真的语气，叫苏言不知所措，所幸下一刻电梯门就打开了。趁着对方有些松懈，她挣脱开来一溜烟跑出了电梯，心头有只小鹿在乱撞。

唐逸带苏言去了一个叫“南北情调”的西餐厅，敞亮而素雅，虽然吃饭的人颇多，倒也并不显得拥挤嘈杂。

坐在靠窗的位置，看着眼前这个优雅地切着牛排的男子，苏言总觉得，他在勾引她。从三天两头为了一点儿小事召见她，到沙滩边的那一吻，再到刚才电梯间里的暧昧，一切的一切，对她来说都是勾引。

而她的心，分明已经蠢蠢欲动了。

一餐吃完，唐逸坚持要送苏言回家。从大厅出来时碰到了一男一女，苏言的目光被那个男子吸引，容光焕发，大腹便便，似乎在哪里见过。她努力搜寻记忆，就听身旁的唐逸说：“钱总，真巧啊，在这儿碰见你。”

“是啊，很巧。哟，这位美女是？”

“苏言，我们公司的职员。”唐逸皮笑肉不笑地介绍着，那老狐狸盯着苏言的眼神让他很不爽，他往旁边挪了挪与苏言靠得更近些，然后对她说道：“这位是钱总钱万里。”

你就是钱万里啊！苏言在心底叹了一声，客气地与他打了声招呼。

“小姑娘，前途无量啊！”钱万里吊着眉梢笑眼眯眯，而后把脸转向唐逸，语气是一如既往的随性：“唐总，有空再约，我们先进去了。”

回小区的路上，苏言又想起那个钱万里来，究竟在哪见过呢，想不起总觉有些懊恼。苏言脑子一直在想，以至到家了都没察觉。

唐逸见她没有动作，调侃道：“怎么，不想下车？或者我可以掉转方向，我们去其他地方转转。”

“啊？到了吗？”苏言回过神儿来，一边解安全带一边解释，“我在想那个钱万里。”

“一个老男人，有什么好想的，不许想他。”

不是那个意思啦！

在唐逸有意无意的促成下，苏言如他所望成了他的绯闻女友。

那丫头每次从他办公室出去都装出一副“这是公事”的样子，殊不知八卦的群众眼睛是雪亮的，他们才不管你公事私事，他们只知道，你们之间有事！她对他是有好感的吧，这些天的接触，唐逸确实得出了这么一个结论，或许是时候告诉她自己的想法了。

“怪不得你找了一大堆事情缠住我，原来你是不高兴我常去找言言，原来你对她动了心思！”

办公室里，孙阳瞪着悠闲喝咖啡的唐逸，有些气急败坏，而后者不痛不痒地回了他两个字：“是啊！”随之又补充了一句，“那些本就是你的分内之事，现在公司比较忙，你也别老闲着了。”

“唐逸我告诉你，如果你把她看成与你身边那些花蝴蝶一般的女人，那么请你离她远点儿！”其实他不是没有察觉出唐逸的那番花花肠子，只是故意忽略罢了。他嘴上这样说，但他心里知道，唐逸这次是动真格的了，就像他自己一样，以为不会有那么一个人成为独一无二的存在，但遇上了，就再不会摆出轻浮的姿态。

“我是认真的，你相信吗？”

当孙阳听到这样的回答时，他只是轻笑了一下，想了想，还是问出了口：“言言喜欢你吗？”

对此，唐逸信心十足：“她会喜欢上我的。”

“虽然我经常缠着她，但我知道她从来只把我当成好朋友，如果她真的喜欢你，那我会祝福你们。”

第三章　求爱宣言

时间是从指缝中溜走的，悄无声息。

每年的十月十日是帝唐成员的大聚会，那一天，公司所有员工都会聚集在一个别墅里，那里是帝唐集团专门用来举办宴会的场所。

除了公司的员工外，还有很多企业的老总会来，这虽是帝唐公司的年庆，但其实更是一场商界大佬们谈生意的机会。

这是苏言第一次参加公司的晚宴，踏进正门后，入眼便是一派富丽堂皇，宽敞的宴会大厅、绮丽的水晶吊灯、绵软的波斯红毯、悠扬的小提琴音等共同点缀了这栋别墅。灯火辉煌，流光四溢。

“言言，来，这边。”

公司里的几个同事叫她，苏言笑着走过去。听着她们无聊的八卦，苏言目光懒洋洋地逡巡起来，扫过满场的衣香鬓影，最后不自觉地停留在最中央的那个男子身上。

唐逸，帝唐集团的领袖，永远都是那么耀眼夺目，往人群中一站，永远都是众人追捧的焦点。猝不及防地，他望了过来，一下就将她的目光攫住。

苏言立刻转移视线，显得有些局促。自从公司闹出绯闻后她就一直故意避开唐逸，可是越躲流言就越肆虐。同事们多半是开玩笑的，可那个当事人呢，他是怎么想的？

“苏言。”

正思索间，一个声音飘至耳朵，苏言抬起头，看见了一张熟悉的面孔：“夏总。”毕业后她有在一家装修公司实习，这个夏总就是那里的老总夏冬明，没想到在这遇到了。

望了眼跟前的男子，苏言灵光一闪，她想起是在哪里见过那个钱万里了，或许，自己有办法让他松口。

如此想着，苏言从侍者那里接过一杯红酒，淡淡一笑：“夏总，好久不见了，我敬你一杯。”夏冬明的脾性她早有耳闻，是一个极爱喝酒的人，有酒万事好商量。所以，她要好好同他喝上几杯，顺便将那件事情的开头了解清楚，谁叫她当初见证了过程和结局呢！

唐逸的目光瞟向苏言，发现她与夏冬明混在一起。看着她与那个男人相谈甚欢，红酒一杯杯下肚，他面上不动声色，内心早已不爽了。

苏言的所有权归他，他不允许其他男人觊觎他的东西！

该死，那个女人到底知不知道自己这样有多撩人，她与夏冬明到底是什么关系？怎么喝得这么起劲儿？聊得这么开心？唐逸眉头紧蹙，像一头被冒犯的雄狮。

直到苏言同夏冬明结束了交谈，唐逸才把心思放回了自己的事情上。许久之后，他终于搞定了自己复杂的朋友圈。当看到苏言要离开大厅时，他立刻脱身往外走去。

偌大的庭院里，清风徐来，月光如泻，夹杂着淡淡的花香，清远而宁谧。

唐逸出来的时候，就看见苏言坐在游泳池边的台阶上，澄澈的池水倒映出她的轮廓，轮廓随着池水一圈一圈荡漾开来。

“怎么出来了？”

苏言被这突如其来的声音吓了一跳，当看清来人是唐逸后，突然有种惊喜的感觉在胸腔里蔓延开来。她把眼神收回，继续望着碧蓝的池水，说：“里面太闷了。”

唐逸挨着她坐了下来，阴阳怪气地说道：“闷？我看你聊得挺开心啊！”

“有吗？和谁？”苏言皱眉，她明明一直都在敷衍好不好？哪里开心了！

“比如……夏冬明。”

夏冬明？好吧，她承认和他聊天儿的时候确实眉飞色舞了一些，但她是带着目的的呀！为了套话她也是拼了。

“那你知道我们在谈什么吗？”

“没兴趣知道。”唐逸的心头就像堵着一块大石，闷，非常闷。

“拉倒。”苏言朝天“哼”了一声，自信的神色中故意透出几分惋惜，“本来还想帮你拿下渚镇呢！”

“你？”

“是啊，你不相信我？”

“不是不相信，只是有些诧异。”唐逸没想到她会说出这么一句话来，“苏言，只要是你说的话，我都信。”

干吗要用这种暧昧的语气回答她；干吗要用这种深情款款的眼神看着她。苏言挪开双眼，自顾自继续话题：“那你愿意把那份合同给我吗？我去会会钱万里。”

“好。”唐逸有种强烈的预感，她会是自己的幸运饼干。

两个人又不说话了，空气仿佛变得稠密起来，有些透不过气。苏言不想再这么尴尬下去，干脆起身道：“我要进去了。”

“等等，”唐逸挽起她垂在肩上的头发，霸道却不失温柔地说：“以后除了在我面前，不许把头发放下来。”

“凭什么？”

“我是你老板，我说了算。”

苏言听闻嗤笑了一声:“你酒喝多了吧,你可没有管我头发的权力。”

说到喝酒，唐逸这才想起重要的一茬儿：“再加一条，我不在，不准喝酒。”她喝酒的样子同样勾人，他同样不高兴。

“女孩子就应该多喝酒把酒量练出来，以防被灌醉。”

“以后……我替你挡酒，我保护你。”

四周很静，静得透出些许暧昧。月光倾洒而下，染在她身上，衬得她光彩熠熠。唐逸觉得，这样的夜晚、这样的月色、这样的佳人，如果不做点儿什么就太对不起自己了。

于是，一手环上她纤细的腰肢，一手扣住她的后脑勺，俯首低眉，就着那殷红的唇瓣，吻了上去。

像是烙下一个印记，从此，你就是我的了。

“言言，做我女朋友吧！”

苏言不知道那晚是怎么离开别墅的，更不知道如何去回应唐逸的那句“做我女朋友吧”。在他说出那样的话以后，她很迷茫。或许是想要答应的，但两人身份的悬殊让她从来没幻想过，可此时她又是欣喜的，她应该也喜欢他吧。但好像总有什么东西阻在那儿，让她不愿轻易点头。

所以，回去之后，在唐逸打电话来追问时，她拒绝了。

而那天以后，她就再没有见过唐逸，他像是彻底消失了一般。苏言知道，他们就在同一幢大楼里，有时她会想到他，会猜他在干什么。自己定是刺伤了那位大少爷的自尊心，他定是不想见她了吧。

那份合同早已到手，是郑秘书送过来的。苏言想，她应该抛开杂念认真工作。这个行业有着她长久以来的梦想与追求，她会凭着自己的努力，一步步向上爬。

钱万里便是个绝佳的机会。

拿到合同的时候，苏言第一时间便联系了钱万里，只是他一直推托忙，没空会面，事情一直无法进行下去。但唐逸说过，这个项目不能再拖了，每拖一天都是大量无形资产的流失。

如果他还是没有空，那么她便直接甩出手中的筹码。这么想着，苏言再次拨通了钱万里的电话。

几个“嘟”声过后，电话接通，听筒里传出嘈杂的音乐和人声，随后是一声懒懒的“喂”。苏言直奔主题：“钱总，请问你明天有空吗？”

“明早我要出差，一个星期后再说吧。”

一个星期？坚决不等！“那你现在在哪儿，能不能腾出些时间来，关于那份合同，我觉得我们有必要好好谈一次。”

“我在酒吧陪朋友喝酒，不过他们很快就会走的，要是你愿意的话，不妨来酒吧找我吧！”

居然肯见她了，苏言说：“地址？”

苏言赶到酒吧时已是下午四点，包厢里乌烟瘴气，她皱了皱眉。钱万里立刻发现了她，并将她叫了过去。

一杯啤酒随即满上，摆在了她的面前。在大伙的热情下，苏言将酒杯见了底，灼灼目光中，她突然有种进入狼窝的感觉。还好，闲杂人等很快就离去了，偌大的空间里，顿时只剩下了她和钱万里。

“苏小姐进帝唐多久了？”

“没多久，才几个月而已。”

“那唐总一定很看好你，他之前派来和我谈的可都是业界精英啊！”

钱万里没有想到帝唐会派她来谈业务。他第一眼便觉得这个女人很惊艳。从她找上他的那一刻起，他就在想，唐逸这次为什么会选择她，难道是想潜规则，或许唐逸是这个意思。

实际上，他不是真的不想见她，而是故意先躲着她，然后在她颓然之时给她机会，再然后……

对于他那透着猥琐的笑脸，苏言淡然回答：“反其道而行吧，精英完不成的事，或许我这只菜鸟可以搞定。”

“苏小姐很自信啊！”

当然，我握着你的把柄呢，苏言如是腹诽。

“钱总，我想这份合同你肯定很熟悉了，我方已经做出了最大让步，五千万现付，再加上临市滨海别墅项目的合作权，这样你都不满意？”

“不是不满意，只是老祖宗留给我的基业，我怎么能轻易把它卖了呢？”

“你可以再考虑考虑，我先去趟洗手间。”苏言说着起身离开。

去洗手间只是一个托词，苏言有很不好的预感，那个钱万里对她心怀不轨，这样的感觉并不是空穴来风，而是，她的脑袋真真切切地晕了起来，以她的酒量，几杯啤酒小意思，没道理晕。那酒里肯定动了手脚，她得搬救兵。

掏出手机，打给谁呢？

不可否认，第一个跳出脑海的名字是唐逸，可是，她有什么资格去寻求他的帮助。自嘲地扯了扯嘴角，翻出孙阳的电话，然后拨通。

回到包厢，苏言重新在位置上坐好，闲扯了几句后便绕回正题:“钱总，考虑得怎样？”

“不好意思，我还是坚持不卖。”

“这样啊，可是钱总，我听说景西装饰的夏总投资了一个项目，中标的正好是贵公司。有一天我去 KTV 时正巧遇见了钱总你，当时你正在讲电话，好像是要付给对方一笔钱，内容我后来回忆了一下又去找夏总咨询了一番，得出以下结论：那个工程是公开招标的，以报价最低者得，当初一共有二十九家公司投标，首轮筛选后剩余五家，贵公司正好是其中之一。为了拿下这个项目，钱总你就采取了不正当手段，和其余四家公司串标，答应补偿他们一笔钱，这个数额有多少我不知道，我知道的是他们答应了。钱总，我有说错什么吗？”

钱万里看着苏言，眉头紧紧皱起。

“所以钱总，你还是签了这份合同吧，其实你也不亏的。”苏言把合同推到他跟前，继续威逼利诱，“只要你肯签，我以我的人格向你保证，这事我就当不知道。要不然，钱总的这番行为若被查出，罚款事小，贵公司被取消预选承包商的资格就不值得了。”

话落，室内霎时陷入了静寂，两个人都保持沉默，心情却截然不同。

“苏小姐果然前途无量。”过了很久，钱万里才出声，随后沉着脸将合同翻开，确实，按照合同他是赚的，只是没有他预期那么大的利益。

他拾起桌上的笔，自嘲道：“看来我不签都不行啊！”

合同一式三份，等他签字盖章后苏言留给他一份，其余两份收回了包中。

钱万里将各自的酒杯倒满，端起敬苏言：“如你所愿，喝杯酒庆祝一下，如何？”

刚刚顾着说服对方，忽略了自己身体上的变化，现在事情解决，苏言才顿觉浑身燥热无比，搅得她难受至极，于是她推辞道：“我酒量不行，再喝下去就要醉了。”

“怎么，这个面子都不肯给我？”

“那好吧，我喝。”对方脸色明显不悦，苏言妥协，将酒一饮而尽，亮着杯底说：“可以了吧，我得回去了。”

“这么急着走做什么？”钱万里伸手将她拦住，笑得奸邪。

“钱总，你什么意思？”

“难得碰面，不陪我多喝几杯？”

对着他丑陋的嘴脸，苏言冷冷道：“对不起，我回去还有事情。”

“这样吧，再陪我喝完这最后一杯，我便放你离去，如何？”说话间，她那空掉的杯子又被钱万里倒满。

“说话算数？”

“当然，钱某纵横商场几十年，凭的就是‘诚信’二字。”

哼，诚信？亏他说得出来，不要脸！即使知道他的话不能当真，即使知道这一杯下肚可能会失去全部的抵抗力，但苏言还是说了个“好”，就当是拖延时间吧。

这一次，她慢慢将酒喝完。放下酒杯，苏言只觉头晕得不行，身上不但燥热，而且变得软弱无力，体内仿佛有什么东西正在流失，意志渐渐模糊。她甩了甩头，努力保持清醒向门口走去。即将拉开门把手的时候，苏言身后一双爪子袭来，将她抱住并拖回了柔软的沙发里。

苏言挣扎着起身，明知故问：“你在酒里下了药？”

“没错。”

“卑鄙！”

“既然你这么说了，我就索性卑鄙到底。”钱万里说罢欺身上前，将苏言牢牢压在身下，透着无以言说的兴奋。像她这种阅历尚浅的女生，就算被占了便宜也一定不敢作声，事后钱给到位就行。

“放开我！”苏言拼命抗拒，“你不是说喝完那一杯就放我走的吗？”

“问题是，你走得了吗？”

没有力气，使得苏言挥在那个男人身上的拳头都变得绵软无比，而心上仿佛有无数只蚂蚁在啃噬，闷痒难耐。苏言交叉着双手护在自己胸前，大声叫嚷：“放开我听见没有！”

钱万里自然当耳旁风，不费吹灰之力就拿开了她抵御的手。衬衫扣子被野蛮解开，漂亮的锁骨顿现，不安分的手掌迫不及待地抚了上去，那美妙的触感几乎让他欲望爆棚。

不得不说，他的抚摸让苏言燥热的心火降了几分，但理智尚存，她只觉羞愤难当。真想一巴掌朝他脸上扇去，但她做不到，她只能带着哭腔乞求："求你，不要碰我。"

"一会儿你就会求我不要停了。"

男子急促炙热的气息吐在她的脸上，几乎焚烧了她的每一根神经。眼越来越花，头越来越晕，身体越来越热。男子的手掌穿过肩胛骨，苏言知道，他将剥去她蔽体的衬衫，她努力挣扎，哪怕徒劳无功。

这时，门"哐当"一声被踹开，救兵到了。苏言欣慰地望过去，她以为她会看见孙阳，没想到出现在门口的赫然是气喘吁吁、脸色铁青的唐逸。

那一刻，她内心是惊喜的，没想到来的人会是他，但也是懊恼的，自己这样难堪的样子竟被他看见。

"浑蛋！"唐逸猛冲上前，揪起钱万里的衣领将他提起来，随即一拳狠狠地砸在他脸上。还不解气，在对方偏斜的脸尚未来得及回正时，唐逸又是一拳砸了过去。鲜血立刻从钱万里的嘴角溢出，与他惨白的脸色形成鲜明对比。

"滚！"唐逸对着痛得龇牙咧嘴的钱万里怒斥，这次的事他记着了，所幸赶来及时，要不然……唐逸无法想象那样的场景，他很后怕。待钱万里灰溜溜地退出包厢后，他走到苏言跟前蹲下，神色瞬间温柔下来，夹杂着浓浓的怜惜。

苏言缩在沙发里，扣子已经重新扣好。她的牙齿用力咬着下唇，咬到出血，很痛，但是唯有这样，才能刺激那不断沉沦的意志。

"苏言。"看着她努力克制自己的模样，唐逸便猜到了大概，心疼不已。

“我没事，唐总，麻烦你送我回去吧！”

“好。”唐逸将她拦腰抱起，那微红的手臂立刻勾了上来，绵软的身体更是使劲儿往他怀里蹭。若是平时，他一定欣喜万分，可是现在，他心如刀绞。

走到包厢门口的时候，苏言突然出声：“包没拿，合同在里面，他签了。”

声音细如蚊蝇。

唐逸心上一震，他发誓，从这一刻起，他再也不会让她受到任何伤害。

出了酒吧，唐逸的车就停在门口，苏言被他抱上了副驾驶的位置。

“好难受……唔……好热……”车子开出没几分钟，苏言便忍不住扭动身体，药力好像全部发挥作用了，在酒吧时的难受与这比起来，简直小巫见大巫。口腔里充斥着血腥味，而疼痛已经起不到任何作用了，在汹涌而至的欲念前根本不堪一击。她有预感，不用多久，她就会崩溃，就会控制不住自己。

“该死，那浑蛋究竟给你下了多大的药。”唐逸猛地在一家酒店门口刹住了车，迅速下来转到副驾，企图将苏言也抱下车。

“怎么了？”

“开房，让你洗个冷水澡。”

“不要！”

“这么堵，到你家至少还要半个小时，你想硬撑着？”唐逸说着作势将她放下，斜眼道：“也好，如果撑不住需要我的时候跟我说一声，我一定全力配合。”

苏言无奈，只好同意。

在营业员暧昧的眼光下，唐逸拿了房卡立刻抱着苏言进了房，直奔卫生间。

唐逸坐在沙发上，听着卫生间里传出的哗哗声，心里百味杂陈。时间过去很久，当他无聊得快要睡着的时候，卫生间的门开了。他看见苏言走了出来，身上裹着洁白的浴袍，头发湿湿地垂在肩上，发尾处还有水珠滴落，小脸润红，带着些许迷离神色，直直撞进了他的心窝。

出水芙蓉，美丽不可方物。

苏言手里拿着毛巾，一面擦拭头发一面坐进沙发里，与唐逸隔得远远的。她之所以穿着浴袍出来，实乃无奈之举，谁让她刚才不小心把自己的衣服弄湿了呢！

“还难受吗？”唐逸靠过去，几乎与她紧挨。

“嗯，有点儿，不过没什么大碍了，至少看见你不会有犯罪冲动了。”苏言开着玩笑，以掩饰自己的窘迫。

“我倒挺希望你对我犯罪的。”

什么叫挖个坑给自己跳，这就是典型案例。苏言无语，一抬眼，看见了对方满脸痛惜的表情：“干什么这样看着我？”

“痛吗？”唐逸伸手想要去触碰那被她咬得红肿的嘴唇，只是万分不忍。

“当然，都没脸见人了。”明天去上班，那群腐女见了指不定会怎样想入非非呢！

“以后不准在那种场合单独约见其他男人，知道吗？”

这口气，怎么那么像丈夫告诫自己的妻子？苏言不以为然：“我这不是为了工作嘛，对了，我明明打给孙总的呀，怎么过来的是你？”

“我们刚刚在一起，他接电话的时候我就在旁边。”说起这个唐逸便郁卒不已，板着脸质问：“这种事情，为什么找他不找我？”

“你不是不想见我了吗？”

“谁告诉你的？”

“反正那天以后你就再没找过我。”

“所以你认为我不想见你？”看她垂着眼默认，唐逸挑了挑眉，“事实是，我出差去了，前晚才回来。我想做的事，可不会因为一句话而放弃，所以言言，答应我吧。”

言言，很多人都这么叫她，却唯独唐逸给了她一种十分微妙的感觉。甩过头，苏言故作不知：“答应你什么？”

“做我女朋友。”

“我可是听说，你女朋友多得可以手拉手绕公司三圈呢。”八卦里的他确实是个花心大萝卜，不过实际情况犹未可知，而这段时间接触下来，苏言总觉得他绝不是一个滥情的男人。之所以这样说，不过是想听听他如何回答。

“接下来我说的话可能会有些俗套，但那绝对是我的真心话，你给我听好了。”唐逸头一次为自己的绯闻感到头疼。他将她的身子扳向自己，十分严肃地往下说，“在遇到你之前，我不知道爱情是什么东西，我也认为自己不会被感情左右；但你的出现彻底打乱了我的心，那是一种自己都掌控不了的感觉，我很慌，我不要被这种莫名其妙的感觉牵着鼻子走，我不想去招惹你，可是越抗拒越着迷，直到下定决心要跟你在一起。相信我，我是认真的。”

这段对白在她冲凉的时候就演练了好几回，所以说得很溜。唐逸将她的反应都看在眼里，顿了顿后说道：“告诉我，你对我是什么感觉？”

苏言不答反问：“你确定，你真的喜欢我吗？”

“不是喜欢，是爱，我爱你。”

“那就在一起吧！”苏言挺了挺腰，俏皮而郑重地答应了他。

这一次，豁出去了，不管未来如何，此时此刻，她只想不顾一切，热烈地去爱一场。

第四章　古镇蜜游

苏言以为，像唐逸这种久经情场的男人是不会花心思去讨好女朋友的，而实际上，他就像个情窦初开的小男生一样，利用一切可利用的时间与她腻在一起。

恋爱后的第一个休息日，苏言还在做梦，就被唐逸的电话吵醒了。睁眼看看时间，竟然已经九点多了，穿衣、起床、洗漱完毕时，唐逸的车正好到达楼下。

“要去哪儿？”

“先吃早饭，然后去哪儿你决定。”

苏言歪头思考了一下，突然有了主意：“我想去爬山。”

“那干脆去渚镇吧，顺便带你看看那块地。”爬山的话就得去周边的城镇，市里可没有山，而渚镇绝对是最佳选择，整个岚市的名山几乎都集中在那里。

天气不错，称得上秋高气爽，这样的日子十分适宜出行。

两个人一起吃完早餐后便直往渚镇去。路上有些堵，四十分钟的路程足足开了一个半小时，到那儿的时候已是午饭时间。本来苏言想买点儿干粮带上山去，但唐逸坚决不同意，一定要先吃了午饭再爬山。

苏言看到旁边的小饭馆生意不错的样子，便指着那儿说：“我们去吃那个吧，不过看起来没什么档次，你去惯了星级餐厅，会不会不习惯这种大众餐？”

“不会啊，我反倒觉得挺有生活味儿的，那种饭局我早烦透了。你知道吗，光一顿晚饭，最多的时候要赶六七个场，很多时候这边还没吃完，就要赶去下一个局了。”

“那不是很累？”

“当然，你以为老板那么好做。”

苏言撇撇嘴：“那是不是意味着，我们连共进晚餐的机会都是奢侈的？”

唐逸一听，信誓旦旦道：“不会的，我会尽量减少饭局。以前我认为男人应以事业为重，其他都可放一边，但现在有时间的话我更想和你在一起，做任何事情。”

苏言听着受用极了。下了车苏言走在唐逸身边，任他牵着自己的手，这样的感觉美妙无比。

两个人进了饭馆，简单点了几个小菜就吃了起来。

她正嚼着美味的鸡丁时，视线扫到窗外，她看见一张久违的脸，恰巧这时，对方的目光也转了过来，与她对上。

“苏言，真的是你呀！好久不见。”男子进来，走到她跟前，有些惊讶地说道。

“杨晨，好久不见。”苏言笑着回应，这个叫“杨晨”的男子，说起来与她关系匪浅，但她只对唐逸介绍说是她的老乡。

一番客套后，苏言指了指窗外的女孩问杨晨：“那是你女朋友吧，带她来玩？”

“对，顺便和我爸过来进行医术交流。”

“你还是从医了？”

“是呀！现在在我爸的医院里实习呢！”杨晨苦笑了一下，随即试探着问，“最近有回过潼市吗？”

“没呢。”经他这么一说，苏言觉得确实该抽空回去看看妈妈了。见对方一副欲言又止的模样，她忍不住问道，“怎么了？”

“没，只是突然见到你有点激动，女朋友还在等我，先走了。”

唐逸看着那个逐渐远去的背影若有所思，言言和那男人的关系，依他看来可不止老乡这么简单，但她不说，他就不会去问，就像她也从来不会计较他与之前那些女人的过往一样。

过去的已经过去，将来才值得珍惜。

灵山是渚镇最负盛名的山峰，地势很陡，有些地方极难行走，几次休息过后，唐逸和苏言总算到达了顶峰。因为是假日，山上的人特别多。唐逸紧紧抓着苏言的手，一边慢悠悠地踩着脚下的碎石路面，一边闲聊。

“我读大学的时候经常和同学来这儿爬山，你喜欢爬山吗？”

“不算喜欢吧。”

“也是，像你们这些资本家都忙着挣钱，有活动的话也是去那种风月场所对不对？”

“不全对，若是放松的话，比起风月场所，我更喜欢打球。”

“篮球吗？”苏言随口一猜。以他的身材，确实挺适合这项运动的。

“不止，只要是球，我都会，而且很精。”

“那排球也精？”

唐逸当然知道她想问什么，便坏笑着答道：“嗯，尤其是沙滩排球。”

苏言不淡定了：“所以那次我们一起玩的时候你是故意的，对不对？”

“真聪明。”

他的笑容明明有些奸诈，却透着一股说不出的无邪，就像一束柔和的阳光，暖暖地照进苏言心底。

山上有座寺庙，两个人进去拜了菩萨。出来后穿过一个个假山石洞，顺着蜿蜒的小道，最终挤进了一个围满了人群的池边。

池水清澈见底，透着一圈圈碧绿的光泽，甚美。最耀眼的是池底满铺的硬币，在阳光照射下熠熠生辉。

四周的人群纷纷向池中央扔硬币，有这样一个说法，硬币丢得越多，运气就会越好。大家如果丢到池中央善财童子手中的宝瓶里的话，就能收获更多的好运。

唐逸自然知道这很幼稚，他就站在一旁看苏言傻乎乎地扔，那丫头真笨，基本都没命中目标。他有些看不下去了，于是拿过苏言手里的一枚硬币，认真地向着善财童子丢去。

“哇，进了进了！”苏言双眼放光，瞬间光又灭了，“哎呀！又跳出来了。”

唐逸冷峻的脸上也微微变了变色。苏言看他懊恼的样子，试探着问：“怎么了？你刚刚许愿了？”

唐逸呵呵一笑：“你觉得我会干那种幼稚的事情吗？我只是不爽没做到最好而已。”

“要不再扔一个试试？”

“不了，你扔吧！”

事实上，唐逸说了谎，他的确许愿了。他希望和苏言白头偕老。他当然不相信“硬币许愿”这种事情，命运从来都是掌握在自己手里，但心里总是有些不快。

这个小插曲很快就被唐逸抛在了脑后。

下山时天色已经不早了，夕阳映得天空昏黄一片，缱绻柔美。

本来唐逸计划着爬完山后就去看那块地的，不过走向停车场时，看着苏言一副疲累的样子，他临时改了主意：“累了吧，咱们今天不回去了，明天再去西塘街转转。”

“那街我去过好多次了，好玩的地方基本都玩遍了。”

“不一样，以前你身边都没有我。”

这个理由无懈可击，立刻让苏言缴械投降。好吧，那就不回去了。

渚镇的景致越入夜越璀璨，霓虹闪烁下，名车潮人川流不息，各种流行元素交织在无边的夜色里，流光溢彩。人们的夜生活，正酣畅淋漓地上演着。

唐逸打了个电话后将车开到了一座酒店前。苏言抬头，“君皇大酒店”五个气势磅礴的大字映入眼帘。君皇，如果没记错，应该是渚镇最具档次的酒店了。

唐逸从车上下来，将钥匙交给门童泊车，几乎是同时，一个西装革履的男子迎了上来，恭敬地说道：“唐总，都安排好了。”

苏言望了一眼那男子胸前的铭牌，赫然是这个酒店的总经理，心底唏嘘了一下，任由唐逸牵着她的手走进酒店。

电梯一路上升，到达最顶层的总统套房。

爬山过后腿脚确实酸软，苏言径自往沙发上一坐，随口问：“你跟这儿的老板很熟？”

“嗯，相当熟。”

“不会就是你吧？”

“的确，就是我。”唐逸含笑将外套脱下挂在衣架上，眉眼一挑，继续道，“以后我们会经常来这儿住的。”

苏言本以为他这话的意思是以后会经常带她来渚镇玩，后来一想，觉得应该与那块地有关，只要项目启动了，他就少不了要往这儿跑，然后假公济私把她也带来。

“对了，你还没带我去看那块地呢。”苏言提醒道。

“别急，我记着呢。”

外面的天色已经见黑，室内灯光柔和。苏言四下随意瞟了瞟，两张洁白的大床并排陈于主卧，她想到有个事情得先声明一下，便假模假样地垂首弄发，漫不经心道：“那个……先说好哦，待会儿一人一个床。”虽然是男女朋友，但不可描述的事情她还没做好心理准备。

“嗯……这对我来说是个很大的考验。”唐逸说着在苏言身边坐下，其实他早有这样的觉悟，要不然如何会让经理安排两张床的套房。

她的身上有淡淡的清香，就像空谷幽兰，引人忍不住想要靠近，一亲芳泽。

“我答应你，不过在此之前，我要做一件事算是对我的补偿。”

苏言微愣，尚没反应过来他要干什么，便听对方说道：“眼睛闭上。”而后，温润的双唇便覆了上来。

细风钻入，窗帘微动。

对于苏言来说，晚上睡得相当安稳，可能是爬山累到了，洗完澡一沾上柔软的枕头，就睡着了。

唐逸就难受了，躺在床上辗转反侧，最撩人的是某人均匀浅浅的呼吸，在安静的夜里，有致命的吸引力。他索性到阳台上吹吹风看看星星，天蒙蒙亮才走回屋里。依旧没有睡意，唐逸干脆睁着眼睛等天亮，等某人醒来时跟她道“早安”。

西塘街是渚镇一条历史悠久的古街，闻名遐迩。整条街长约十六千米，中间是贯穿南北的河流，街两旁有各色商铺和好几个名园景点。

狭窄碧绿的河流中，一条条小船漂荡其上，晃晃悠悠。唐逸揽着苏言坐在船舱里，听船娘哼着当地的民谣。说实话，唐逸来西塘街这么多次，还是第一次坐这种小船。他以前也带女伴来玩，只是从来不坐船，他不喜欢这种水上交通工具。

原来，喜欢一个人就是愿意陪她做自己不喜欢的事，并且乐在其中。

苏言听着歌谣，即使听不大懂，依然觉得很美妙，她由衷感叹："我好喜欢这样的环境，小桥流水、古街商贩、树影歌声，好美。"仿佛再大再多的烦心事都能消融在这样的古韵今风里。

唐逸眉开眼笑："果然，我把项目定在这儿，是无比明智的决定。"

"那块地在北街？"

"你怎么知道？"

"我们从北街沿着商铺一路逛到南街，又在南街上船一路往北，想必你不会再带我走回头路，那块地应该就在我们下船的附近。"

"完全正确。"唐逸点点头，目露赞赏。

树影斑驳的河面上，船只悠然前行，待它在出口停稳后，乘客们纷纷下船，唐逸牵着苏言跟在人群后头，踏过石板桥，停在一个败落的木门前边。

不难看出，这个木门年代非常久远，左右对开的门扉只剩下了右面一扇，摇摇欲坠。顶上的牌匾倒还顽强地横在那里，长满了绿苔，牌匾中间隐隐能看到四个大字：盘宁草堂。

"就是这里啊？！"苏言咂舌。

"走，进去转转。"

从木门进去以后，苏言感慨道"里面还挺大的嘛，怎么不开发一下，这么空旷的地方不好好利用起来可惜了。"

"很早之前钱万里的祖父将这块地买了下来，在这里办厂，后来厂子规模大了就搬了出去，这块地就空了下来。多少年无人问津，慢慢也就成了荒地。"唐逸扯了扯嘴角，继续道，"我打算在这里造一个古典小园林，有个搞影视制作的朋友，明年正好有一部古装戏要来渚镇取景，我已经和他商量好了，待我的项目落成，他们就过来拍戏。这个收益，几乎是立竿见影的。"

“然后呢，等他们走后，对外开放，赚取门票钱？”苏言问道，随即立刻否定了自己的猜想，“不对，肯定不是这样的。”

“哦？”唐逸挑眉，饶有兴致地等着她的下文。

“你那么精明，一定知道这样的利益不大。毕竟渚镇名园很多，游客肯定不会舍弃那些名园而来你这个仿古小园林游玩，就算压低票价也不一定能吸引游客。这种普通的盈利模式没道理让你如此煞费苦心，所以我觉得肯定不是这样。”

“言言，你是看过设计图的，不妨再猜猜我的目的是什么。”

提到设计图，苏言首先想到的便是分散在各处的房屋，仿古的，除了几间平房，其他都只有两层高，她数过，一共有三十二座。

“我知道了！”稍加思索后，苏言得出以下结论，“这条街上的生意向来很好，只可惜店面不够，所以你想将这里免费开放，然后把房子租出去。占着地利的优势，这里的生意肯定比外面好，就算租金贵一些，商家也会争着去租。且不说管理费什么的，光租金就是个庞大的数字，对不对？”

此时此刻，唐逸的赞赏完全写在了脸上：“言言，我一直觉得女人太聪明了反而不可爱，而你，却让我越来越爱。”

渚镇的项目很快就启动了，前期工作全方面展开。

这是苏言第一次亲身参与到工程中去，唐逸让她跟着项目经理管理现场并做好施工资料，毕竟吃工程这碗饭，在办公室里待一年，都比不上勤跑工地一个月。

本来唐逸是用不着常去现场的，但有苏言在，他也就三天两头往这跑了。前期事务并不多，相对比较轻松。

“言言，明天不去工地了，我爸妈旅游回来，明早九点的飞机，你和我一起去接机吧，正好介绍你给他们认识。”

这么快就要见公婆了？！彼时，苏言正坐在唐逸的车里，听他这么讲，又期待又有点儿紧张："见你爸妈，这么大的事，我一点准备都没有，万一他们不喜欢我怎么办？"

"不用准备，顺其自然就好了。"唐逸说着露出迷之微笑，接着道，"我向你保证，他们一定喜欢你。"

这句保证对苏言来说其实并没多大作用，毕竟这种情节电视剧里见多了，男主角再怎么信誓旦旦，女主角一进门，还是遭到各种刁难。不过唐逸肯带她见父母，这个意义实属非凡，她的内心是无比雀跃的，自然也不会后退。

是夜，苏言放宽心一觉睡到了大天亮，第二天到达机场后，她还是紧张了起来，尤其当广播中播报唐逸父母所乘航班抵达的时候，一颗心更是提到了嗓子眼儿。

苏言万万没有想到，唐逸的父母她见过。当唐逸指着前方的那对夫妻向她介绍时，她一眼就认了出来。至此，紧绷的情绪稍稍放松。她跟着唐逸迎上前去，甜甜叫人："叔叔阿姨，你们好。"

"你就是苏言呀？"安落显得有些激动，一把抓住了苏言的手，自己那骄傲无比的儿子说的未来儿媳，竟然就是她，"丫头，我们见过哦，就在这个机场，当时我高血压发作，你给我递水来着，还记得吗？"

"嗯，我刚也认出来了。"苏言附和着，这个世界真的太小了，昔日的陌生人，竟然是自己未来的公婆，想想真是不可思议。

就知道妈妈见到苏言肯定会开心，唐逸的嘴角始终上扬着，瞥见旁边被冷落兀自看手机的女孩，他悠然开口："对了梦瑶，你怎么和我爸妈在一起啊？"

"我和唐叔、安姨有缘呗！登机的时候正巧遇上了。你呀，终于不把我当空气了。"

随着这声娇斥，苏言这才注意到两位长辈的身后还跟着一个女子，看上去和她差不多的年纪，小巧玲珑，一身合体的休闲服，头戴橘黄色的鸭舌帽，脸上粉黛略施很是清爽，透着一股蓬勃的青春气息。

此人是谁？和唐逸什么关系？苏言的疑惑很快得到了对方亲口解答。

“你好，我叫江梦瑶，是唐逸的邻居，你叫……苏言？”江梦瑶走上前来，如果没听错的话，刚刚安姨是这么叫的，而如果不是因为安姨，她也不会如此积极地去打招呼。

“对啊！”

“你认识一个叫陆遥的人吗？”

陆遥……听到这个名字时，苏言猛地一怔，她甚至能感觉到身子都为之一颤。多么熟悉的名字，却有一种恍如隔世的感觉。好半天，她才回答：“我确实有个朋友叫陆遥，只是不知道是不是你所指的陆遥。”

是她，没错了。可只是朋友这么简单吗？带着嫉妒与不甘，江梦瑶肆无忌惮地将苏言打量了个遍。就在她要继续发问的时候，就看见她家的司机老王气喘吁吁地赶了过来。

“对不起小姐，路上有些堵，我来晚了。”

“没事。”江梦瑶把行李递给他。算了，来日方长，以后再问吧。于是她转过头，微笑着向唐逸的父母告别，先行一步离开了。

安落的热情是苏言始料未及的，唐逸的父亲待她亦是很亲。她一整天几乎都待在唐家的私宅里，自是被留下来共进晚餐。

晚饭时，江梦瑶忽然又来了。她的父母都出去应酬了，一个人吃饭未免冷清，便跑来这里蹭饭，唐继尧夫妇很是欢迎。

苏言看出来了，这位江大小姐与唐家关系匪浅，若不是自己是唐逸女朋友，她一定会以为那江梦瑶是唐家的准儿媳。但是很奇怪，她看自己的眼神分明带着敌意，难道是她单方面喜欢唐逸，长辈尚不知晓?

饭桌上，气氛其乐融融，安落搬出了唐逸小时候的糗事，引得两个年轻女孩咯咯直笑。

“言言，梦瑶，你们俩笑起来都有小酒窝呢，而且都只有右边一个。”安落惊喜道。

闻言，江梦瑶愕然，尴尬地挤出了一丝笑容，带着淡淡的苦涩。

三年前，她刚到美国不久。某天晚上，她和一群新认识的朋友聚在酒吧，谈笑间总感觉有目光盯着自己。一番搜寻，终是发现了坐在角落里的那个少年，她的视线，就这样被那少年吸引了。

明暗交替的光线打在少年脸上，衬得他恍若暗夜里的妖精一般。他的眼睛，漂亮得就像是夜空中最璀璨的明星，熠熠生辉，然而他周身却散发出强烈的孤独感，惹她怜惜。

那一刻，江梦瑶只听见自己心脏的跳动声。

他一定也被自己吸引了吧，要不然干吗盯着她看。江梦瑶敛起神色，端庄地饮酒、从容地聊天、矜持地微笑，期待着少年主动一点儿。然而，他再也没看她。

江梦瑶忍不住了，主动上前。

“你刚刚在偷瞄我。”话说得轻快，内心却有些紧张。

“对不起，失礼了。”

少年的声音，明明悦耳得就像泉水叮咚，却不带一丝感情。他的脸上仍旧维持着那份哀伤。

热情如她，终是抵挡不住他的淡漠，只好悻悻地转身离去，少年的声音却突然飘来：“你的酒窝很好看。”

“真的吗？”江梦瑶惊喜地回头，咧嘴一笑。她想，酒窝一定又跑出来了，因为少年的目光再次回到了自己脸上，原来，他看的是她的酒窝啊，“可我朋友都说，只有一个酒窝，一点儿都不对称，难看死了。”

“很好看，只在右边的酒窝，是最好看的。”

江梦瑶自嘲地勾起嘴角。呵，原来所谓的好看，是这么回事！

晚餐结束后，唐逸和苏言在院子里散步消食儿。

庭院深深，凉风习习，繁星点点。两个人十指相扣，有一搭没一搭地闲聊。

“之前江梦瑶出现的时候，我还以为那是你未婚妻呢。”苏言随口道，电视上不都这么演嘛！

“你想多了，她把我当哥哥，我把她当妹妹，仅此而已。”说到梦瑶，唐逸突然想起她提及的那个陆遥。自从听到这个名字后，苏言便像藏着某种心绪一般，哪怕面上笑着，也给他一种怅然的感觉。

想到这，他假装不经意地问道：“那什么陆遥，你的前男友？”

苏言摇头，一边说：“顶多算是青梅竹马。”

“如果连过去式都不算，却能令你心神不宁，我就有点儿吃醋了。”

苏言的眼色沉了沉，闷声说：“因为我们的关系有点儿复杂，准确来说，是我们两家的关系有点儿复杂。”

闻言，唐逸不禁有些后悔提这件事，他突然意识到，对于苏言的家庭，他竟然一点儿都不了解。

他握着苏言的手，小心翼翼地说：“我是个不称职的男友，没有关心过你的家庭。言言，你可以告诉我吗？”

“好。”苏言几不可闻地叹了口气。本来就打算要告诉他的，只是一直没有合适的机会。故事很长，她尽量长话短说：“大概在十多年前吧……”

那一年，苏言七岁，她跟着妈妈苏聆月离开了父亲许天明——一个滥赌成性的男人。也是从那时候起，她跟了母姓，改姓苏。

因为没钱，母女俩刚开始一段时间生活十分辛苦。可万万没想到，有一天，自己的生活里突然出现了一个叔叔，他给她们安排了一个虽然不大却很舒适的房子，给她买了很多衣服和玩具，对她和妈妈非常好。

妈妈告诉她，那个叔叔叫陆清远，是潼市的副市长，他们很早的时候就相识，只是各自成家后便断了联系。就是那个时候，苏言认识了陆遥，陆清远的独子，比她小一岁，陆遥三岁时没了母亲。

陆遥应该是第一眼就喜欢上了苏言，她的眼睛是那样澄澈明亮，令人着迷。

苏言年少时接触最多的男生便是陆遥，从小学到高中，他们都在同一所学校。同学们都知道，苏言是副市长公子罩着的人，而苏言也知道，陆遥对她有那么一种情愫，谓之喜欢。

苏言无疑也是喜欢陆清远父子的，这么些年，多亏他们的照顾，使得妈妈不用再那么辛苦，使得她不会被别人笑话没有爸爸。对于他们父子，她始终存着一颗感恩之心。

他们是她的亲人，苏言这样告诉自己，陆遥是她的弟弟，仅仅是弟弟而已。

陆遥一直默默守护着苏言，直到高二下学期，在他终于决定向苏言示爱时，却被陆清远送去了美国。此后，他只能隔着太平洋在视频里见苏言，而他听说，自己走后，有个叫杨晨的家伙对苏言展开了热烈的追求。

好在苏言告诉他，杨晨不是她的菜，他便也安心了。陆遥相信，等自己学成归国，苏言就是他的了，他相信，是他的逃也逃不走。

第五章　萧氏崛起

苏言倒是有些想念那个比爸爸还要亲的陆清远来，她对唐逸说："这几年陆叔叔的身体一直不好，说起来我都好久没回去看他了，什么时候你抽空陪我回一趟潼市吧！"

"好。"唐逸本就想去她的家乡见见未来的岳母大人，争取把终身大事定下来，"我把手头上的事情处理一下，周末和你过去。"

苏言点了点头。

然而计划总是赶不上变化。

翌日傍晚和唐逸一起吃晚饭时，苏言就接到了妈妈打来的电话，才刚接通，那边带着些哽噎的声音便传了过来："言言，你陆叔叔他……可能不行了，你要不要回来看看？"

再顾不上晚饭，唐逸便带着苏言驱车赶往潼市，到达医院时天色已经很晚了。

幽深的走廊里鸦雀无声，白炽的格栅灯光投射在三人的身上，苏言与苏聆月坐在一起，唐逸倚靠着雪白的墙壁，三人都沉默不语。

苏言低着头，目光停滞在自己的脚尖上，她一直都以为陆清远得的只是些小毛病，从来没想到病情会这么严重。

“手术中”的灯是在将近凌晨的时候熄灭的，大门缓缓开启。首先走出来的那个医生摘下口罩时，苏言愣了一下，竟是杨晨。

杨晨面色凝重，他对苏言颔首示意，然后走到苏聆月的面前，郑重说道：“陆伯父暂时清醒了，但是他体内过量的铜沉积已经严重损坏了肝、脑甚至心脏，各个器官都已近衰竭，我们尽力了。”

虽说早就有心理准备了，但真正听到这样的消息仍是有些不能接受。苏聆月说：“那他，还能支撑多久？”

“这要看他的意志，也许一两个星期，也许……只有两三天，你们多陪陪他吧！”

陆清远被送至病房，他脸色苍白，但在见到苏言的时候立刻精神了许多。

陆清远高兴地拉着她的手，说话明显中气不足：“言言，看见你，陆叔叔死也瞑目了……”

“陆叔叔你别胡说，”苏言心疼道，“好好调养一番，很快就又生龙活虎了。”

“你不用安慰我，我自己的身体自己最清楚。”

刚从手术台下来的人总是特别虚弱，苏言等人简单说几句就很快退出了病房。唐逸还有个重要会议，跟苏聆月简单寒暄一番后，他便先行离开了。

为了进一步了解陆清远的病情，苏言找到了杨晨。

“早就知道你从了医，却没想到陆叔叔会成为你的病人。陆叔叔待我如女儿，我却不知他生了这么大的病，这究竟是什么病？”

那苦笑让杨晨心头一颤，微微泛疼。他整理了下思绪，郑重说道“威尔森氏症，一种神经系统疾病。简单来说就是基因异常造成血浆中携带铜离子的蓝胞浆素缺乏，铜离子代谢产生异常，过多的铜离子沉淀，造成的全身性的症状。”

“什么时候发现的？”

“你还记得陆伯父被汽车撞倒的那年吗？”

“当然。”怎么可能不记得，陆叔叔正是为了救她才进医院的。

“就是那个时候检查出来的，当时已发病，处于初期，医院立即采用了螯合物疗法，但接受此疗法的患者产生有效反应的微乎其微，伯父并不幸运，后来病情复发来院治疗过很多次，甚至进行了肝脏移植，却起了排斥反应，病情继续恶化。”

苏言听着，某些细节慢慢想起，怪不得车祸那会儿妈妈被医生叫去后精神恍惚。想到这儿，她忽然有了一个可怕的念头，便试探着问：“这个病，它会遗传吗？”

“会，前提条件是父母双方都带有致病基因，才有四分之一的可能生下一个罹病的孩子，这个致病基因的携带者本身并不发病。”

“那当时是谁跟陆叔叔做的换肝手术，是我妈吗？”

杨晨摇了摇头：“不是，虽然当初决定进行肝移植手术的时候，你妈妈立刻提出换她的，但化验下来发现她竟然也携带着威尔森氏的致病基因。”

听到这里，苏言整个人都懵了，一种巨大的震惊与无措笼罩过来。

陆叔叔待她们母女甚好，好到有流言称她是陆叔叔的私生女。她记得陆叔叔检查出威尔森氏症后妈妈曾经拉她去体检，是担心她也会得这个病吗，难道流言并非空穴来风？

仔细想来，妈妈与陆叔叔的关系远非朋友那么简单，这一切究竟是怎么回事？

苏言的脑袋一团乱麻，整个人开始不安。

有人说，人一生的精力是既定的，只有那么多，过早地透支只会令死亡提前到来。

陆清远从政二十余年，精神上的疲惫远比身体上来得厉害许多，加之病痛的折磨，彻底剥夺了这个四十多岁的男人的生命。

而陆遥，终是在父亲合眼前赶到，见了父亲最后一面。

曾经，他恨陆清远，恨他将自己送去一个全然陌生的国度，那个没有苏言的地方，简直就是地狱。这么些年，他都没有回来过，一方面是赌气；另一方面，他想在最短的时间内让自己变得强大，强大到再没有任何人、任何事可以把他从苏言身边赶走。

可是，他终究是爱父亲的，那个给了他生命的男人。

子欲养而亲不待，便是人间最大的悲剧吧。

办完了丧事后，陆遥没再打算去美国，本来他就在准备回国事宜，物品也都托运回来了。吐着烟圈，靠在二楼的拐角处，他得好好想想以后的人生。

他终究没有想到，再次相见，苏言的身边已然多了个男人。

暖暖的阳光倾泻在青花琉璃的屋顶，一栋栋古朴的楼房被渲染得金灿灿。这是一个恬静的小镇，地处潼市最偏远的位置，群山环绕，几乎与世隔绝。

奔驰的汽车在一条植满香樟的路口停下，熄火后，司机对着身旁的人恭敬说道：“少爷，就是这了。”

车门打开，一个穿着黑色风衣的男子从车里出来，那被阳光照耀着的面容显得疲倦而孤独。

“你在这等我。”说完，他顺手合上车门，转身沿着前面的小路一直走去。

这里的房屋错落有致，清一色的白墙黛瓦，看上去让人很舒服。

陆遥在一座房屋前停下，朱红色的大门紧闭，隐约可见上头的门牌号——花梓巷 26 号。没错，他要找的人就在里面。

抬步上前轻叩门扉，久久得不到回应，于是他干脆大声呼喊：“张老伯，你在家吗？”

几声过后，便传来蹒跚的脚步声，一个六十多岁的老汉缓缓将门打开，用苍老的声音问：“谁呀？”

“你好，我姓陆，应该有人跟你打过招呼了吧？”

“哦，是陆少爷吧，请进请进。”

大门“吱呀”一声阖上，陆遥跟着老汉进到里屋，屋内的摆设很朴素。他在一张木质的椅子上坐下，老汉为他泡了杯茶。

“这个钱你收着。”待老汉在陆遥身旁坐下后，陆遥把揣在兜里的信封拿了出来，搁在桌上推到老汉面前。

看到那厚厚的信封，张老汉的眼睛明显一亮，这下娃娃嚷嚷着要买的钢琴有着落了。

“你想问什么就问吧，我知道的一定告诉你。”

陆遥满意地点了点头，便说：“你还记得苏聆月这个人吗？”

“聆月？怎么会不记得，我们是邻居，小时候我经常抱她呢。这孩子爹妈去得早，挺不容易的，我也就帮着多照顾点儿，她的事情就属我最清楚了。”

“她是什么时候离开这里的？”

张老汉眯着眼想了会儿，半晌才答道：“大概二十几年前吧，都不怎么回来了，也就清明会来上上坟。”

二十几年，苏言今年二十三岁，的确差不多是那个时候。

“我想知道她有没有喜欢过什么人或者有没有什么人喜欢过她。”

“这个问题你问对人了，除了我谁都不知道详情。”说这话时，张老汉显得有些得意，他喝了口水后继续说道，“聆月是我们镇上最漂亮的姑娘，当时追她的青年可多了，但她都不中意。后来镇上来了一个小伙，长得挺俊的。大概就是缘分吧，两个人一眼就认定了对方。可那男的完全是个负心汉，三个月后他要回城里，说是过段日子就来娶聆月。那男的走后，聆月发现自己怀孕了，在家左等右等，等来的却是他已娶妻的消息。当时我跟聆月说把孩子打掉，她偏不肯。一个大姑娘家未婚先孕，这孩子就算生下来也只会受到别人的唾弃。正巧那会儿有个男人愿意娶她，为了孩子她答应了，于是她就跟着那个男人离开了这里。”

“那么，她原先喜欢的那个男人叫什么名字？”

“我不太记得了……哦！好像跟你一样，也姓陆。”

姓陆！果然是姓陆！怎么能姓陆呢？！陆遥有些不敢相信，他多希望是自己想多了。

其实还有转圜的余地吧，天底下姓陆的人那么多，并不一定就是他父亲，而那信纸上的“月”字，也不一定指的就是苏姨，也许只是巧合罢了。

陆遥找到苏聆月的时候，后者正在院子里浇花，听到动静，她立刻转过头去：“陆遥？你怎么来了？”

“苏姨，我有件事，想问一问你。”

看他十分严肃的样子，苏聆月隐隐觉得不安：“你说。”

“我今天去了花梓巷。”陆遥开门见山，同时观察着对方的反应，“我不想拐弯抹角，我只问你一个问题，请你如实回答我，苏言……她是不是我同父异母的亲姐姐？”

苏聆月脑袋“轰”的一声嗡嗡作响，震惊得不知如何回答。为什么他会这么问，他究竟知道了什么，她该承认还是反驳？

低垂着头，苏聆月将目光投在手中的水壶上，正斟酌着怎么开口时，一张泛黄的信笺就出现在了视线里。她抬头望向陆遥，对方正面色凝重地看着自己。

“我想，你的表情已经回答了我，果然是这样。呵呵，怪不得爸爸知道我喜欢苏言后，会不顾一切把我送走。”陆遥苦笑一声，指着信笺说，“这是我收拾爸爸的遗物时发现的，你不打开看看吗？”

苏聆月取过信笺，还未完全展开，就被首行的称谓惊得愣在当场，只是简简单单的“清远”两字，便勾起了她深藏心底的美好回忆。那两个字，某人曾执着她的手一笔一画地写过，她曾在过去的日子里涂满纸页，从一开始的歪歪扭扭到后来的清秀工整。

那两个字，她认得，是她的笔迹。

是了，这封信是她二十四年前写给陆清远的，那个时候她还在镇上痴痴地等着他来娶她，那个时候她刚沉浸在有他孩子的喜悦当中。她迫不及待地写信告诉他，满心欢喜地等待着他的回信。一个月、两个月……直到半年后她才得到回音，收到的却是他跟别人结婚的喜讯。如果早知道他准备娶别的女人，那她绝不会写信给他，绝不会让他知道孩子的存在。

这是她给他写过的唯一一封信，没想到他一直保存着。

“当我发现这封信的时候我就在想，落款上那个‘月’是不是你，提到的那个孩子是不是苏言。我派人去调查，我亲自去花梓巷，我想知道真相却又害怕知道。原来你和爸爸那么早就认识了，为什么他当初把你抛弃了你还能原谅他？”

苏聆月脸色微白，思绪有些凌乱，好一会儿才叹息道：“这大概就是劫吧，我喜欢他，纵使当初有过失望，却也不曾怨过他。”她早就看出了陆清远的野心与抱负，当出现一个能够帮助他的女人时，他怎会错失良机。

“我明白了。”心里百味杂陈，陆遥缓缓起身，他想他是真的明白了。

“陆遥！”见他要走，苏聆月连忙叫住他，语气近乎乞求：“不要告诉言言，好吗？”

“你放心。”

渚镇的项目进展还算顺利，如今为了加快进度又增添了一个施工队，南北同时作业，势必在半年内竣工。

苏言白天几乎一直待在工地上，现场需要变更设计的地方她也给出了自己的意见，跟着监理监督施工。工地上的人都知道她的身份，一开始对她虽有敬意内心却不服，很多人都觉得她来工地只是混日子的，不过花瓶一只，处久了才发现她工作认真、谦虚好学，这才令众人刮目相看，心服口服。

唐逸正在筹备个大项目，整天忙着开会、见客户，也就不怎么来现场了，很多事情都让苏言出面，比如请监理吃个饭，同设计院打交道，还有资金周转等事务。在人际关系上，苏言越发八面玲珑起来了。

每天晚上苏言都会接到唐逸的电话，十点钟，不早不晚，在她睡觉的点跟她道晚安。然后，他会继续做他的事情。

两个人见面的机会变得难得起来，对此，周叶开玩笑说："他该不会是花天酒地去了吧！"苏言煞有介事地附和她的猜想，不过她心里明镜似的，就算全世界的男人在外胡来，唐逸也不会，他不会骗她，她就是有这个信心。

周叶是上周末回国的，她的回归，让苏言有序的生活恢复了凌乱，冷清的公寓也一下有了生气。零食、水果堆满茶几；漫画、杂志丢遍沙发；电脑、电视轮番上演，日子潇洒又温馨。

这天吃完晚餐后，苏言盘腿坐在沙发里，一边吃着橙子一边看综艺，正哈哈大笑时，周叶的手机响了。

"你帮我接一下。"正在敷面膜的周叶从卫生间里探出头来。

苏言拿起手机，一看来电显示，是一串奇怪的号码，她疑惑地接起。听筒里传出一个非常温柔的男中音，苏言带着不确定的上扬语气问："你找周叶？她现在不方便接电话，你有什么事需要我转达吗？"

"你是苏……苏言吗？"

"是啊，你是？"这个声音她确定是陌生的，猛然间，一个名字划过脑海。

“凌风！”

两个人异口同声。

苏言在心底低叹了声“原来是你”，不得不承认，这个声音让她有种很舒适的感觉。

“你找叶子有事吗？”

“我想问一下，她是不是回来好多天了？”

“对啊，四五天了吧。”

那边沉默了一会儿，随后半是颓丧半是切齿的声音传来：“她答应我回到国内就给我打电话的，我一直在等她的电话。”

“这样啊！”叶子说她对那什么凌风压根没上过心，所以苏言想她肯定是随口敷衍的，于是打起马虎眼，“她这几天很忙，忘记了吧。”

“忘记了？好吧，没什么事，代我向她问好。”

“好的。”

苏言挂掉电话，对方的最后一句话虽然语气柔和，却散发着危险的信号，就像狩猎者发现目标准备出击一样。

翌日，晴朗的天空忽然阴沉了下来，乌云笼罩，像要降雨的样子。果真，吃过午饭后，雨就悄然落下，从淅淅沥沥到密如牛毛。

工人无法开工，苏言便驾驶唐逸给她配备的汽车离开了工地。有几份文件要拿去公司盖章，顺便去看看唐逸。说来倒是巧，唐逸这几天也是难得在公司，这会儿才刚到不久，椅子还没坐热。

办公室的门虚掩着，苏言探了个头进去，只见唐逸正埋头看一份文件，她便抬手在门扉上轻叩了几下，带着一脸的灿烂。

“言言，你怎么来了？”

“想你了呀！”苏言一边俏皮地答一边反身关上了门，随后在唐逸对面的皮椅上坐下，顺便把文件递上桌面，公事化地开口：“这是与石材公司签订的合同，你看一下，没问题的话帮我拿去盖一下章。”

“好，先放着吧。”高强度的工作让唐逸看上去有些疲惫，但这种倦态在看到苏言时便一扫而光，他放下手头的工作，无比贪恋地看着苏言说，“过来，让我抱抱。”

“得注意形象，被人看到多不好呀！”看他抬手按了按眉心，苏言心疼道，“是不是很累，我帮你捶捶肩吧。”苏言向他走去，却不想刚到他身旁就让他一把搂在了怀里。

“有谁会看到，嗯？这个公司不用敲门就能进来的人，一个在我腿上，一个没来公司。再说，你不是特地把门关了嘛！”

哪有特地，分明是随手而已¬。

苏言刚想辩驳就被唐逸抢白：“最近忙坏了都没时间陪你，还剩点儿收尾工作，今天就能结束，总算可以告一段落了。”

“听说蛮棘手的，那个对手叫什么萧氏，我之前都没听过，从哪儿冒出来的？”苏言虽没有参与其中，但了解个大概。

政府筹划了一座总建筑面积高达五十多万平方米的中心广场，集购物、旅游、餐饮、休闲、娱乐、商务等功能于一体。建成后，它将会是岚市最大最繁华的商业圈。

这么大的项目能保质保量完成的，除了帝唐无第二人选。本来项目进展是相当顺利的，但在即将签合同时杀出个萧氏，也不知开出了什么诱人的条件，竟让政府同意再做考虑，事情就这么被搅和了。

“萧氏本身是个小公司，在业内并不知名，但它的崛起并非偶然，可以说是厚积薄发。不过，我调查过他们的财政状况，并不十分乐观，敢这样大手笔地跟帝唐争项目，背后定是有人支持，并且这个人来头不小。”

“那结果呢？”

“十二个标段，我十他二。”

虽说萧氏只拿了个零头，但能从帝唐手里抢走项目，这是前所未有的，绝对能够让它在业界的地位更上一层楼。

“不说这个了。”怀里的馨香令唐逸倍感窝心，如此贴近，他有些心猿意马，大手开始有意无意地在苏言后背游走，低吟出压抑许久的心声：“言言，我好想你。”

温热的气息吐在耳际，如灵活的小蛇一般钻入心底。苏言还没反应过来，唇上一凉，湿湿绵绵的吻便落了下来。

室外雨声滴答，室内一片旖旎。

岚市的夜晚，灯火通明。

一个名叫“月光码头”的酒吧里，陆遥坐在昏暗的角落，与这喧闹的氛围有些不合。

陆遥看了看手表，自己竟然早到了十多分钟。他点燃一支烟，百无聊赖地望着舞池里热情的男女。视线里突然出现一个浓妆艳抹的女子，端着酒杯扭身而来。

“我没空搭理你。”

女子正要开口，陆遥就冷冷地示意她离开。女子丰腴的身形顿了顿，随后妖娆一笑，踩着高跟儿鞋挤到了他身边，毫不客气地落座，酒杯轻放，艳唇轻启：“哟！陆少还是这么难以接近呀！你是为了苏言才到岚市的吧，现在除了她还是对其他女人不感兴趣吗？”

听到那个名字，陆遥锐眼微眯，漠然道：“我想，我不认识你。”

“我叫刘燕，和苏言是高中三年的同班同学。”眼前这位倨傲的少爷若不是她高中时暗恋的对象，她才不会如此厚颜无耻地挨过来。那个时候的他，真是俘获了无数少女的芳心。当然，现在看见他，还是让她忍不住春心荡漾。

刘燕说着从口袋里掏出一支烟，就着陆遥燃着的烟头点燃，悠悠吐出一环烟圈，眼神迷离。

陆遥蹙眉，随口问了句：“你在这里上班？”

“对啊！你一定看不起我吧，抽烟喝酒，赔笑陪跳，但是，我热爱这份工作。”

陆遥并不愿再与她多说，正巧他眼角的余光瞥见一抹精瘦的身形，陆遥便直起身子，一边朝那个方向挥手一边对刘燕说：“我等的人来了。”

“那么，下次再见。”刘燕识趣地放下二郎腿起身，端着酒杯袅袅离开。与那个走向陆遥的中年男子擦肩时，她不着痕迹地多看了那人一眼，随后面不改色地走到场子的另一头。

“林总。”

沙发里的男子听着这声千娇百媚的呼唤，一把将走至跟前的刘燕抱入怀中，眯着眼道：“六分十八秒，这超时的一分十八秒你说该怎么补偿我。”

“我都听你的，再说，我是在为你做事耶！”

“可我觉得你挺享受和他聊天儿的嘛！”

刘燕勾住男子的脖子，将脸贴得很近很近：“你吃醋啦？”

“我怎么可能会吃一个黄毛小子的醋。”男子说着吻上那丰润的双唇。

“那个黄毛小子，他可不简单呢。”刘燕继续说，“你一定知道最近崛起的萧氏吧，他就是萧氏背后的贵人。”

而刚才那个她多看了一眼的中年男子，正是萧氏的执行总裁萧正东。

第六章　自闭正太

正是午饭时间，“贝莱德”汽车贸易有限公司里，员工们都聚在餐厅，一边扒拉着饭菜一边海侃着各类话题。

周叶听着她们兴奋谈论着总部刚刚调来的产品经理——凌风。自从她们产品部的老大跳槽后，公司便一直对外招聘人才，前段日子忽然没了动静，原是总部出了调令。凌风再次成为她的顶头上司，周叶觉得，这绝对不是巧合。

自从凌风来到公司以后，他便成了女性同胞的八卦对象，言语之间难掩爱慕之意，特别是那些年轻又有点儿姿色的女子，总是幻想着有朝一日能邂逅这位新领导。所以说，有帅哥的地方就会有花痴，尤其当这帅哥还处于空档期的时候。

凌风靠在椅背上舒服地伸了个懒腰，随后端着茶杯走到落地窗前，将这座城市尽收眼底。

公司的左前方是一间别有情趣的咖啡屋，是同事们最喜欢的休闲场所。凌风特别喜欢靠窗的位置，闭起眼，恣意地想象着与某人坐在一起的温馨场面。

此时江梦瑶正坐在咖啡屋里，她刚摆脱一个烦人的跟屁虫，与三个姐妹享受着闲适的下午茶时光。

“梦瑶，我看那个黄什么秋的挺不错，家境富裕长得帅，又总对你献殷勤，你就考虑考虑，给人家一次机会嘛！”

“你又不是不知道我有喜欢的人。”

“就你说的在美国遇见的那个？你连人家联系方式都没有，这靠谱吗？”

江梦瑶无谓地耸了耸肩，呷了一口咖啡，十分坚定地说：“我相信我还会遇到他的。”抬头望了眼窗外蔚蓝的天空，下一秒，江梦瑶的目光就撞上一个从对面银行出来的人影，可不正是她方才所想之人吗？看，上天果然是垂青她的。

江梦瑶二话不说，立刻跑了出去。

“陆遥！”穿过马路，见对方打开车门正要进去，江梦瑶一边喊他一边跑过去。他转过身来一脸疑惑，她试探着问：“你不记得我了吗？”

江梦瑶微微一笑，这一笑，陆遥便看见了那个出现在脸颊右边的酒窝。有印象，只是未曾记过她的名字。

对方的沉默令江梦瑶有些尴尬，意识到他可能真的不记得自己了，她索性自报家门：“江梦瑶啊！我们在美国见过。”

“抱歉，我没工夫与你叙旧。”不愿再多费唇舌，陆遥兀自进入车里，发动车子便离开了。

“喂！”江梦瑶呆呆地站在原地，不甘心地跺了下脚。她准备了好多话，一句都还没说呢！

今天的天气格外好，偌大的庄园里，正中心的草坪上架起了一个箭靶。

江梦瑶站在离靶一米左右的位置，闭上一只眼，带着怨气，将手里的飞镖一个个扔出去。

“表妹好兴致！”

声音自身后响起，江梦瑶转回头看向来人，漫不经心道：“表哥，你怎么有空过来？”

“听舅妈说你整日窝在家里闷闷不乐、茶饭不思，我这个做哥哥的，再忙也得来看看啊！”

“还是表哥疼我。”

林天成悠闲地坐在休闲椅上，故意生气道：“谁这么大能耐，敢惹我们的小公主？告诉表哥，表哥替你出气。”

“也没什么，”江梦瑶搁下飞镖，拍了拍手，接着说，“就是我喜欢的人暂时不喜欢我罢了。”

“那他一定是瞎了眼，”林天成大骂一句。他瞥见休闲桌上反放的手机时，愣了一下——手机背面印着“陆遥”二字。

“你喜欢的人叫陆遥？”

“嗯，默默喜欢了好多年。”说这话时，江梦瑶露出了难得的小女儿娇态，“怎么，表哥也认识他吗？”

“谈不上认识，只是听说过。”林天成淡淡答道，听刘燕说陆遥喜欢苏言，而苏言喜欢唐逸。他本盘算好了一切，现在又扯进来个梦瑶，这丫头冒冒失失的，不会坏他的事儿吧，或者，干脆让她把这趟浑水搅得更深。

“表哥，你在想什么呢？”

“没什么，我还有点儿事儿要回公司处理，你也别不开心了。顺其自然，该是你的跑也跑不掉。”

告别了江母，林天成驱车赶回帝唐，看来这事儿他得重新计划一下。

“林总好。”

“郑秘书，”迎面碰上唐逸的秘书郑颖，林天成停下脚步瞥了眼她手里的资料，“我听说负责渚镇项目的经理家里出了点儿事儿，公司要派个助理过去，有这回事儿吗？”

郑颖点头。随即林天成说道：“我这儿倒是有个人选，工程部的周俊涛，你参考一下。”

林天成说完便头也不回地走开了，方才那句看似随口的建议，实则在他计划之内。他相信，既然自己提出来了，那么那个助理名额八成是周俊涛的。

接下来，他要查一查苏言的身世背景。他有种预感，能在她身上扒出点儿什么来。还有那个陆遥，是时候与他见一面了。

如林天成所料，自己推荐的人果然被派去了渚镇。安排好周俊涛后，他接到了刘燕的电话，说陆遥就在“月光码头”。时机说来就来，他挂断电话，驱车而去。

酒吧里，陆遥坐在晦暗不明的角落，心情烦闷。

他始终不能接受苏言是他姐姐这个事实。自己喜欢了那么久的人，怎么可以是自己的亲姐姐呢！即便知道了这个事实，他也无法将这么些年倾注的感情收回。就当自己从来不知道这回事儿，继续爱着她，把她从那个叫唐逸的男人身边抢回来。

“陆少，一个人喝酒多无趣。正好想介绍个人给你认识，你一定会感兴趣。”

兀自思索间，一个颇为熟悉的声音在头顶响起，陆遥应声抬头，隐约记得眼前的女人是上回前来搭讪的老乡。而她旁边，站着一个挺拔的中年男子。

刘燕还有生意要照顾，带林天成过来后便先行离开了。林天成在旁边的卡座里坐下，自我介绍道：“我叫林天成，是帝唐的股东之一，现任帝唐执行副总一职。”

“帝唐？”陆遥在心底冷哼一声，语气不善：“你怎么会找到我？”

“最近，萧氏的崛起令很多业内人士刮目相看，陆少你作为萧氏背后的贵人，我自然应来拜会。果真百闻不如一见，英雄出少年哪！”

英雄出少年？陆遥不置可否地扯了扯嘴角：“你特意过来总不是为了夸我几句吧？”

“当然，我不过觉得，我与陆少有一个共同目标。”林天成故意停顿了一下，瞥过去一眼接着说，“拉唐逸下台。”

“哦？你调查过我？”陆遥锐眼微眯，不悦地望着面前的男子。对于那个抢走苏言的人，他终究是讨厌的。明明是自己先认识、先喜欢的人，却被那小子夺走了。陆遥决定要将他身上的光环夺去，要让他失去拥有苏言的资格。

林天成倒是面不改色：“说实话，能在帝唐手里抢走项目的高人，我怎么可能不去留意？查你底细的人不少，可能我知道的比较多一点儿，不过我没有任何敌意，相反，我对你来说是最好的盟友——任何能打垮唐逸的人，我都感兴趣。”

陆遥不甚唏嘘：“我还以为帝唐高层团结一心，原来也有林总这样的野心家。”

“在商界混，谁都不想屈居人下，我从父亲手里接过这个股份的时候就在想，总有一天会让帝唐改姓林。”林天成的眼神凌厉而决绝，“帝唐是唐、孙、林三家共同打下的江山，唐家人凭什么一直当老大？孙阳那小子甘心做唐逸的跟班，我可不甘心！最近萧氏势头很足，我相信你们的目标也是帝唐，那我们为什么不干脆合作呢？”

调整了个比较舒适的姿势，陆遥淡淡问道：“我怎么知道你是真心求合作还是帝唐派来的探子。”

“这个，我自然会让陆少看到我的诚意。”

“那我等着。”

两个人互换了名片。之后，陆遥便离开了酒吧。

渚镇项目快竣工的时候，唐逸到工地上转了一圈。一幢幢木结构的古式房屋已成规模，只剩下门窗和楼梯尚未安装，项目全面进入收尾工作。

唐逸到渚镇除了监工外，其实还有个饭局。他一面将车往“君皇大酒店”开，一面跟副驾驶座的苏言解释：“记得我跟你说过待项目建成有剧组要租用的事儿吧，现在他们的几个负责人已经到了这里，今天就是跟他们约的饭。”

“你就带我一个人吗？这样似乎不太合适啊！”苏言有些不淡定。

“又不是公事，就当朋友间的聚餐。”

“可我一个也不认识呀！”

“所以带你去认识啊！”

苏言听着挺有理，可又觉得似乎哪里不对劲儿。等听到唐逸跟那些人说自己是他未婚妻的时候，她的脸瞬间红了，心里暖暖的。

苏言随着唐逸一个个跟他们打招呼，这是她第一次接触剧组，剧组除了编剧以外都是男性，他们的主负责人叫赵冬，与帝唐的租用合同便是由他签订的。

菜早就订好了，众人入座后，便陆陆续续开始吃饭。

觥筹交错间，气氛一下活跃了起来。酒酣人未散，宴席结束，时间尚早，大家坐在沙发上休憩，聊聊天儿顺便醒醒酒。

苏言和编剧坐在一起，两个人很快熟络起来。

“我看过你们工程的效果图，还真漂亮。其实你们竣工后我们还得忙活好久，像那个外墙必须做旧，还要装路灯、入口处搭个舞台等，烦琐着呢！”

苏言打心眼儿里喜欢这个叫“六月”的女孩儿，她看上去很小，身上有一种纯净的气质，就像山林里的溪流，清澈又充满生机。

“话说，这个剧的男女主角是谁呀？”苏言忍不住八卦一下。

“女主是姚晴，男主和你是本家，苏又航。”

“苏又航！”苏言有些兴奋，声音都不觉提高了几分。

“你喜欢他吗？”

“对呀，他是我大学时期的偶像，那时整天追着他的电视看。”听到曾经偶像的名字，她忍不住激动了一下。

“等他们来了我带你见他呀！”六月眉梢一扬，俏皮地转换话题，“这是我第一次来岚市，早就听说岚市是旅游天堂，有空你带我玩吧，好不好？”

苏言欣然答应。

那顿饭后，苏言经常与六月联络。两人的关系越来越好，六月总会在不经意间向苏言打听她与唐逸间的趣事，说是要作为素材写进剧本里。

苏言还将闺蜜周叶介绍给了六月认识，三个年龄相仿的女孩很快就玩儿到一块。这不，六月邀请她们这个周末上他们剧组玩儿。

那是一个老宅院，本是古时一个方姓男子的家宅，如今已被开发成了旅游景区。

三天前，剧组包下了这片场地，进行为期一周的拍摄。门口的牌匾被换掉了，挂上了五个烫金大字——江南织造署。

六月将两个人带进来不久，便被一个女孩拉到导演那边去了。

“我这就过去，小桃，这是我两位朋友，你带她们去‘松风堂’坐会儿。”六月随后转头对苏言与周叶说，“等我一会儿，我马上回来。”

这个“马上”有点儿长，四十分钟过去，苏言都喝完第三杯水了，还没见六月回来。

去卫生间的途中，苏言在一个三岔路口看见一个小孩背对着她蹲在地上。似是听到脚步声，那背影回过头来，张口就喊：“姐姐。”

那是个特别可爱的小男孩，粉扑扑的脸蛋，忽闪忽闪的大眼睛，头上扎着高高的发髻，一袭淡灰色的古式长袍裹住了他的全身。苏言蹲下身去，学着小孩的口吻说：“你在做什么呀，拍戏吗？”

“不对，我现在是蘑菇哦！”

“蘑菇？”

“姐姐你陪我一起当蘑菇吧！”

小男孩说着就来拉苏言的手。这时，一个温润的男中音插了进来：“小莫，原来你在这儿。”说话的男子也是一身古装打扮，十分俊秀，他走上前一把抱起了小男孩。

“哥哥你放下我，我是蘑菇，你不能把我拔起来，姐姐救我！”小男孩说着把身子探向苏言，小手使劲儿朝她挥舞。

要不是听见了那声“哥哥”，苏言真想上去抱他。正这么想着，她便听见那男子对她说：“不好意思，这是我弟弟，让你见笑了。”

耸了耸肩，她由衷说道：“没有，他很可爱，我很喜欢他。”

小男孩一听乐了，身子也不挣扎了，“咯咯”道：“小莫也喜欢姐姐。”

抱着他的男子心潮微微一动。这是小莫第一次主动与外人接触，在他的世界里从来只有爸、妈与他这个哥哥。他刚才看得分明，小莫可是去拉了那女子的手，平日里最讨厌被人碰的小莫，竟会主动亲近陌生人。

男子想与苏言多聊会儿，但有戏在身不能久留，只好同她作别。

从卫生间出来后，苏言越想越觉得不对劲儿，刚那男子的声音挺熟悉的，长相也似曾相识，在哪儿见过呢？

哦！她的榆木脑袋想起来了，那人分明是——苏又航！

真人比电视上帅气多了。

回到“松风堂”的时候，六月已经过来了。看她的脸色不怎么好，苏言便凑上前去关心道：“怎么了，被批评啦？”

“导演要我改剧本，我觉得按照目前的发展是最好的，他非要让我加个角色进来，我就与他争了两句。”

“结果呢？”

“好女不跟男斗，我就让了他一回。”六月撇了撇嘴，显然不想再聊这个话题，“走，我带你们到前面去看看，还有一场戏，他们拍完就能休息会儿了。”

这是一个典型的古典园林，亭台楼阁布置巧妙，小桥流水辉映成趣。踩在卵石铺成的路面上，三人一边聊天儿一边朝前面走去。

“对了，我刚才碰到一个特别可爱的小男孩。”

六月接话：“小男孩？你是说苏亦莫？”

“应该是。”

“他长得挺可爱的，可惜有自闭症。”六月不无惋惜地感叹，“在剧组里，他只理会苏又航，其他人一律无视。独自一个人的时候，他会把自己幻想成各种东西，有时候是动物，有时候是植物，有时候是日常用品。不过他挺乖的，从不会给剧组制造麻烦。哎，这么萌的一个小正太竟然有自闭症，老天真是太残忍了。”

“为什么他会在剧组，还穿着剧服？”

“因为他也是演员啊！”

“他能演戏？”苏言有些糊涂了，不是说他有自闭症吗？。

“这个剧本里正好有一个类似他那样的角色，戏份不多。那天苏又航带着他过来，导演觉得他演那角色正好，就征得了苏又航的同意。当然导演并没有给他安排太多戏份，只是一个镜头摆在那让他自己玩儿，那种浑然天成的憨劲儿是任何演员都演不出来的。”

“哦，是这样。”苏言若有所思，“对了，你说他不跟其他任何人说话，可他刚刚叫我姐姐了。”

“不可能吧！”六月满脸不敢相信。

“真的。”

“姐姐！”苏言话音未落，稚嫩的声音就传来了，紧接着，一个小身影出现在视线里，屁颠儿屁颠儿地跑了过来，带着一脸的灿烂笑容，直往她怀里撞。

“哇，好可爱的小屁孩。”周叶说着弯下腰想要去捏他的脸颊，不想那小屁孩围着苏言的腿躲到了她的身后，抿着嘴瞪着周叶。

这小孩变脸也太快了吧？周叶一脸幽怨地看着苏亦莫，如是想。

“小莫，为什么要躲这位姐姐呀？”苏言将苏亦莫抱在怀里，嗲嗲地说。

苏亦莫并不回答她的问题，他自顾自地说：“我就知道我能找到姐姐——姐姐，我们去看哥哥拍戏好不好？”

“好啊！”苏言笑答，她本来就是要去那儿的。

看了看六月瞠目结舌的表情，苏言不忘逗弄小亦莫：“小莫，你今年几岁了呀？”

“妈妈说四岁。”

“你为什么会喜欢姐姐呀？”

“因为姐姐长得好看！”苏亦莫眨巴着眼睛，一脸无辜。

这小孩太懂事了！

来到片场，苏言抱着苏亦莫挤到了最前面。场上各就各位，摄像机高高吊在半空，下面都是些群众演员，导演正在抓紧拍摄，单个场景拍了一遍又一遍。在导演的骂声中，演员们总算把这场戏给过了。

“哥哥。”苏亦莫对着苏又航兴奋地喊。

“小莫，还不快下来，姐姐抱着多累啊！”苏又航从苏言怀中接过男孩，把他放在了地上，然后对苏言说：“你好，我们又见面了。”

听到这话，六月惊呼：“原来你们见过了！”

“对啊，就刚才。”苏又航说完转向苏言，“之前六月说要带两个朋友来，我还以为会是我的粉丝——我还不知道你的名字，还有这位姑娘。”

“你没出戏呢吧，还姑娘呢！”六月忍不住啧他，然后给他介绍，“这是苏言，这位是周叶。”

周叶的内心显然有些激动，毕竟第一次近距离与明星接触，又是求合照又是求签名，俨然一个小迷妹。

微笑回礼后，苏又航的注意力更多地集中在苏言身上，有一搭没一搭地与她寒暄。

时间一晃就到了中午，苏言和周叶不客气地蹭了剧组的盒饭。期间，苏亦莫跑到苏言跟前嚷嚷着要她喂，后者二话不说放下了自己的碗筷，一心伺候面前的小祖宗。

“真是麻烦你了，小莫平时不会这么黏人的。”

“没关系，我……”苏言正要说话，苏又航手机响了。

“不好意思，我接个电话。”随后他走到了无人的角落。

“喂，妈……小莫挺好的，很听话……对了，他今天认识了一个女孩，现在正黏着她喂饭呢……妈，你有在听吗？……是啊，我也觉得很奇怪……几岁？大概二十三四岁的样子，长得很漂亮……你要过来？那我明天去接你。”

看到小莫很开心地跟在苏言身边，苏又航安心地投入到下午的拍摄中去了。不知道为什么，他脑海里总会浮现出苏言带笑的脸庞，以致常常走神儿，一连 NG 了好多次。整个下午本来有四场他的戏，导演看他心不在焉，拍完一场后就让他调整去了，改拍其他场景。

这天的时间好像过得特别快，当苏言来向他告别时，苏又航如是想到。

苏亦莫恋恋不舍地拉住苏言的衣角，噘起嘴:“姐姐你要走了吗？”

“对呀！”

“小莫以后是不是见不到姐姐了？”

见他鼓着腮帮子一副泪汪汪的可怜样，苏言的心都快碎了。蹲下身安慰他："不会，姐姐有空就来看你。"

"真的吗？你一定要来哦！我们拉钩钩。"拉完钩以后，苏亦莫的情绪立刻得到了缓和，但很快脸又瘪了回去："那如果姐姐一直不来，我又想姐姐了怎么办？"

苏言想了想，从包里拿出纸笔，写下一串号码后递给他："那就让哥哥给姐姐打电话好不好？"

"好。"苏亦莫小心翼翼地将字条收进口袋，在苏言脸颊上"吧唧"了一口，随后退到苏又航身边，目送苏言离开。

这会儿才与六月分别，苏言就收到了唐逸的微信，三个字："想你了。"

不是白天才见过吗，苏言虽这样腹诽，到底还是开心的。她也回了三个字："怎么了？"

"因为爱情。"紧接着又发过来一条，"今晚到我那儿吧，想抱着你睡。"

唐逸的父母在家待了一个月，又双双出过旅游去了，经不住唐逸诱惑，苏言时不时都会夜宿在他那里。

尽管知道有人在家等他，唐逸还是加班到了十点。等他到家的时候，苏言已经在沙发上睡着了。

唐逸轻轻抱起她往楼上走。"唔，你回来了？"揉揉惺忪的睡眼，苏言迷糊地说。

唐逸点头，随后将她放回沙发，一面不怀好意地笑说"既然你醒了，那我们干脆做点儿什么吧。"说罢松开领带脱去外衣。

"等等，我有话问你呢。公司里是不是出什么事了？"周末还加班到这么晚，苏言不禁有了这个猜测。

"是有一点儿，不过不是什么大事，我能处理好。"

看他欺身过来，苏言忙追问："能处理好就是还没处理好！跟我说说嘛！"

"这个时间这个氛围，显然不适合谈公事，下次赶早我说给你听。"

"哦！"苏言努嘴，顿觉有些口渴，想先喝杯水，然而才说了个"等"字，嘴巴就被唐逸封住了。

总算尝了点甜头的唐逸暂时松开她的唇，双手撑在她身子的两侧，一脸哀怨地望着她："言言，你仔细想想我们多久没运动了，你忍心这么一而再，再而三地打断我吗？"

"那好吧，先运动。"

浓情之际，一道欢快的音乐响起，苏言有电话进来了。

唐逸的内心几乎是崩溃的，但他并没有给手机太多猖狂的机会，他头也不抬，长腿一伸，将茶几上的手机踢出老远。手机落在地毯上，清脆的铃声顿时变得闷闷的。

继续做爱做的事情。

一番云雨过后，苏言躺着歇了会儿，才起身将可怜的手机捡起。

未接来电五个，同一个陌生号码。

她有预感，一定是小莫打来的。果不其然，回拨过去后，欢欣却又带点儿小委屈的声音就传了过来："姐姐，你终于理我了。"

"哦，我刚刚在洗澡，"苏言说着瞄了眼将她抱在怀里的唐逸，继续说，"小莫，你在做什么呀？"

"我在睡觉，可是我想姐姐了。"

"姐姐也想你。"

"真的吗？"电话那头，苏亦莫开心地转向苏又航，"哥哥，姐姐说她也想我了。"

"好啦，听到姐姐的声音了，跟姐姐说晚安，姐姐也该休息了。"

电话里传出苏又航的声音，紧接着苏言就听苏亦莫说："姐姐你唱摇篮曲给我听吧，我睡不着。”

唱歌？这完全不是她的强项啊。摇篮曲？《两只老虎》算吗？苏言斟酌之际，便听苏亦莫急忙忙的声音传来：“姐姐，哥哥要抢走我的手机了，我明天再打给你，姐姐快去睡觉吧，晚安！”

“晚安！”

“小莫？”唐逸睁开眼睛，带着点儿醋味问，“谁呀？”

“一个可爱得不得了的小屁孩。”苏言说这话的时候，眼里满满的宠爱与欢喜。她将白天发生的事情都告诉了唐逸，免得他醋味更甚。

虽然只是一个孩子，但毕竟是异性啊，唐逸理直气壮地吃起醋来。

“我去洗个澡。”唐逸挑了挑眉，端着一副欲求不满的样子说，“或者，等我洗好，再来？”

喂不饱的狼啊，苏言腹诽了一句，跟他道了声“晚安”就上楼了。

漆黑的夜里，有人酣然入眠，有人辗转反侧，也有人在窥视黑暗。

这是一个经济发展水平相当低的小市，马路上没有灯光，漆黑一片。万籁俱寂中，从幽深的小巷子里传出激愤的打骂声，夹杂着微弱的求饶。

借着并不十分明亮的月光，可以看见四五个壮汉挥舞着手里的棍棒围着一个缩在墙角、不断哆嗦的中年男子。

“大哥，差不多了，再打下去他就没命了。”其中一个男子对为首的刀疤男说道。

刀疤男让其他人停手，冷眼看着地上被打得体无完肤的男子，上前狠狠一脚踩在他的脸上，目露凶光：“给你三天时间，再不还钱，老子砍了你的双手，我们走！”

刀疤男带着人离开后，地上的男子才挣扎着爬了起来，他愤恨地啐了一口血，拖着伤痕累累的身躯向小巷外走去。

黑沉的环境突然被两束光照亮，男子眼睛适应不了这突然的光芒，伸手挡了挡。当他再睁开眼睛，发现光是从对面的汽车上射过来的。接着，他看见车门打开，一个西装笔挺的男人从副驾驶的位子上走了出来。

男子不予理会，继续一跛一跛地朝前走，却没有想到，从车上下来那人竟走到了自己跟前，他最先看到的是一双一尘不染的皮鞋。

他惶恐地抬起头，心想，这不会又是来要债的吧？

“许天明？”对面的男子开口了，说出了他的名字。

是的，这人就是许天明，苏言曾经的父亲。这么些年，他都不知道自己究竟欠下了多少赌债，一直东躲西藏，过着提心吊胆的日子，他最害怕的就是别人叫他的名字——这副臭皮囊都不知挨过了多少棍棒拳脚。刚才那样的一番毒打若换成别人早该进医院了，对他却是家常便饭。

摆平了心态，他镇定自若：“你认错人了。”

西装男子不置可否地笑了笑，他从胸前的口袋里掏出一样东西，递给许天明，说：“这是我的名片，什么时候想起自己确实是叫这名字了就给我打电话，也许我能帮你。”说完他就转身离去。

许天明站在原地听着汽车引擎的声音，抬起手，借着车灯，他看清了名片上的名字。

林天成。

第七章　暗中交易

岚市的火车站，满是拖着行李的旅客，熙熙攘攘。

下午两点，苏又航戴着墨镜，牵着苏亦莫，神态自若地在出站口，时不时望向出站口——他在等人。

“妈。”见到母亲时，苏又航立刻走上前去拎过她的手提包，“我还以为你会和爸爸一起过来。”

“他到外省参加摄影展去了，还没回来呢！”

说话的是一个穿戴非常有气质的中年妇女，名叫高虹。看到两个宝贝儿子，她的脸上立刻堆起了笑容。她慈爱地抱起苏亦莫，蹭了蹭他的鼻尖柔声问：“小莫，有没有想妈妈？”

“没有。”小男孩很诚实地摇头，又很诚实地补充了一句，“我想姐姐。”

那一声姐姐听在高虹耳里，是那么亲昵，她心里不禁有些好奇，这个女孩到底是谁？

高虹跟着苏又航上了车，顺便问苏亦莫关于那女孩的事儿。

苏又航早在“君皇大酒店”订好了房间，他一面帮高虹放置行李，一面跟她说关于苏言的事儿。

“妈，你怎么对这事儿这么上心啊？”苏又航回想昨天电话里母亲的语气，如果没猜错，她肯定是为了苏言来的。

“这些年来，我一直在找我的女儿，这个你是知道的。”

“你是说……你怀疑苏言是你女儿？”苏又航觉得这有些不可思议，不过细想之下，苏言跟爸爸确实有几分相似。

高虹点头，语气有些激动：“小莫从小只跟我们亲近，在外人面前一言不发，他突然对一个陌生人这么热情，我觉得……我不得不去想可能是因为血缘关系，你也说她只有二十三四岁，我的女儿如果还在这个世上，那么她也是这个年纪。”

高虹一生中只生过两个孩子，一个是苏亦莫，另一个便是二十多年前失踪的女儿，苏又航不是她的亲儿子。那年痛失爱女后，机缘巧合下遇见了流浪街头的小又航，她不忍心看他孤苦无依，便将他带回了家，抚养他长大。

“又航，不管是不是，我都想见见她。”高虹仍旧难以平复自己的心情，这么多年，她从未停止对女儿的搜寻，只是一直没有眉目，但她不会放弃，任何机会她都不会放过。

“我有她号码，明天约她出来。”

“现在就打行吗？正好晚饭时间，一起吃个饭，我实在等不及。”

苏又航一想：“那我让小莫打吧。”当然不能说是妈妈想见她，容易引起误会，就说小莫想和她一起吃饭先将她约来再说。

听说要叫苏言过来，苏亦莫自然是兴高采烈地接过任务。

晚上六点，高虹就在酒店里点好了菜，她正襟危坐，内心忐忑不已。

苏言一进包厢，看到的就是高虹殷切的目光。

“姐姐，这是我妈妈，正好今天过来一起吃个饭。”苏亦莫乖巧地将哥哥教给他的话说出来。

苏言展颜一笑，礼貌地同高虹打招呼：“阿姨你好。”

高虹怔怔地望着苏言，白皙的肌肤、姣好的脸蛋、匀称的身材，无论哪方面都让她觉得无比亲切，那一瞬间，她似乎看到了丈夫苏廷方的影子。

高虹愣住了，苏又航忍不住叫了她一声。

“啊？”高虹猛然回神，意识到自己的失态，她不好意思道：“哦，你好，听又航说你叫苏言，很高兴见到你。”

高虹拉着苏言让她坐在自己旁边，席间与她有一搭没一搭地闲聊，慢慢往正题上引：“你今年多大了？”

“二十三。”

果然是二十三，高虹又问：“是岚市本地人吗？”

“不，我是潼市的，大学考到了这里。”

“潼市！潼市的哪里？哦，我年轻的时候去过潼市，想着会不会是同一个地方。”

虽然她加了个解释，苏言还是觉得怎么那么像查户口的……

她还是耐心回答了：“很小的时候在谭镇，后来去了湘镇。”

都不是她待过的小镇，高虹的眼神黯然，但她仍然不死心。

苏言是潼市的，二十多年前自己便是在潼市临盆，苏言究竟是不是她的女儿，高虹迫不及待地想要知道真相。

“哇！”产房里传出响亮的婴儿啼哭。

助产护士抱过那小小的一团，对着床上满头大汗几近虚脱的女子说：“是个女孩。”

女子欢喜地凑近一看，小小的人儿皮肤红红，头发又短又嫩，湿润地贴在头皮上，四肢蜷曲，小手握得紧紧的。

那是她的女儿，她忍不住想伸出手去抱抱，奈何分娩时几乎透支了全部体力，她还没来得及下一刻就沉沉睡去。

夜深，静寂的空间里突然传出一声惊叫，走廊里有脚步声响起，有人在跑，接着听到众多杂乱的脚步，似乎正追着前面的脚步而去，许多个声音在喊：“站住，你给我站住！”

女子被吵醒，心脏没来由地发慌，下意识望向旁边的婴儿床，里面本该躺着她的宝贝女儿，此刻竟然空空如也。而请来陪护的护工，竟也不见了身影。

这个时候护工突然跑进来，神色慌张：“你女儿……你女儿被人抢走了。”她也不知道为什么只是出去上了个厕所，回来就发现孩子不见了。都是因为她的失职，医院一定会怪罪到她头上的，她该怎么办?

女子听闻身体一颤，她紧紧抓着护工的衣袖，双眼几乎瞪出：“你说什么？！”

“他们追出去了，你放心，会追回来的，一定会的。”护工这样安慰她，更是在安慰自己。

高虹看到一个模糊的背影跑到了医院门口，一转身就不见了，那应该是个男子，他的怀里若隐若现有一个婴儿。他跑得飞快，后面的人竟没有一个能追上。不能让他跑了，高虹焦急地想。她也想追过去，可是不能，她发现自己根本无法动弹，甚至没能看清那背影的正面。不，她要去追，她痛恨这样的无能为力，她又开始坠入黑暗。

“不要，不要抢我的女儿，把女儿还给我！”

深夜里响起一声惊呼。

高虹从梦中醒来，眼睛又一次湿润了。她起身打开了床头的灯，黑暗让她窒息，她需要光线，这样才能让她静下心来。

这个梦她做了二十多年，每一次醒来都是如此心痛。梦里的那个背影，其实是她追出去时透过落地窗看见的。当时，她就那么眼睁睁地看着他跑出了医院，想追都来不及。而那偷走她孩子的人是谁，一直都没有结果。

她在潼市苦苦寻找了很久，有一段时间她看到别人怀里抱着婴儿都会怀疑那是不是自己的女儿。她几近疯狂。

她埋怨丈夫苏廷方，埋怨他为什么要安排她躲在这个小镇，为什么不是其他地方，那样，她的女儿就不会被抢走了。

她的孩子，怎么能就这样没了，被抱去了哪儿，她过得好不好？

她曾想过会不会是那帮人干的，但如果是的话没理由抱走后就没声响了。有时候她倒希望是他们干的，这样至少还有机会夺回女儿，也好过现在这样杳无音信。

突然间，苏言的面庞出现在脑海里，高虹的脸色才缓和了些。她相信血脉之间的联系，相信亲人之间的默契。苏言究竟是不是她的女儿？如果是，她现在的父母又是怎么得到她的，他们就是抢人的元凶？或者，从元凶手里买来了这个孩子？

一大堆的疑问，只有等找到苏言的母亲再说了。要不要告诉廷方呢，高虹想了想还是决定先不说，等有眉目了再告诉他吧，免得空欢喜一场。

打听到苏言在潼市的住址后，高虹立刻动身到了潼市。而她无论如何都没有想到，跟当地的居民一打听，才知道苏言的母亲叫苏聆月，她记得这个名字，二十三年前，她们有过一面之缘。

那是一个下着暴雨的黄昏，她打的回住处的途中发现一个孕妇倒在路边，摸着肚子似乎十分紧张。她二话不说，叫司机接上孕妇去了最近的医院。

那个孕妇就是苏聆月，她陪许天明来这里探亲，独自出来买日用品时不当心滑倒，腹部一股暖流涌下。腹中孩子尚未足月，幸好到医院及时，得以保胎成功。

那个时候高虹也怀着身孕，垫付了医药费。留在医院一边等苏聆月的家属一边同她聊天儿，发现她们预产期相差不到几天，实在有缘。

事后，苏聆月非要请她吃饭，她推脱不过便答应了。在那顿饭局上，她见到了苏聆月的丈夫许天明——一个素质很差的男人，言语粗鲁，还当着两个孕妇的面不停抽烟。高虹不免惋惜，像苏聆月这样温婉得体的女子竟嫁了这么个男人。

后来，苏聆月生完孩子回了谭镇，她们就再没见过了。

高虹从回忆里转过神来，这么说来，苏言就是那时她肚子里的宝宝，这么说来，自己的猜测纯属妄想。

苏言并不是她的女儿，希望又一次落空，还是收拾收拾打道回府吧。

周俊涛从来没有想过会有这么一天，他会昧着良心去做一些伤天害理的事情。就像林总说的，只有心狠手辣之人，方能成就大事。

事情的起因得从上个星期说起。

那天下午，周俊涛正在办公室里喝茶，工程已进入收尾期，基本没什么事情可忙。他正悠闲地和同事们聊天儿，突然一个工头跑了进来，面色仓皇：“周工，玻璃的尺寸全都不对啊！”

“不可能！”周俊涛一听，立刻从椅子上站了起来。那些窗户和门上的玻璃全是他亲自带人测量的，怎么可能出错？

“长宽都大出五厘米，根本装不进去。”

周俊涛跟着工头去了离办公室最近的那栋古建，工人已经把玻璃都搬了进来，这里的玻璃有六种规格，拿尺一量，每一种果然都比实际多出五厘米，怎么会这样？他又不死心地去了另一栋量，结果还是一样。

“我们都量过了，所有的尺寸都大了五厘米。”

“这么多栋，你确定没有搬错地方没有搞混吗？”

“没有，我再三确认过了，而且每栋都多五，这显然是数据上出错了。”

“把单子给我。”

周俊涛要来单子拿去与电脑上对比，是一样的没有任何出入，于是他找出了当时测量的手稿，一对比他就发现了问题。显然，这电脑上的数据被人动过手脚了。

两天前，办公室里只有他一个人，其他人都在工地现场转悠。他量好后立刻在电脑上统计出了这些数据，正要打印时被人叫了出去，要出问题大概就是那个时候。

常待在办公室里的一共五个人，除了苏言和他自己，还有一个资料员、一个预算员和一个安全员，究竟会是谁呢?

周俊涛愁眉不展，不过他得先把眼前的问题处理了。将电脑里的数据整体减去五以后，他又打印了一张出来与之前错误的那张对比，把里面差不多的数据圈出来，统计出还能够利用的玻璃。这一回他对得非常仔细，然后重新做出了一份表格，连忙打电话让加工玻璃的人来取。

这么一来，浪费了大量人力、物力不说，还耽误了工期，这算是他接手这个工程以来出现的最大纰漏了。只怪自己不够细心，浪费的那些玻璃的钱只能他自己掏了。

周俊涛本想这事儿就这么过去了，不料在下班前他被安全员拉到了无人的地方，只听安全员这样说：“那天，你打印玻璃尺寸前的那段时间里我看见过小卢进办公室，出来时鬼鬼祟祟的，我当时没想他在干什么，刚才仔细一想，一定是他动了那些数据。”

小卢就是那个做预算的，周俊涛皱眉：“你真的看见是他？”

“我敢打包票，这事一定是他干的，在这里，他挤对你还少吗？”

是啊，这个预算员整天就知道找碴儿，似乎看他很不顺眼。周俊涛如是想。

“有一件事你应该不知道，我一直在想要不要告诉你。”

“什么事？”

对方支吾了片刻，最终还是说了出来：“小卢是唐总最为赏识的预算员，这一点整个公司的人都知道，有一次我同他喝酒，他喝多了就说了许多不该说的话。他告诉我，当初唐总同意派你来渚镇其实是另有目的的，你在公司干的都是些无关紧要的活儿，出不了什么大差错，唐总本来并不同意让你过来，认为你能力不济，在林总的力荐下他想干脆将计就计，让你在渚镇捅出娄子来，他好光明正大地把你开了。小卢肩负着唐总交给他的任务，才会这样刁难你。”

“唐总打算把我开了？！”周俊涛脸色发青，心里无比愤慨。

“周工啊，我知道你为人老实，但你一直这么隐忍是没用的，我要是你，早离开帝唐了。你别看在帝唐有多风光，就是因为风光的人太多，那些平庸的人就只有沦为笑话的份儿了。”

“你为什么要告诉我这些？”

“我就是为你不值，你一心一意为帝唐，却遭到这样的对待。上次因为某人的知情不报没有及时进料，这次是尺寸错误，下次指不定又出什么事呢！”这个某人，自然是指小卢了。

回去后，周俊涛将这番对话反复想了许久，越想越气。所以一个星期后林天成找上他时，对于林天成提出的计划，他愿意考虑一番。

夜色下的“月光码头”，摇晃着热烈激昂的音乐，绚丽的光芒穿梭在火辣起舞的男女之间，他们勾肩搭背、耳鬓厮磨，迷乱的氛围里，激情澎湃。

林天成跷着二郎腿，舒服地靠在沙发背上，嘴里吐出的烟圈缭过眼前，让人看不清他的表情。

“林总，周俊涛已经进了那批货了。”坐在林天成对面的男子开口说道。光线打在这个人阴沉的脸上，赫然是渚镇工程的安全员黄国华。

“很好，你这次干得漂亮极了。”周俊涛一定想不到，小卢只是嘴巴比较毒而已，一直以来真正找他麻烦的是眼前的黄国华。林天成抖了抖烟灰，嘴角始终噙着若有似无的淡笑，他吸了一口烟问道：“渚镇那边什么时候结束？”

“再有半个月，工程全面竣工。”

“还要半个月啊！我真是迫不及待想要看好戏呢！”

相较于他的得意，黄国华显得有些担忧：“可是这签名……”

“放心，我早已物色好了人选，只等他找上门来。”这时，桌上的手机响了起来，林天成拿起一看，虽是个陌生号码，但他在资料上见过这串数字，嘴角扯起更大的弧度。他漫不经心地对着黄国华说：“你看，说曹操曹操到。”

电话接通，林天成慵懒地“喂”了一声。

“你好，我是许天明。”

无名小城市，林天成与许天明见面是在通完电话的第三天。

再次见到许天明时林天成显然吃了一惊，狼狈就不去说了，关键是他的左手——上一次还好好的——手掌已经被砍，缠着的纱布似乎没有换过，上面的血迹清晰可见。

林天成忍不住皱了皱眉头——幸好被废的不是右手。

这是一个不到三十平方米的破房子，在林天成眼中，是个不折不扣的贫民窟。屋里的摆设极其简单，床是用许多砖块和一块木板搭建的，旁边是一个煤气灶，灶上只有一个锅，边上堆着无数袋方便面，吃过的没吃过的都放在一起，散发着难闻的味道。顶上的天花板乌漆麻黑，仿佛随时都会塌下来。天花板下面吊着一个灯泡，这是屋里仅有的光源，地面很脏，穿过的衣服扔在一堆还没来得及洗——这个男人的生活过得是有多糟糕。

屋里只有一个椅子，上面堆了许多乱七八糟的东西，没地方坐，许天明让林天成坐在床上，被拒绝了。

林天成找了个相对顺眼的地方站着，目光扫过对方包扎的手，面无表情地说道："你要是早点打电话给我，这手也不至于就这么废了。"

许天明也是后悔莫及，那天拿了他的名片后随手放进了口袋，压根儿没把这事放在心上。债主上门逼债，他还不出钱，屋子被翻了个底朝天，没翻出任何值钱的东西；挨了一顿毒打后他的左手被当场砍断。那些人临走前恶狠狠地扬言："右手给你留着，不管你去偷还是去抢，一个星期后再还不出钱就不是断手这么简单了，当心你的狗命！"

屋子里一片狼藉，收拾屋子的时候他猛然间看见了那张名片默默地躺在犄角旮旯里，记起了那个男人离开前说的话。于是，他就照着号码打了过去。

许天明仿佛抓住了救命稻草一般，他双眼发直，语气有些急切："你说你能帮助我，是真的吗？"

"那得看你的诚意了，先说说你欠了多少钱。"

"连本带利，五万。"

"什么？！"林天成觉得一定是自己听错了。他还以为是个多么庞大的数字呢，区区五万，竟然又断手又威胁的。他整了整本就妥帖的衣摆，斜眼看着对方说："我有几个问题得先问你。"

"你问吧，只要你能帮我的忙，我一定知无不言，言无不尽。"

"不瞒你说，既然我会找到你，自然是对你进行了一番调查的，你有个女儿叫苏言吧？"

"是，不过她不是我女儿，她是我老婆和别人的种。"

"哦？"林天成饶有兴趣地挑高了眉，这点他倒是没有查到。

"那臭丫头的妈妈苏聆月，年轻的时候可是我们那远近闻名的大美女，当年喜欢她的人可以从街头排到巷尾，我就在其中。可是她一个都看不中，偏偏喜欢上一个外来男子，还为他怀了孩子，那男人回去时没带她一起，她就一直等，好像等了有三个月吧，却等来了那男人已经结婚的消息，然后她就没指望了。”

未婚先孕在那样一个保守的小镇是为大家所不齿的，苏聆月压力非常大，加上心爱的男人已婚对她造成的打击，她突然觉得生无可恋想要投河自尽，就是那个时候，许天明发现了她并且把她救了上来。事后他有些后悔，怎么不晚点儿下去救人，至少让她在河里把那孩子扑腾没了。

“一个被别人睡过又怀了野种的女人，也就只有我肯娶了。”

太匪夷所思了，原来苏言竟还有这样一段身世，林天成难以置信地望着面前这个看上去很猥琐的男人，调侃道：“那你胸襟还蛮广的，甘愿给别人养女儿。”

“呵呵。”许天明干笑两声，什么胸襟广，娶苏聆月完全是因为她长得好看，反正娶谁不都是娶。再说，自己当年犯过事儿，他看得上的人都不愿意嫁给他，也就只能将就了。他当然知道苏聆月嫁他只是想给肚子里的孩子找个爸，她不让他碰甚至都不愿看他一眼，可他是那么好对付的吗，他一个大男人，还搞不定俩娘们！

“苏言知道这些事儿吗？”

“我不知道，苏聆月后来跟我离婚了，也许她会把身世告诉那臭丫头。”

“再怎么说苏言曾经也是你女儿啊，你这么落魄，怎么没想过去找她？”林天成顿了顿，继续道，“你知道她现在有多风光吗？她傍上的可是整个岚市最有身价的男人。”

“是吗？”许天明一愣，一想倒在情理之中，“哼，我就知道，那臭丫头从小就是个勾引男人的料。”

“以后有麻烦可以去找她。”

“还谈什么以后，我现在根本出不了这个城市，也许还会命丧于此。”

“我可以帮你付了这五万块钱，但是，你得帮我完成一件事。”话音未落，对方便毫不犹豫地应承下来，林天成继续说，“听说你有一门绝活，可以模仿别人的字迹。”

“是。”说到这个许天明一脸得意。

“能模仿到什么程度？”

“什么模仿，我字一出，那就是原迹。”

“很好。”林天成拍了拍手掌，就欣赏他这样的自信，“你跟我过来。”

两个人来到屋外，林天成的汽车就停在不远处。同时跟来的还有黄国华，见两个人出来，他立刻拿起文件夹下了车。

林天成从文件夹里取出纸张，将它们摊在车后盖上，指着一个名字对许天明说：“按照这个笔迹签在这里。”

那是两份合同，一份已经签过字了，作为笔迹参考，另一份待签。已签过的那份上写着的名字是张洪波，许天明研究了一会儿，随后在待签的那份落笔，一式三份，一气呵成。

字迹风干后，林天成拿起对比了一下，果然分不出真假。他满意地将合同收好，离开前不忘交代许天明：“卡号发我，回去就给你转账，有什么事情再联系。”

“五万块钱换三个签名，是不是太便宜他了？”驱车回岚市的途中，黄国华不免感慨。

“值得，这人以后大有用处！”林天成靠在椅背上闭眼休息，问道，“你能拿到张洪波的指纹吧？”

“这个简单，改天我约他喝顿酒将他灌醉，指纹膜套一个就行了。”

转过一个弯，黄国华有些担忧地说，“可是我们这样做，不会出什么大事儿吧？”

“你怕什么，天塌下来有唐逸顶着，还轮不到你担责。”

这倒是。黄国华在心里附和，闭上嘴巴专心开车。

第八章　坠楼风波

许天明还清债款，廉价卖掉了那间破屋，孤身一人来到岚市。

他在市中心租了一套还算便宜的房子，交完押金以后身上的钱不多了，得尽快找到苏言。早从林天成那里打听到她的工作单位，择日不如撞日，简单收拾后，他就出门了。

到达帝唐集团是半个小时后，看着那幢气派非凡的建筑，许天明不由唏嘘，这丫头到底厉害，找了这么体面的工作。刚想要进去，他就被几个保安拦了下来。

“站住！”为首的保安打量了许天明一番，见他邋里邋遢的，很戒备地问道，“你找谁？”

“我找许……苏言。”一时嘴溜，许天明及时更正。

“你有预约吗？”

“我是她爸，怎么，老子见女儿还要预约？”

“哈哈哈！”听到他的话后，众保安笑作一团，“他刚说什么，我没有听错吧！他说他是苏小姐她爸，哈哈！”

“快走快走，别在我们这儿胡言乱语。”几人一齐把他往外赶。

许天明被推出老远，对方人多势众，自己又空口无凭，看来想进去是不可能了。这身打扮，确实挺难让人相信他有苏言这么一个女儿，虽然只是曾经的继女。

“呸，不过一群看门狗，嚣张什么！”恨恨地朝他们咒骂了一声后，许天明掏出手机看了看时间，已经下午四点多了，就快到下班时间了。他观察了一下周围的情况，起步向后面的一块大石头走去，那边有一棵大树挡着阳光，能坐着休息会儿，还能将过往人群尽收眼底。既然进不去，那就堵在这儿，他不信堵不着苏言。

五点过后，许天明也一直没看到苏言。看着一辆辆车子驶过，他忽然意识到她可能开着车早从自己眼皮子底下溜走了。

这么等着也不是办法，许天明站起身准备先回去，正是这个时候，他看到一辆豪华轿车停在帝唐门口，一个满身贵气的中年男子从车里出来。

那张面庞一闪而过，但足以让他看清。许天明愣愣地站在原地，望着那男子在众人的簇拥下走进大厦。他的记忆里，有什么东西开始重叠。

许天明看到的人便是休假回来没几天的唐继尧。唐继尧进入公司以后，就直接往唐逸的办公室去了。

另一边，唐逸还在办公桌前研究手上的账目，听见敲门声，他应声抬头：“爸，你怎么有空过来？”

唐继尧在沙发里坐下，清了清嗓子说：“也没什么大事儿，就想来看看你最近怎么样了。公司的事儿挺多的吧？看你很忙的样子，什么地方出现问题了吗？”

“爸，我也不瞒你，”唐逸为他倒了杯茶，在他身边坐下，“上半年公司同时接手的工程有好多个，表面上看盈利不少，但我细查下来实则亏了。”

“亏了多少？”

“目前只查了四个工程，总共亏了一百万。这个数目说大不大说小不小，但公司既然出了蛀虫，就要消灭掉，否则它将危害更大。”

“这样啊！”并不是什么大事，唐继尧不甚在意道，“我的儿子肯定有解决这个问题的能力，我就不操心了。”

还有个酒局在身，看时间差不多了，唐继尧便起身走人。

父亲离去后，唐逸想到苏言还在楼下等他一起吃晚饭，便关了电脑，坐电梯到了15层。

“言言。”来到苏言办公室门口，唐逸才踏进半个身子，就见她迅速关掉了一个网页，画面一闪，他什么都没看清。

苏言转过头，掩下心虚故作镇定道：“你好了吗？那我们走吧！”

“在看什么呢，怎么我一来就关了？”

“哦……”果然被他发现了，苏言懊恼地一边想，一边解释，“我浏览帖子时突然跳出来一个黄色网页，正巧你叫我，吓得赶紧关了。”

其实她说了谎，刚才关掉的页面并不是什么黄色网页，而是一篇关于唐文龙的文章。唐文龙是帝唐的创始人之一，也就是唐逸的爷爷。

苏言一开始只是闲着无聊搜索帝唐的花边新闻，没想到一通乱点后就看到了那样一则消息。不知道是谁放上去的，发帖时间为一个星期之前，而里面的内容却是二十几年前的事儿了，主要是讲苏、唐两个家族斗争下的残酷黑幕。

这本不是什么稀奇的事儿，唐家能有今天这样的地位，肯定是打败了无数人上来的。但是她看到了另一个眼熟的名字——高虹，那不是苏又航和小莫的妈妈吗？而文中提到的苏家，应该就是高虹的夫家了。

另外，她还得知了一个信息，原来唐逸的爷爷——那个早在十几年前就过世的老爷子——竟然这么厉害！

“哇！”想得太入神，没注意到前面的人停在了电梯口，苏言一下就撞了上去。

“没事吧？”看她揉着鼻子摇了摇头，唐逸想问她在想什么来着，正巧这时电梯门打开，就没再追究了。

两个人去的饭馆是公司附近的“寒舍”，苏言落座没多久就感到尿意来袭，趁着还没上菜她赶紧去了趟洗手间。

当她出来时，一个声音蓦地从身后传来。

“言言。”

这个声音穿透记忆，仿佛夹着一支冷箭而来。苏言惊讶地抬起头，宽大明亮的镜子里，映出一张笑脸，那牙齿，因长久吸烟而黑黄恶心。

感应龙头中的水自动停止，氛围突然静得吓人。

“果然是你。”许天明笑得奸邪，到底还是被他逮着了。十几年过去了，这丫头真是越发水灵了。

“看，还是被我逮到你了。”许天明咧嘴笑道。

苏言甩了甩手，顾不上擦干，回过头满脸戒备地看着许天明。

与此同时，许天明也在打量着她，踱步到她跟前：“啧啧！瞧这脸蛋、这身材！”

受不了他那龌龊的眼神，苏言翻了个白眼，冷冷道：“有事儿吗？没事儿滚开！”

“当然有事儿，不过，”许天明耸了耸肩，“我觉得这个氛围不大好，而且你也不便，改天我们约个花好月圆的地方坐下慢慢谈。”

苏言冷哼：“我们有什么好谈的？”

许天明没有回答，他径自从口袋里掏出一张纸，递给她的同时扬眉说：“这是我的号码，记得明晚之前给我打电话，不然小心我去你们公司闹，你应该知道拒绝我会有什么后果，我可是什么事情都做得出来的。”

看着他昂首阔步地离去，苏言把字条揉成一团，扬手想要丢进旁边的纸篓，但最终咬了咬牙，还是揣进了兜里。

星河公园是岚市相对偏僻的一个公园，人烟稀少。

翌日下午六点，苏言来到了公园门口。午休时她给许天明拨了电话，他将她约在这里。进去没几步，远远就瞧见那个讨厌的人站在一棵桂花树旁。时值初夏，这个点儿天色还算亮堂，那张丑陋的嘴脸清晰可辨。

苏言走过去，在他对面站定，不愿同他多费唇舌，直奔主题："说吧，敲诈还是勒索？"

"这么了解我，真不愧是我调教出来的乖女儿。"许天明拍手称赞。

"我不是你女儿！"

"哟，苏聆月都告诉你啦？"

苏言眯了眯眼，这句话等于是在间接承认她的身世了，她果然是陆清远的私生女。难怪许天明对她无半分父爱，从一开始他就知道自己不是他的女儿。

夜风有些大，吹乱了头发，吊带裙外的披肩也被轻轻吹开。苏言顿觉肩上一凉，下意识伸手将衣衫扯了回来。

看到她有些窘迫的脸，许天明笑说："怕什么呀！你全身上下，我有什么没看过？"

"能不能停止你那些污言秽语？"

"这就受不了了吗？一会儿我要说的可是比这个更污秽呢！"

"许天明我告诉你，我再也不是那个手无缚鸡之力任你宰割的小女孩了。"

相较于苏言激烈的言辞，许天明一派淡定："我明白，你现在翅膀硬了，靠山也强了，我哪还敢惹你！我就是来找你帮衬点，看在我们曾经父女一场的份上，给我个……嗯……十万用用吧！"之所以没有狮子大开口，是因为他并不想第一次就将她惹毛。

“十万？”苏言冷哼一声，“如果我不给你，你就要把我小时候被你欺凌的事情告诉唐家对吗，你以为我会怕你说出去？”

“不对，这点你可猜错了。”许天明摇晃着食指，慢悠悠道，“你妈现在一个人在潼市吧，还真有点儿想她，你不肯拿钱出来的话，我去找她要好了。说起来你得感激我，记得吗？我们一家三口在一起的日子里，有人上门要债的时候，我都是把苏聆月献出去，可从来没牺牲过你啊！”

“啪！”一记清脆的耳光打在脸上，一阵火辣的疼。许天明龇牙咧嘴，往地上啐了一口口水。

这世上怎么会有这么变态的人存在，怎么能活这么久。那恶心的作态真是一点儿没变，苏言多看他一眼都觉得是在侮辱自己的眼睛。凛起双目，她语气坚定：“十万没有，要么三万，爱要不要，别再出现在我面前。还有，我警告你，你要是敢伤害我妈一分一毫，我决不放过你！”这个无赖不拿到钱肯定不会罢休，她不想让自己的生活再受他骚扰，就当打发叫花子吧！

许天明皱眉：“三万块换我消失，你也太小看我了吧！”

“行啊，那你一分钱也别想拿了，我照样可以让你消失。”

她的样子不像在开玩笑，而且唐家的势力他还挺忌惮的，或许别人不知道，他却是清楚地了解那个时代的唐家多么令人闻风丧胆。

于是，许天明妥协：“三万就三万吧。”先拿到这钱再说，至于要不要再出现在她面前，可不是她说了算。

渚镇项目竣工验收完毕的那天，唐逸在“君皇大酒店”设了宴，一桌工程负责人，一桌剧组的人。

苏言本来好好地坐在唐逸旁边，硬是被苏亦莫拉了过去，好在这桌上还有苏又航和六月，不至于太过尴尬。

姚晴作为这部剧的女主角，也被邀请了过来，这是苏言第一次在荧幕外见到这个当红小花旦，她就坐在苏又航的身边，眼波流转间满是掩不住的爱慕之意。

而苏言无论如何都没有想到，再见到这个明艳动人的花季少女时，她已经没有了生气。

那是在三个星期之后。当时苏言正在唐逸办公室递交某个工程的标书，桌上的手机突然响了起来。

电话刚接通，惊慌失措的声音便传了过来。

“唐总，不好了，剧组出事儿了。”

电话那头是黄国华。听他这样说，唐逸的神经一下紧绷，沉声问道：“怎么了？”

“拍戏的时候楼梯垮了，一个女演员从上面掉下来摔死了，你赶紧过来吧！”

听到出了人命，唐逸立刻抓起车钥匙起身：“言言，我去趟渚镇。”

“我和你一起去。”虽然不知道电话里的内容，但唐逸的脸色如此沉重，她也无法安心。

两个人急匆匆赶往渚镇，苏言本想问他发生了什么，但看他皱着眉头开得飞快，她也就不去惹他分心了。

汽车驶到工程场地的门口，已有警车停在了那里，入口处用警戒线拦起。唐逸下车，拉着苏言向警卫人员说明身份后，就被放了进去。

路过一个庭院，余光透过月洞门，苏言看到了一口棺材，上面绑着一朵大白花，大大的“奠”字对准外头，看上去有些诡异。

这应该是剧组的道具吧，苏言正想着，前方就出现了一个声音：“唐总，你们可来了。”

黄国华被剧组的人烦得头都大了，这下总算用不着他出面了。他领着两个人去往出事的地点，就在中央湖景的那栋双层建筑里。

演员都已经遣散了，留在这里的只有警方、剧组几位负责人以及帝唐的一些管理人员。

走到门口就听见嘈杂的议论声，进入里面后，苏言顿时被眼前的一幕吓住了。

一个身着古装的女子呈“大”字形趴在地上，看得出已经死亡，她的身下是一摊尚未风干的血迹，头侧着，眼睛睁得老大。

苏言认出了那张脸庞，赫然是姚晴！

经过了解才知道，原来姚晴拍戏的时候楼梯突然断裂，摔下来的时候正好落在了楼梯下的一对蜡扦子上，其中一只直接刺穿了她的腹部致肝脏破裂，剧组的同事还没来得及对她进行任何急救，她就已经停止了呼吸。

姚晴的死亡令剧组一下乱了套，有几个胆小的女演员忍不住尖叫起来。负责人好不容易安抚好她们，然后打了 110，让他们协助处理此事。警方也是刚到不久，忙着做笔录，现场拍照取证。

唐逸出现的那刻，剧组负责人赵冬就上前质问：“唐总，这件事你得给我们一个交代，我怎么都没有想到帝唐作为业界声名显赫的大公司，会做出这种豆腐渣工程。我们才进场几天哪！就出了这样的事儿。木板已经抽样拿去检测了，结果肯定是不合格的。”

“你放心，是帝唐的责任，我们就不会推脱。”唐逸揉了揉眉心。他面上镇定，内心却烦闷不已。帝唐这么多年以来，还是第一次闹出人命。估计用不了多久这件事就会引起媒体关注，这事儿可能会比较麻烦。

警方记录完以后，姚晴的尸体被转移开来，她腹上的蜡扦已经拔出，那一片殷红触目惊心。她的家属正从老家赶过来，估计明天下午就能到。

唐逸从木板堆前起身，问黄国华：“这批货是谁签字买进的？”

黄国华面不改色，认真答道：“是张洪波张经理。”

“帝唐滥用劣质木材，致使一线女星姚晴坠楼身亡”，只一个晚上，这条新闻就作为头版头条出现在娱乐报和财经报上。

会议室里，唐逸将报纸揉成团扔进了废纸篓，明明已经低调处理这件事情了，为什么还是被媒体大肆炒作？看样子，定是有人故意泄露了消息。

娱乐报和财经报上的两张图片是一样的，都是姚晴倒在血泊里的近景。现场及时被封锁了，能拍到这张照片的除了当时在场的人以外，不可能还有其他人。

他知道纸终是包不住火，却没想到这火烧得如此迅猛，在他还没想到应对之策前，就已经熊熊燃烧了起来，他闻到了这件事之外的硝烟的味道。

唐逸扫过在场所有人的面庞，将刚刚送来的检测报告与一份合约扔到张洪波面前，厉声道：“自己看看检测报告，这样的材料你也敢签，你是为自己省钱还是为帝唐省钱？”

张洪波战战兢兢地接过两份资料，他心里的疑惑比谁都重。他是有签过一份木材合约，但他去看过那批货，无论材质还是面料，都属上乘，不可能出现断裂一说。

张洪波打开合约，一下就懵了，不对，这不是他签的那份，虽然日期差不多，笔迹一样，指纹不用鉴定肯定也是他的，但签署的公司和型号都对不上，显然被调包了。

这两份资料对自己极为不利，张洪波辩驳：“唐总，我在帝唐八年，我的为人你还不了解吗？再说签这样一份合约对我有什么好处，我明知道剧组要进场拍摄，还用这些不合格的货铺设楼梯，我不是自找麻烦？这批货能省下来多少钱，我犯得着为了这点儿蝇头小利令帝唐蒙耻，令自己身陷囹圄吗？”

这些唐逸不是没有想过，只是……

“现在所有的矛头都指向你，如果你不能提供有力的证据证明自己的清白，连我都保不了你，你好好想想吧。就先这样，散会！”

姚晴的家属已经到了渚镇，他得过去帮着处理后事，顺便协商赔偿等问题。

唐逸刚出门，底下就站着乌压压一群记者，公司的保安全部出动，尽力拦着那些亢奋的人。

“唐总出来了。”一个眼尖的记者首先发现了唐逸，在他的呼喊下，记者们如决堤的洪水一般冲破保安的防线蜂拥而上，势不可当。

唐逸猝不及防，一下被围了个水泄不通。

“唐总，姚晴的死亡，您准备怎么处理此事？”

“帝唐在渚镇项目中使用劣质材料请问是不是真的，你们有没有想过会闹出人命？”

“唐总……”

一时间，无数个话筒对准唐逸，就像无数把枪指着他一样。

“不好意思，唐总现在有事，无法回答你们的问题。”秘书郑颖竭力护驾，在保安的拥护下，跟着唐逸脱身离开。

林天成看着底下热闹的场面，嘴角不自觉扬起。他回身坐进沙发里，心情极好。唐逸想把事情压下，他偏要抖露出来。

姚晴的父母见到女儿的尸体时，伤心欲绝，姚母更是好几次哭晕过去。他们中年得子，就这么一个宝贝女儿，似锦年华，事业又如日中天，却从此香消玉殒。白发人送黑发人，让他们如何承受这一打击。

唐逸进屋，向两位老人说明了自己的身份后，姚母立刻愤恨地扑上前去，一面捶打他的胸膛一面哭喊：“你这个不要脸的奸商，还我晴儿来……把晴儿还给我啊……”

“伯母，你先不要激动。”郑颖见状立刻上前拉开她，耐心劝说：“你女儿的死我们也很难过，可是事情已经出了，我们承认是公司管理不善，唐总就是过来解决此事的。要多少赔偿，只要合理，公司都是可以承担的。”

“赔偿？”姚母冷笑一声，泪水从她哭肿的眼眶里不断滑落，“谁要你们的钱，我只要我的晴儿！”

“那我们走司法程序吧。”唐逸知道他们家不缺钱，多少赔偿都抵不过他们心痛的万分之一，可是有什么办法，他又不能让姚晴起死回生。对方这样的状态根本无法沟通，不如交给法院处理。

白纸黑字，张洪波理所当然被收监，不过他坚决声称合同被替换了，此事尚待进一步查证，判刑之前，仍有转圜的余地。

而舆论就没有理智可言了。

帝唐的门口，聚集着成百上千的群众，臭鸡蛋、烂菜叶扔得满地都是，嘴里还不停地骂着粗话。这些人都是姚晴的粉丝，男男女女混成一团，满腔怒火的他们为偶像愤愤不平。

当然，这件事产生的影响远不止如此。

使用劣质材料让帝唐的信誉空前受损，许多准备与其签订合同的公司都转移了目标，即使在建的工程，也有一些甲方终止了与他们的协议，令其立刻撤走，包括那个被萧氏分去几杯羹的大型商业广场项目，已经全部转手给了萧氏。

萧氏趁此机会大肆扩张，大有赶超帝唐之势，许多本该是帝唐的工程统统转其名下，一时间成为岚市最炙手可热的建筑承包公司。

姚晴的尸体已被送去火化，渚镇工程的现场也已归于阒静。

出事以后，剧组撤了出去赶往下一个片场。他们不敢再在这个地方取景，只留了道具组的几个人清理残局。

苏言再次来到案发现场，发现一个和她差不多年纪、戴着一副金丝框眼镜的小伙子在打扫现场，他一边将那对蜡扦收起，一边喃喃自语："奇怪，我明明记得不是放在这个位置的。"

"你说什么？"

眼镜小伙被这突如其来的声音吓了一跳，他才转过身，便听苏言追问："我是帝唐集团的，你刚才说什么，能不能详细点儿告诉我？"

苏言走到他跟前看着他。

"是这样的，"眼镜小伙认真地解释道，"这栋楼内的道具都是我负责的，这对蜡扦因为暂时用不到就放在了楼梯角落，按理说与姚晴姐坠落的位置完全不合。但它怎么会跑那儿去呢，像是等着有人从上面摔下来一样。"说完他连忙用双手捂住了自己的嘴巴，显然他被自己的想法骇住了。

听了他的话后，苏言若有所思："也就是说这对蜡扦被人动过了，你能不能帮我问问你的同事，兴许他们知道些什么。"

"可以的。"眼镜小伙应承下来，"不过剧组人员进进出出少有留意，估计会让你失望。"

"我明白。"苏言给了他一个联系方式，随后又仔细看了看原本楼梯的位置，"那些木材呢，都到哪儿去了？"

"你跟我来。"

苏言被带到最西面的一个仓库，里面堆着一些杂物，她一眼就看到了摆放在最外面的那堆废材。苏言蹲下身一块块检查木料，终是被她发现了异常。

苏言挑出其中的两块送往检测中心。待报告出来的时候，她回到帝唐找到了唐逸。

苏言将抽样的两块木板放在唐逸的办公桌上，开门见山道："我一直觉得楼梯断裂一事不止豆腐渣工程这么简单，所以又去了趟现场，发现这批木材其实有两种规格，我拿去检测过了，你看。"

说着苏言指向其中一块："这个是先前就检测出的不合格木料，

如果以这种木材来铺的话，三年以内应该不会出现问题。”

“而这个，单人行走不出三个月就会断裂。这两种表面看上去无论色泽还是材质几乎没什么两样，所以大家并没有发现，以为只用了第一种。其实不然，你知道这两种规格在这个楼梯上所用的比例吗？”

唐逸摇了摇头，只听她继续说道：“我统计过了，是二十比一。剧组的人说姚晴是从最上面那块平台上摔下来的，那里的几块一定就是那个‘一’了。还有，一个道具组的小伙子说，那对蜡扦被人挪过位置。所以我怀疑，这根本就是一场精心策划的谋杀。”

谋杀？听到这个词儿时，唐逸眯起了双眼。事情变得越来越复杂了，他总觉得有什么地方不对劲儿。

“姚晴事件”虽然过去了很多天，帝唐的门口还是会有她的粉丝来闹。这件事的热度，在持续发酵。

“黄工，唐总好像怀疑姚晴坠楼不是意外，”某个酒吧里，晦暗的角落，周俊涛显得有些担忧，“他昨天找我确认那批木材是不是我取的货，还问我知不知道里面掺了更次的次品，我觉得他在试探我。”

黄国华晃动着手里的酒杯，问道：“你怎么回答的？”

“我说我什么都不知道，就是按照合约和提货单拿的货。”

“嗯，就是这个态度，你只要记得，你完全是按合约办事儿就好了。我还有事儿，先走一步。”黄国华将杯中的酒饮尽，补充道，“这段时间我们不要再单独见面了。”

出了酒吧，黄国华想了想，拿出手机拨了个电话给林天成。

林天成在电话里告诉他的是：让许天明永远消失。

正准备出门赴牌局的许天明冷不丁打了个喷嚏，这一个对他来说平淡无奇的晚上，开启了他人生的真正黑暗。

第九章　善恶有报

月明星稀，万籁俱寂。

苏言躺在床上清理手机内存，她有定期删除短信和通话记录的习惯。删着删着，她又看见了那个号码，尾数是 2333，看一眼就能记住，是许天明的手机号。

苏言从不会主动想起他，而此刻，她又想起这张恶心嘴脸。这一联想，她突然想到了什么。

记得小时候家里有很多字帖，都是许天明临摹的，这个人虽然渣，却写得一手好字。早年有卖字画的专门找上他，靠卖赝品字画抽取分成。尝到甜头的他为此潜心研究了各类名人的字迹，甚至开始模仿身边每一个人的字迹，只要是看见的字，他都要坐下来练上几笔，直至分辨不出哪个是真迹。后来，他的手艺到了炉火纯青的地步，只需看一眼别人写的字就可仿写得一模一样。

许天明，真的是他吗？

空调的温度打得很低，唐逸浑身一凉很是舒爽，然而接触到苏言的目光时，一下又燥热了起来。他挑眉说道："言言，你是想我抱你吗？"

苏言不置可否，直起身子从他手上接过毛巾，往他头上胡乱擦拭了一番后开口：“我有事儿和你说。”

看她突然正了神色，唐逸也只好收起不正经。

“你相信张洪波没有签那份合同对不对？”见唐逸点头，苏言接着说，“我想到一个人，他有以假乱真的本事。那个人叫许天明。”

许天明？唐逸眉头微蹙，犹疑道：“这名字有点儿耳熟。”

“嗯……我应该跟你提过。”苏言淡淡道，“其实我没有告诉你，许天明之前来找过我。”

“为什么不跟我说呢？”唐逸一听立刻板起了脸，他想起来了，那个人苏言确实提起过，虽然言语不多，但她的恨意明显，明显到他都跟着咬牙切齿。

那样一个曾经伤害过她的人，如今再出现不知藏了怎样的祸心，他决不允许她再受到任何伤害。

“别生气嘛，”苏言伸出双手揉了揉他绷着的脸颊，随后往他怀里蹭了蹭，“无关紧要，没有提及的必要。况且，与那个人有关的一切，我都不想提及。”

此刻她就像一只小猫，肉乎乎的爪子挠得他心痒痒。唐逸侧了侧身，将她的手捉在自己掌心，眼神温柔如水：“好，那就不说他，只是，如果他可能伤害到你，一定要告诉我。”

“嗯。”苏言乖巧地点了点头，“明天你陪我一起去找他吧！”

唐逸自是答应，他倒要看看究竟是怎样的一个人给苏言的童年留下这么大阴影。对于这个名义上的岳父，他还是保留着一丝怜意，至少，生下苏言就是大功一件。

然而第二天见到许天明本人的时候，唐逸不禁怀疑，面前这人怎么会是苏言的亲生父亲？不仅外貌不像，气质各方面也相去甚远。

将他们迎进屋里，许天明有些夸张地说道：“言言，我怎么都没想到你会主动来见我，有些受宠若惊！”一大早就接到她的电话，那时他还没起床，迷迷糊糊听着像她的声音，起初还以为是自己听错了，特地揉了揉眼睛重新看了下来电显示。

苏言环顾了一下他的住所，依旧是脏乱不堪的风格。她不打算绕弯子，直接问他：“我记得你很会模仿别人的字迹，本事没丢吧？”

“你问这个干吗？”许天明不答反问，眼梢挑起，颇有些戒备。

苏言不与他纠结，换了个问题：“认识张洪波吗？”

“不知道你在说什么。”许天明掏出根烟点燃，显得有些不耐烦，“你今天来就是为了问这些奇奇怪怪的问题？”

“奇不奇怪你心里清楚，许天明，人在做天在看，你最好不要做伤天害理的事情。”

说完，苏言就拉着唐逸离开了，要想知道合约是不是许天明代签的，两个问题足以探出。苏言敢肯定，一天之内他必有行动，如果没有的话，说明这事确实与他无关。

“找个人盯紧他。”得知道他的住处，这就是为什么明明电话里就能问的问题，苏言非要亲自跑一趟的原因。

事实上，苏言料想的一点儿都没错。两个人刚走不久，许天明就打电话给了林天成，不过不是通风报信，而是趁机勒索。

电话一接通，许天明就佯装焦虑地说：“林总啊，刚才我那闺女找到了我，带着你们帝唐的老总，问我张洪波的签名是不是我写的……你放心，我当然装作听不懂，我不会把您抖出去的……只是，我最近手头比较紧，我一缺钱吧就口无遮拦，保不准哪天会说出什么不该说的话……威胁？不不不，我只是将可能会发生的事情告诉你……林总你真爽快，好，今晚十点‘月光码头’不见不散。”

满意地挂了电话，许天明将手机扔在床上，他得想想要多少封口费。还有，“月光码头”在哪儿？怎么约在了码头见面？

等到时间差不多，出门一打听，才知“月光码头”是个酒吧。

天色已经黑了，许天明刚走到门口，一辆的士就停在了他的面前，车窗降下，一个光头男探过脸来问：“先生，打车不？”

“去‘月光码头’。”许天明二话不说就钻进了车里。

车子驶进灯火通明的夜色中，许天明靠在椅背上，司机的脸在后视镜中若隐若现。有一瞬间他感觉到了杀气，转念一想自己太神经质了。可能是过惯了被追打的日子，现在看谁都不善。

然而，不好的预感越来越强烈，刚才明明打听到“月光码头”靠近市中心，这车子却驶得越来越偏僻，似乎是往郊区去。渐渐地路灯也少了，周围是密密麻麻的树丛，在月光下透出森寒的气息。

“喂，你开错方向了吧。”许天明呵斥。

光头男子从后视镜中望了他一眼，冷冷道：“没错！”

“停车！你给我停车！”

话音未落，刹车猛地被踩下，车子发出尖锐的摩擦声。许天明猛地撞上前排椅背，额头生疼，忍不住咒骂：“你他妈找死！”

光头男冷笑一声，表情阴鸷无比：“要死的人……是你。”

许天明看见前方的阴影里出现了四个精壮的男子，他们正一步步朝这边靠近。

完了，上当了！

许天明在心里哀号。车门被打开，光头男不知什么时候已下了车转到他这边，伸出手一下将他拽下了车。

“大哥，人我给你带来了。”待那四个人走至跟前，光头男对着脖子有些歪的男子说道。

许天明顿时被围拢在中间，他虽算不上精明，却也不傻。林天成打算将他灭口。什么谈价钱，原来是安排了这么一出。

许天明四下望了望，这是一个人迹罕至的地方，唯一能听见的杂声就是鸟叫，在这样紧绷的氛围下，鸟鸣声显得凄厉哀怨。

除去光头男与歪脖男，其他人手上都拿着一根铁棍。许天明面上镇定，心里却惊恐无比，这一回肯定在劫难逃了。他后悔莫及，同时万分不甘。

不能就这么死了！

许天明双膝一软跪了下去，挪动膝盖到了歪脖男跟前，拽着他的裤管仰视着他，乞求道："大哥，是林总叫你们来的对不对，你帮我告诉他，钱我不要了，代笔的事我保证不会透露出去，一个字都不会说。我会立刻消失，消失得无影无踪，任何人都找不到我。求求你们别杀我，求求你了，我不想死。"

"拿开你的脏手。"歪脖男一脚踢开他，将他踹倒在地，随后走上前居高临下地看着他，一脸厌恶："你知道的太多了，只有死人才让人绝对放心。"

"不要，我真的不会说出去，别杀我。"

歪脖男置若罔闻，兀自说道："也不看看自己是什么东西，敢威胁林总，皮痒欠教训吧！弟兄们，给我往死里打！"

另外三人立刻围拢过来，手上的铁棍毫不留情地打下去，一下一下，几乎将他骨头打断。

许天明抱着头，蜷缩在铁棍之下，背上火辣辣的，仿佛皮开肉绽了一般。他痛得咬牙切齿，哀求声不断，对方没有丝毫动容，而他的声音渐渐减弱，意识涣散，力气在流失，他似乎听到了死神的召唤。

"行了别打了，送他上路吧。"看地上的人已经奄奄一息，歪脖男亮出了匕首，直向许天明的胸口而去。

"警察，都给我住手！"

四周骤然亮起光线，非常刺眼。铿锵的脚步声逼近，警察不知道什么时候出现在这里！歪脖男愣住了，抬眼望去，数十个枪口纷纷对准了这边，他不由得慌了神儿。

许天明见有救星，忍着身上的剧痛高喊：“警察同志，快救我……啊！”

挥舞的手停在半空，歪脖男的目光下移，锋利的匕首已插入许天明腹部。歪脖男正要再补一刀的时候，一颗子弹穿透那掌心，同时匕首滑落，掉在草地里。

警察立刻就将他们包围了，许天明捂着伤口，温热的血液不断往外流。他是要死了吗？无力再想什么，下一刻，他便陷入了昏迷。

“送急救。”

歪脖男一伙被铐上了手铐押进警车，车门关上前，他看见许天明被抬进了另一辆车里，希望他再也醒不过来，否则麻烦就大了，只是这些警察怎么会来得这么及时？

这时候，停在暗处的一辆黑色宝马上下来一男一女，两个人向着那群警察走去。为首的卢警官迎过去，一边说：“唐总，不好意思，我们还是来晚了一步。”

来人正是唐逸和苏言，他们早就派人盯住了许天明，当唐逸接到电话说有情况时，两个人就火速报了警。

唐逸叹了口气：“希望他能醒过来。”

许天明被送进市里最好的医院，第一时间送往手术室进行抢救。

唐逸和苏言也跟了过来，此刻和卢警官一起等在手术室外。

“言言，你先回去睡觉吧，有消息我立刻打电话给你。”看她打了个哈欠，唐逸心疼道。

苏言刚想说话，又是一个哈欠打出，她吸了吸鼻子，抹掉眼角几滴眼泪，强打精神说：“不要，我陪着你。”

“那你靠在我肩上睡会儿。”

“好。”苏言挨近他，将脑袋枕上他的肩膀，闭起眼睛，感觉到他的手顺势落在她的腰上，轻轻柔柔。她喜欢这个动作，那是满满当当的归属感。

苏言很快就睡了过去。她不知道自己睡了多久，只知道醒来的时候，周围一阵吵闹。她睁开眼睛，模模糊糊看见手术室的门打开了，几个白褂子医生鱼贯而出。

苏言立刻站起了身子，疾步走过去。身后，唐逸和卢警官也跟了上来。

“匕首没有刺中要害，手术很成功。只是，病人之前被铁棍殴打，身上多处受伤，肋骨、脊柱等有不同程度的损坏，加上严重失血，一时半会儿可能醒不过来。”

“反正死不了对吗？”

“是的。”

得到医生的肯定后，她又问：“那大概多久会醒来？”

“这个说不准，或早或迟，得看病人的意志。”

既然如此，再守下去也没必要了，反正许天明醒了自有人来通知。暂别了卢警官，唐逸拥着苏言离开了医院。

此时天边泛起了鱼肚白。

警署里，歪脖男一伙被带回去后就被分开审问了。

紧闭的审讯室里，歪脖男双手被铐着，眼神呆滞。两名警官坐在他的对面，一个问话一个记录。

“姓名？”

“季忠贤。”

“性别。”

“你看不出来吗？”

“少贫嘴，给我老实回答！性别？”

“男。”

……

在确定了他的基本信息后，问话才进入正题："被害人跟你们有什么恩怨？"

一涉及案件，季忠贤就沉默不语了，祸从口出这个道理他懂，在不确定许天明生死的情况下，他是半点儿信息都不会透露的，他的手下也定会守口如瓶。

"你有权保持沉默，但你以为不说话我们就拿你没办法了是吗？你持刀杀人，这一条罪状你是怎么都逃不掉的，你该祈祷的是被害人平安无事，否则你就准备将这牢底坐穿吧！"

是啊，坐牢是免不了的，但这并不可怕，他担心的是许天明若不死，万一把事情抖出来，那才是真的大祸临头了。

然而怕什么来什么，听说许天明已经抢救了过来，季忠贤一伙再也淡定不了了。

许天明是在入院后的第三天中午醒的，唐逸和苏言赶到病房的时候，已有警官在对他做笔录。

"你说，就因为你欠了他们一屁股高利贷，所以他们要追杀你？"

"是啊！"许天明答得理所当然，他的精神已经恢复了许多。没有人知道，此刻他的枕头下藏了张字条，内容只有短短一行字：想活命就管好你的嘴。

警察到来前他再三权衡，决定还是隐瞒真相，刚从鬼门关转了一圈，他实在不想再丢掉小命了。哪怕之前害他差点丧命的人就是林天成。

"你胡说。"听到他的话，苏言很是愤慨。

卢警官跟唐逸交情颇深，整个事情他都了解得一清二楚，包括苏言的猜想。此时见她如此激动，甚至妨碍了警方执行公务，他只好上前提醒："苏小姐，请相信我们警方，我们一定会查个水落石出。"

"不好意思。"苏言退回到唐逸身边，很不满意地听着许天明和警察的对话。许天明一口咬定他只是被追债，没有其他任何恩怨。原以为事情会出现重大转机，没想到还是止步不前。

“既然是追债为什么要杀你，杀了你那些债不就追不回来了吗？”

“没有要杀我啊，谁说他要杀我了？”许天明反问，满脸的不可思议，随后继续，“他一开始只是拿匕首吓唬我，谁知道你们突然出现，大概刺激到他了吧，不当心就捅了我，我想他是无意的。”

“无意，你当我们是瞎子吗？我们出现时那刀口明明是向你刺去的，我们不出手，你这肚子上就不止一个窟窿了。”

“天黑，肯定是你们看错了，他没有要杀我。”

“那是他们约你出去的吗？”

“咳咳……头好痛，我累了，要休息了……”

立刻有医生上前，很负责地对审问的警官说：“病人刚醒，不能接受长时间问话，等他稳定些你们再来吧！”

一群人只得退出病房。

走廊里，苏言很不甘心，这感觉就像煮熟的鸭子飞了一样。凭她对许天明的了解，不像是吃了亏还去保全对方的人，除非又受到了威胁，可是作为重要嫌疑人加证人，警方跟医院明确交代过不准任何人探视，是哪里出了错吗？

苏言试探性地问一同出来的医生：“除了医护人员外，有没有其他人进过许天明的病房？”

“没有吧。”突然想到某个细节，医生立刻改口，“哦不对，许天明刚醒那会儿我们过去检查，没一会儿就有一个病人进来，到床位边才发现自己走错了房间，就匆匆出去了。”

“哪个病人？”

“不好意思，实在没有留意，只知道是个男的。”

问题多半是出在这个男子身上。好在走廊有监控，苏言立刻到控制室调出监控，很快就找到了医生所说的那个病人。然而这个人明显是有备而来，整个过程中，这名男子始终低垂着脑袋，看不出面容。

线索就此断掉。面对如此不顺的进展，苏言叹了口气，决定还是从许天明那里入手。

苏言并没有急着去找许天明，而是等他恢复得差不多时，她才再次来到了医院。

推开门，苏言见病床上空空如也，便往窗外一瞧，就看见许天明在底下的小花园里吸烟。

苏言反身准备出去，却不小心踢到了床脚，她的脚趾着实疼得不轻。

苏言条件反射地蹲下身揉了几下，这一弯腰，余光就瞥见床脚边贴着一样白乎乎的东西，好像是纸。拾起一看，果然是一张有撕痕的纸片，一截尾指般大小，上面有字，残缺不全，只有“管好”两字能清晰辨出。

稍一思索，苏言就有了个大胆的猜测。许天明定是受了威胁才一口咬定犯罪嫌疑人只是追债不存在杀人灭口，这张字条八成来自那个走错房间的病人。许天明看过内容后将这字条撕了，或许是扔进了垃圾桶，却没留意漏了这一片。

苏言将纸片塞进兜里，拉开房门准备下去时，一眼就瞧见许天明从走廊那头走来，两个人的视线撞在一起，苏言索性回房在椅子里坐等了。

“哟，闺女，来看我啦！”许天明前脚才跨进病房，嘴皮子就耍了起来。

那个称呼令苏言感到恶心。她翻了个白眼，话语凛冽：“我来的目的你应该清楚得很。”

“那我也明确告诉你，”溜达了这么会儿就腰酸腿疼，许天明赶紧躺回病床，接着道，“你找我多少次都是没用的，事实就是如此，我总不能按你的想法来编造吧。”

“许天明，我一直觉得你挺精明的，怎么在这件事上这么蠢？”苏言的话里满含讥诮，许天明并不是一个意志坚定的人，这种人其实很容易说服，只要话到点上，“你得相信警方的办事能力，季忠贤，就是那个捅你刀子的人，早晚会供出幕后主谋。那个人，敢派人杀你一次，就会有第二次，已经吃了一次亏，还想再吃一次吗？说白了你也没犯多大的事儿，如果你继续这样做伪证扰乱司法，加刑是必然的。你现在手里应该还有点儿闲钱吧，你能忍得住多久不去赌？”

许天明的脸上始终挂着意味不明的笑，直到听见最后一句，他才敛了笑意，眼角抽了抽。

“其实，你与那个人也并非完全一条心，你还保留着那张字条吧？”这是苏言的猜测，毕竟字条对他有利，真到了瞒不住的时候，他还可以以此证明自己是受了胁迫才不敢说实话的。

“什么字条？”

“就是你刚醒来时那个走错病房的人塞给你的啊！”

“你怎么知……”话一出口，许天明顿觉失言，立刻闭上了嘴巴，但他知道已经来不及了。

“你果然还藏着，可是你没有发现少了一片吗……别用这么惊讶的眼神看着我，我可以告诉你，它现在在我身上。”

许天明愕然。

是的，那张字条是被他撕碎的，他当时虽决定了站在林天成那一边，心里却还是堵得慌，要不是没有办法，他怎么可能帮着想要谋害自己的人。再望向那张字条，每一个字都像是在嘲笑他的无能，越看越不爽，于是将它狠狠撕碎扔在了垃圾桶里。可转念一想，也许哪天情势转变这张字条便是证据，于是他又捡起了那些碎纸片。碰巧护士来查房，他赶紧将纸片藏起来。他也不知道是什么时候遗漏了一张，等他找到机会重新拼起时才发现缺了一块，怎么找都找不到。

许天明看着苏言，幽幽道：“苏言，你和小时候真的是不能比了，那时的你只会躲在苏聆月的身后……”

“行了！你有空回忆过去还是好好想想我说的话吧，什么时候想通了，我就把那一片还给你。”

苏言说完就离开了病房，房门“砰”一声关闭。

许天明静静想了想，觉得苏言说的话挺有道理，尤其是万一真因为干扰司法而多坐几年牢，那就得不偿失了。

斟酌再三后，许天明拨通了卢警官留下的电话。

同一时间，岚市某台球俱乐部里，林天成确定目标，调整好姿势挥杆一击，两球入洞，一石二鸟。

陆遥拄着球杆立在旁边，神态淡然。萧氏的业绩蒸蒸日上，他都成了大忙人，能有空在这打球实属难得。之前林天成倒是约过他好几次，他都没空。他看着林天成一副闲情逸致的模样，猜想帝唐最近的麻烦必然与这个男人有关。

象征性地打了几局，两个人收起球杆，坐到一边的椅子上休息。

陆遥抿了口茶，随口问道：“帝唐的生意最近好吗？”

“马马虎虎，反正员工暂时还饿不死。”最近在公司碰到唐逸总觉得他看自己的眼神怪怪的。现在他已经没有别的路可以走了，在站稳脚跟儿以前，他需要萧氏的帮助。于是，林天成凛了凛神色，一本正经道：“陆总，我上次跟你说的事儿不知你还有没有兴趣？”

“当然，要不然我也不会坐下来陪你聊天儿了。”有一个对帝唐了如指掌的人愿意跟他联手，他又何乐而不为？

扯了扯嘴角，陆遥淡笑着：“说说你的计划吧！”

林天成神秘兮兮地将早就计划好的事情说了出来。陆遥听完后，只说了一句话：“姜还是老的辣！”

两个人会心一笑，这时林天成的手机响了，他一看是管家打来的，心生不祥的预感。

“……什么？好，我这就回去。”

“怎么了？”看他神色不对，陆遥不禁问道。

林天成将手机收起，严肃地说：“我可能有麻烦了，不过你放心，就算我不能再出面，也会有人与你联系的，我们的计划不会改变。”

回到家中，林天成首先看见的就是警察，一共三人，在看到自己出现时立刻走了过来。

“林先生，我们怀疑你与两桩故意杀人案有关，请你跟我们回去配合调查。”

两桩？看来许天明都招了。林天成垂下眼皮，默不作声，任由他们带走。

如果只是一个许天明，他可以反咬他无中生有、栽赃嫁祸，但他万万没有想到，季忠贤也出卖了他。

每个人都有软肋，季忠贤虽然为虎作伥、作恶多端，却是个不折不扣的大孝子。警方掌握到这一点，请出了这世上他唯一珍重的人——他的母亲。警方凭借手头的证据以及季母的一番劝导，终于撬开了季忠贤的嘴。那会刚整理完季忠贤的供词，警方就接到了许天明的电话，说要坦白要自首。

案件终于迎来了转机。

第十章　身世大白

林天成被带回警局，在确凿的证据面前他没有太多的抵抗，供认不讳。与这件事有牵扯的人都被逮捕归案，包括黄国华和周俊涛。

张洪波沉冤得雪，同时，各大媒体纷纷为帝唐澄清事实真相，新闻铺天盖地，比当初楼梯坠亡事件时还要沸沸扬扬。林天成被众人唾弃，而帝唐的业务终于开始出现了回升的趋势。

一切都在往好的方向发展。

这一天，唐逸约了苏言。他包下了整个餐厅，鲜花、钻戒、烛光晚餐——他准备向苏言求婚。快到约定的时间时，唐逸收到一条微信。

“我先去你家一趟，你妈妈要见我。”

手机“叮”一声响，苏言打开微信，是唐逸的回复：“好，我等你。”

按响了唐家大宅的门铃，苏言有些忐忑，安落电话里的语气很严肃，像是有什么大事儿。

两个男人都出去了，家里只有安落和保姆。一进门，苏言就看见安落阴沉着脸，还未等她问好，安落的斥责便劈头盖脸地落下：“苏言，我没想到你是这样的人！”

“怎么了？”苏言一头雾水，安姨待她向来亲切，这是第一次连名带姓地喊她，到底出了什么事儿。

“我问你，许天明是你什么人？”

是跟他有关吗？虽然一点儿都不想承认与他的关系，但苏言还是据实相告：“他曾经算是我父亲。”

“算是？”安落讥笑了一声，“就因为他脾性恶劣、行为不检你就不想承认他是你父亲是吗？他到底生了你，再不济都是你的父亲。”

“安姨，这件事情……”

“你又想编造什么，你不是说你爸爸是大学教授吗？怎么变成了一个游手好闲的赌徒？”安落此生最恨被欺骗，刚才和姐妹淘喝下午茶，聊到帝唐的那场风波，就听她们提到了许天明这个人。

“对了，我听说许天明是你家唐逸女朋友的爸爸，他怎么帮着外人坑自己的女婿呢？”

安落听到这话时整个人都惊呆了。回去后立刻托人帮忙查清楚这是怎么一回事儿，回应很快传来，一如她所听到的，许天明是苏言的父亲，并且早就与苏言母亲离异。

到底是从小生活在不健全的家庭，为达目的谎话连篇。

“唐逸一心待你，你却从未对他坦诚，不觉得过分吗？”

“安姨！”苏言大概听明白了，她们之间存在一个天大的误会，委屈使她愤慨，“我爸爸是教授，这话是你亲耳听见我说的，还是从别人那听来的？如果我说我从没说过这话，你是不是又觉得我在撒谎？”

这理直气壮的语气，叫安落有些懵。她当然没有听她亲口说，是唐逸告诉她的。安落不敢往下想。

“安姨，我和唐逸还有约，没其他事情的话我就去见他了，也许等他回来的时候，你就明白这是怎么回事儿了。”

看着她离去的背影，安落隐隐觉得，自己可能真的错怪她了。

苏言以为唐逸约她不过是寻常那般吃个饭，到了餐厅才发现除了唐逸外一个客人都没有。门口挂着“暂停营业”的牌子，显然是被他包场了。

若是平时，苏言一定会猜想今天是什么日子，唐逸是不是准备给她惊喜。然而，现在她什么心情都没了。

“言言……”唐逸忙起身为她拉开对面的座椅，却见她在桌子边站定，一点儿没有坐下的意思，像是说几句话就要走的样子。

“为什么你妈认为我爸是教授，我出生在书香门第？”苏言才问出口，就见对方微微一愣，而后垂下了眼，气氛有些尴尬，他的表情告诉她自己猜得一点儿没错。

“果然是你说的，你太让我失望了。唐逸，你要是嫌弃我的出生，大可以明说，为什么要编造一个谎言出来。你妈怪我欺骗你，我真的是跳进黄河都洗不清。”

“言言，你听我解释。”唐逸急着辩解，“我妈年轻时被一个朋友骗过，那人从小没了妈妈，残缺的家庭让她心理扭曲、三观不正，表面却装得比谁都纯良。她害得我妈失去了最敬爱的亲人，我妈从此恨透了她，连带着对所有单亲家庭的孩子都有偏见。她不会干涉我的婚姻，只有一点要求，就是女方家庭必须和睦。那天你到我家，当我听到你父亲是那样一个人时就觉不妙，我妈一定不能接受，偏巧那会儿你离开后她就问我你爸妈的情况，我想先搪塞过去再说，等你们相处久了，我妈就会知道你有多好，到那个时候我再跟我妈坦白，我一直在等一个合适的机会……对不起言言，让你受委屈了，我会和我妈解释清楚。”

“你为什么不告诉我，为什么不跟我商量，为什么让我像个心机女一样被你妈嫌弃！”苏言越说越激动，“我们的感情，如果注定遇到阻拦，我愿意跟你一起面对、一起解决，而不是蒙在鼓里被扣上一个爱情骗子的帽子！”

“对不起言言。”唐逸刚想去拉苏言的手，就被她一把甩开。

“我暂时不想看见你。”

苏言说完就转身离开，唐逸想追上去，但是此刻的她一定拒绝自己，只好作罢。

唐逸想，当务之急是回去跟妈妈说清楚，先把老妈那关打通再说。唐逸想着就拿起桌上的手机和车钥匙，独自回了家。

苏言憋着口气，暂时不想见唐逸，尽管他总是刷存在感讨好她，尽管安落也已经打电话过来为自己的鲁莽道歉，苏言心里仍旧有道坎。正好公司在某省有个项目需要人手，她自告奋勇地去了。

要是以往，唐逸肯定追着苏言而去，大不了两地跑辛苦一点儿。然而这段时间，公司内部事务缠身，他不能不负责任地一心扑在感情里不顾大局。

等苏言回到岚市的时候，已是一个月之后。那天特别巧，刚下飞机就看到了苏又航兄弟俩，苏亦莫热情地扑过来。一番浅谈才知道，原来是高虹要来接小莫回去了，这次她丈夫也来了，顺道玩几天。

兄弟俩就是来为父母接机的。

“有人来接你吗？”苏又航问苏言，见她摇头，就接着说，“这边很难叫到车，待会我送你回去吧！”

苏言原本不想麻烦他，捺不住小莫软磨硬泡，便同意了。

“我爸妈出来了。”

苏言顺着苏又航的视线望去，果然看见了高虹，她身边的男子就是她的丈夫吧，英姿勃发、器宇轩昂。两个人站在一起，特别养眼。

“苏言，这么巧！”高虹惊喜交加，也不管自己的两个儿子，迎上去就是一个拥抱。尽管她并不是自己的女儿，但依然对她有一种莫名的喜爱。松开苏言后，她挽着丈夫到跟前：“介绍一下，这是我丈夫苏廷方。廷方，这就是我跟你说过的苏言。”

“伯父您好。”苏言乖巧叫人，却见对方望着自己出神。她不明所以，尴尬地笑笑，“哦，我脸上有什么脏东西吗？”

“不好意思，”苏廷方回过神来，解释道，“只是觉得你有点儿面熟。”

苏廷方觉得她有些像自己，当然，这一点他并没有说出口。

岚市的初秋是满树的青黄，下过一场雨之后，空气分外清新。

高虹一家在岚市玩了一个星期，离开这里的前一天，夫妻俩带着小儿子去买当地的特产。拎着一大堆东西准备叫车回酒店时，苏亦莫突然被一个慌忙跑过的人撞倒在地，那人头也不回，他的身后，好几个人正凶神恶煞地追赶他。

苏廷方将儿子扶起，拍了拍他屁股上的灰尘，抬起眼，见妻子望着那群人跑远的方向，一脸惊魂不定，便问：“怎么了？”

“廷方！”高虹像是突然从梦中惊醒一般，双眼发直。她激动地说：“快，追上刚才那个人……是他抢走了我们的女儿，就是他！”

苏廷方听得后面那句话，立刻拔腿追了过去。

高虹抱着苏亦莫跟在后面，她紧咬双唇，心脏仿佛随时都会承受不住这份紧张。

苏廷方跑得很快，眼看就要追上，这时一辆黑色小面包驶过，侧门打开，伸出来一只手一下将逃跑的那人捉了进去，而后那群追赶他的人也上了车，小面包绝尘离去。

苏廷方立刻拦了辆出租，与随后追来的妻儿一起跟上了小面包。

早年间，苏廷方曾经混迹于黑道，他的名字一度让道上的人闻风丧胆，即使金盆洗手多年，也仍然受着后辈的敬重与景仰。

所以当汽车跟到一间仓库前被对方发现时，对方头头原本凶狠的模样一见到他立刻就垮了下去，换上谄媚的笑容：“廷哥，怎么是你？”

苏廷方望着他，没想起来他是谁。

“我是虎毛，当年总跟在你身后的小屁孩。”

对方很自觉地介绍起自己，苏廷方这才有了些印象，但他没空叙旧，指着那个正被推进门去的男子问道：“你们抓他过来干什么？”

“他得罪了我上头的一个人，给点儿教训，廷哥和他认识？”

“不认识，但我有话问他。”

“这……”虎毛犹豫了一下，“我大哥在屋里等着，等修理完了他就交给你问话，这样行吗？”

苏廷方点头：“可以。”反正那人跑不了，就不在人家的地盘急这一时了。

“委屈你们先在外面等一会儿。”

“我认识他。”闲杂人等都进屋后，高虹突然冒出一句。刚才那人被押着从车上下来，她看清了那张脸，即使二十多年未见，她也一眼就认了出来，只是有些不敢相信。那个人，不是苏聆月的丈夫吗？

没错，被追赶的正是许天明。

虎毛一进到屋内，就对坐在上头的大哥说了几句话，然后走到惶恐不安的许天明跟前，阴恻地说：“许天明，不是警告你不要乱说话的吗，我看你是活得不耐烦，想找死是吧？”

“不！不！我是被逼的。”许天明拼命摇头，他料想这是林天成的人，只是没想到他身在狱中还这么猖狂。

“大家都是成年人，既然说了不该说的话，总要承担相应的后果。不过你放心，你想死还没那么容易，先给你上道开胃菜。”

许天明被绑到一根混凝土方柱上，手臂粗细的铁链立时招呼到他的胸口，没几下就皮开肉绽。许天明痛得直叫，想到自己还有筹码在手，急急道：“我告诉你们一个秘密，你们放我走行不行？”

“那得看你的秘密多大分量了。”虎毛示意那边停手，“说！”

“你们不是追查过苏言的身世吗？我告诉你们，她不是苏聆月的女儿，她是唐家的仇人苏廷方之女。”

仓库的隔音很差，许天明的话清晰地传进外面三人的耳朵里，平地惊雷般，令他们震惊不已。尤其是高虹，这个时刻，她已经说不清心里究竟是何种滋味儿，脑子里满满的都是那个女孩的一颦一笑。

苏言……竟然真的是她女儿！

控制不住激动的情绪，高虹想要跑进去找许天明问清楚，自己与他无冤无仇，甚至还帮过他的妻子，他为什么要对她的女儿下手，为什么让她们母女分离这么多年？方跨出一步，就被丈夫苏廷方拉住了。

“先听听他下面怎么说，你现在进去我怕他反而有所隐瞒。”苏廷方相信，虎毛会代他问清楚的。

仓库内，虎毛明显也被许天明的话震惊到了。当年苏家丢了个女儿，这事儿道上的人都有所耳闻。想到当事人还杵在外头，他严肃地发问：“你说的是真的？”

“当然。”许天明陷入回忆，终于说出了那段尘封已久的往事。

那一年苏聆月即将分娩，意外认识了高虹，两个女人很快成了好朋友。

许天明只见过高虹一面。那天一起吃饭的时候看到高虹隆起的肚子，他突然就产生了一个念头。反正苏聆月肚子里的孩子不是他的，他又为什么要白替别人养小孩。他不如意，姓苏的女人也别想如意！

所以，当高虹顺利产下一名女婴时，许天明就潜入医院抢走了那个孩子。

“我抱回去的时候，苏聆月也产下了一名女婴，天时、地利、人和，我将两个小孩调了包。”说到这里，许天明邪佞地笑出声来，“苏聆月一直不知道她那么疼爱的女儿其实根本不是她亲生的，她的亲生女儿早就被我扔了，说不定饿死了，说不定被野狗叼走了，当然也有可能踩了狗屎运被别人捡回去了。”

看着面前那副笑得极其猥琐的嘴脸，虎毛一个巴掌就甩了上去：“你吃了熊心豹子胆吧！竟敢动廷哥的女儿。”

闻言，许天明立即收了笑，战战兢兢道：“我当时并不知道那女人是苏廷方的妻子，我是后来才知道的，原来我闯了大祸。如果一早知道，就是借我一百个胆子，我也不敢抱走苏言啊！”

“那后来知道了又为什么不把孩子还回去？”

“我哪敢啊！廷哥的名号我不在道上都有所耳闻，那个时候送回去不是找死吗？！”许天明咽了口唾沫，继续说，“我就想着反正也没人看到是我抱走了那孩子，就索性让这事儿烂在肚子里，只要我不说，没人能够查出来。”

仓库外，高虹早已泣不成声，苏廷方心疼地搂着她，咬牙切齿：“我会让他付出代价的。”

“廷方，我要去找苏言。”高虹眼里满是殷切，她迫不及待想要见到那个女孩，那个自己想了二十多年的宝贝女儿。

苏言推开咖啡店的门，一眼就看到了坐在里头的高虹。十分钟前她接到高虹的电话，说在公司对面的咖啡馆等她，有很重要的事情要告诉她，她就过来了。

“言言……”一看到苏言出现，高虹就起身迎了上去，激动地拉住她的手，红着双眼直唤她的名字。

“高姨，怎么了？”

听到那声称呼，高虹心里一阵酸，她再也抑制不住，激动地说：“孩子，我是你的妈妈。”

“轰”的一声，苏言只觉得脑子里有什么东西炸开了一样。那几个字传进耳里，分外清晰，显然自己没有听错，而对方的样子也不像是在开玩笑。

“高姨，你搞错了吧，我的妈妈叫苏聆月。”对，一定是她搞错了。

“坐下来，我给你听一样东西。”高虹掏出手机，幸好刚才廷方将许天明的话录了下来，她颤着手，点开了播放键。

苏言以为自己和许天明不会再有任何牵扯，没想到这么快又听到了他的声音，他的话语一字字凿在她的心上，她无比震惊。

录音结束，苏言完全不敢相信。

“言言，我想了你二十多年，找了你二十多年，谢谢老天，终于让我找到了你。”高虹看着苏言，眼里满是失而复得的欣喜与感动，见对方愣着不发一语，她急道：“你要是仍然不相信，我们可以去做亲子鉴定。”

苏言当然想知道真相，她想证明许天明在撒谎，所以她同意和苏廷方做亲子鉴定。

结果出来的那天，苏廷方夫妇在医院里等她，三个人一起拿了报告。白纸黑字，99.9999% 父系可能性。

苏言盯着那个数据，脑子里一团乱麻。原来她并不是苏聆月和陆清远的私生女。难怪小莫喜欢黏着她，难怪第一次见到高虹时有种莫名的亲切感，难怪看着他们一家心里总会有股暖流。

苏言可以想象高虹为了找女儿受了多少累，这是一个可怜的母亲，高虹望着自己的眼神是那样殷切。苏言知道她在等什么，于是开了口：“爸，妈。”

那一瞬间，激动的泪水从高虹的眼里滑落，苏廷方的脸上也满是高兴与安慰。而苏言的下一句话，便让两个人的开心凝结在了脸上。

“对不起，我不能认你们，以后应该也不会再这样喊你们了。”苏言垂着头，她有想过这样的结果，所以，也早就做出了选择。

“这些年，我与我妈相依为命，就算我不是她的亲生女儿，也不能离开她，我妈只有我。她如果知道真相，一定会受不了，我只愿她什么都不知道，安心快乐地生活。所以，我不能认你们，也请你们对她保密。”

高虹心碎地摇了摇头：“可是孩子，你知道我为了你付出了多少吗？我也是你的母亲，我不能失去你……”

不得不承认，高虹心里终究有些不平。若是不曾遇见苏聆月，那么她的孩子会在自己身边成长，就不会有那么些年的噩梦，更不会在茫茫人海中苦苦寻找二十多年。而苏聆月，也终究是个可怜之人。平心而论，她觉得苏言是该那么做；可是感情上，她难以接受找到女儿却无法相认的结果。

“我做你们的干女儿好吗？”苏言如此提议，“我们是一家人，这一点永远不会改变。”

沉默，空气都仿佛凝滞不动，好一会儿后，高虹说了个“好”，简简单单的一个字，用尽了她全部的勇气。这个字出口，便意味着亲妈变干妈，可是，她爱苏言，又怎能不去成全她的孝心。

她的女儿，长得这么标致水灵，健康活泼地站在自己面前，她应该感恩，应该知足。

为了庆祝一家五口团聚，苏廷方在“近水楼台”订了一个包厢。停好车进酒店时，苏言看到旁边车子里走出一个熟人，是唐逸的爸爸。

“唐叔叔，这么巧。”

唐继尧点头跟苏言打招呼，而后目光落在苏廷方夫妇身上，眼神沉了沉，幽幽启唇：“好久不见。”

原来他们认识，苏言刚想说话，就听苏廷方跟高虹说道：“你先带孩子们上去，我说几句话就来。”

等他们走后，苏廷方看着唐继尧，眼光精锐，扯了扯嘴角：“好久不见。”

吃完饭已经很晚了，苏言跟着苏廷方夫妇回了他们下榻的酒店，他们明天下午就要走了，当高虹提出今晚想和她一起睡时，苏言当即同意了。

第二天恰是周六，一大早高虹就拉着苏言逛商场买衣服，母女俩逛得很嗨，奈何时间有限。吃过午饭后，苏言便将他们送到了机场。

一个人回来的路上，苏言突然有些想唐逸。不知道他最近在干吗，唐逸那家伙都没怎么联系她。

回到公寓楼下，苏言正准备刷卡进去，就听一个声音从侧面传了过来，吓了她一跳。

“我这么大个人在这儿，你都看不见我吗？”

苏言应声望去，陆遥坐在廊椅上，距离她大概三米左右。

“你怎么在……呀！”

陆遥刚走到苏言面前，就伸出手揽住她的腰，打断了她的疑问，一个收力，将她的身子紧贴在自己胸口，另一只手托住她的后脑勺，不由分说地，将自己的唇贴了上去。

“啊！”嘴唇突然被咬，陆遥痛得尖叫一声，被迫松开了她的身子。

苏言猝不及防，更是被他的举动吓傻了。她用力抹了抹自己的嘴唇，退开两步瞪着他：“你疯啦！”

“我是要疯了，你知道我爸当初为什么把我送出国吗？”见她垂下眼帘，一副心知肚明的样子，陆遥逼近一步追问，“你知道？”

苏言抬起头，迎向他的目光，淡淡道：“只是猜测罢了。”

“之前我一直不明白，后来明白了。可是我刚刚才知道，他当年的以为，不过是一个天大的误会，而我，就因为这个误会被迫离开你。”

这话的意思……苏言皱着眉头，未等她开口，陆遥就给出了答案。

“没错，我都知道了，知道你不是苏姨的女儿，知道了你的真实身世。”陆遥掷地有声。其实，答应和林天成合作只是一个幌子，他爱苏言，如果苏言知道他把帝唐往绝路上逼，一定会恨他，而他，绝不会做招她恨的事儿。

萧氏，不过是他在岚市站稳脚跟儿的基石，他想与唐逸争，光明正大地争，而不是走歪门邪道。所谓合作，不过是将计就计罢了。

可是后来他才知道，自己才是萧氏的垫脚石，萧正东这条大尾巴狼城府极深，等他发现时已经晚了。当然，这是后话。

苏言并不管他是怎么知道的，她只关心一点："你就当从没有这回事儿，千万不能告诉我妈，我是说，你苏姨。"

"那不行！"陆遥怎能答应，若是不戳破，苏姨会一直以为他和苏言是亲姐弟，他不要当苏言的弟弟。

"你要是告诉我妈，我就再也不会与你见面了，再也不会跟你说一句话。"

陆遥哪里受得住她的威胁，从来她就是他的软肋，沉吟了一会儿，终是点头："那好吧，我答应你。"

苏言回到公寓，叶子不在，貌似被 boss 约出去了。她换了拖鞋，坐下歇息不到五分钟，门铃就响了，打开一看，竟是唐继尧。

"唐叔叔，你怎么来了？"今天刮的什么风，怎么一个两个都来找她。

唐继尧之前只知道苏言租住的小区，具体哪幢哪户并不清楚，他特地让公司的人调了资料。之所以没有直接问唐逸，是因为他不想让唐逸知道自己来找苏言。

而他来找苏言，自然是有很严肃的事儿。苏言准备去拿水果，唐继尧摆摆手："不要忙活了，来，坐。"

待她在旁边坐下后，他接着说："前几日我偶然得知了你的身世，十分震惊。"

苏言听闻，也是十分震惊。

"你之前应该没有听说过苏廷方，而我与他，倒算是旧识。"唐继尧轻扯嘴角，目光悠远，“我给你说个故事吧，一个你们苏家与我们唐家的真实故事。”

许多年前，帮派势力盛行，最令人闻风丧胆的当属苏、唐两家。两家本为世交，最初名不见经传，在帮派斗争中相扶相持越发强盛，终是混出了头。然好景不长，苏家为了自己独大，出卖了唐家，双方撕破脸皮，化友为敌。

“当时，也就是我爸年轻那会儿，苏家对唐家的打击几乎是毁灭性的，好在我爸早就察觉出苏家的野心，留了后路绝地反击。再后来，我爸开始经营生意，家族才重新兴旺起来，而苏家和唐家这时已经水火不容了。”

那天“近水楼台”前见到苏廷方时，唐继尧已然听闻了苏言的身世，而苏廷方显然也知道了苏言在跟唐逸谈恋爱，所以让高虹他们先进去，他明确跟唐继尧表示不会让苏言嫁到唐家。当初要不是躲避唐家的追杀，他和高虹便不会分开，他的女儿也不会被抢走。

而苏廷方的表态，正中唐继尧下怀。

此时此刻，听唐继尧讲着那些陈年旧事，苏言突然想起在公司搜索到的那则新闻，内容便是唐家与苏家的恩怨。

“你知道我讲这么多是想你做什么吗？”

苏言脸色沉肃，道：“离开唐逸吗？”

“你很聪明。”唐继尧眯了眯眼，这个要求确实有些残忍，但唐家绝不会与苏家结为姻亲，即便如今恩怨两清。

“不，我不会离开他的。”苏言语气坚定，虽然她还在生唐逸的气，但从未想过要与他分手，“唐逸不会同意，他很爱我。你的要求不仅伤害我，也会伤害到唐逸。”

“也许离开你，他会痛苦一阵子，但我相信过不了多久，他就会忘了你重新开始另一段恋情。”唐继尧面色凝重，逼自己说出决绝的话，

“这世上，没有谁离了谁就活不下去，我唐继尧的儿子，绝非会为情所困的情种。”

“是吗？”苏言抬了抬眉梢，孤注一掷道，“我们打一个赌怎么样？如果我输了，如你所愿，我会彻底消失在唐逸的生活里；如果我赢了，请不要逼我们分开。”

如果连对方父母都不支持这段婚姻的话，那么嫁过去还有什么意义？

送走唐继尧后，苏言把自己扔在了沙发里，心绪难平。唐继尧是何等人物，她之所以要跟他打赌，是料定了他会接招，只要他肯接招，那么事情便有转圜余地。

唐逸，这是我的背水一战，接下来就看你的了，我用我们的幸福作赌注，相信你不会舍得让我输。

唐继尧从苏言的公寓出来后，翻了翻手机里的相册，里面最新的一张，俨然是苏言和陆遥“拥吻”的场景。

唐继尧当然不知道那个男子是谁，方才他来找苏言，无意间看到了那样一幕，也看到了苏言的抗拒。他不知道他们是什么关系，他只知道，既然打定主意让苏言离开唐逸，那么这样一张照片，多少能起点作用，所以他当下便用手机拍了下来。他会让人把这张照片洗出来，然后匿名快递给唐逸。

他之所以非要棒打鸳鸯，不仅因为唐家容不下苏家的媳妇，更因为帝唐的现状不容乐观，帝唐需要一个商业背景强大的盟友联姻。

苏言显然不适合。

虽已入秋，气温倒还是居高不下。

这天上午唐逸正准备去见个客户，刚出门就见秘书郑颖拿着文件袋过来：“唐总，您的快递。”

“放我桌上吧！”唐逸头也不回，径直往电梯间走去。

和客户谈得很顺利，唐逸心情不错，回来路过花店时买了束花。苏言这几天请假在家休息，打电话也不接，只是微信上懒懒回复几句。不能任由她这样冷落自己了，若不是公事缠身，他何至于忍成这般。

此时此刻，想见她、想抱她、想吻她，好想好想。

汽车停在马路对面，唐逸从花店出来准备过马路时，手机响了，拿出一看是苏言打来的。

“言言，我正好想去找你。”唐逸一边接电话，一边朝前走，而她接下来的话却叫他脚下如灌了铅般沉重，他甚至不敢相信。

周遭车水马龙，尽管有些嘈杂，苏言的声音还是清晰传入了耳中，一字一句，化成无数支利箭，唐逸只觉脑袋“轰”的一声，眼前的一切都变得虚无。

他想立刻见到苏言，问问她发生了什么，为什么要说那样的话。突然尖锐的喇叭声传来，震耳欲聋，唐逸来不及反应，就被疾驰而来的汽车撞飞了出去。身子重重摔在地上，失去意识前，脑海里回荡的是苏言方才的话。

“你的不坦诚我仍然无法释怀，我想了很久，我们还是分手吧！”

唐继尧翻到这个通话记录时，唐逸正在手术室抢救。唐继尧想，应该是苏言的电话让他没有注意路况遭此横祸，他怨恨苏言的同时，也怨恨自己。

他能猜到苏言打这个电话是为了什么，那天他答应了跟她赌。

“你提出分手，然后去一个你们没有一起去过的地方，一天之内，如果他能找到你，就算你赢。”

眼下，唐逸是不可能去找她了，他们之间的赌约，他赢了。可是这样的代价，令唐继尧万分心痛，如果唐逸有什么闪失，他的余生都将在悔恨中度过。

事已至此，懊恼无用，只能积极处理当下的事情。唐继尧用唐逸的手机给苏言发了条微信，两分钟后将它删除。

位于郊区的丽波湾，是一片刚开发不久的休闲地，从市中心过来大概需要三十分钟车程。

苏言关了手机，一个人呆坐在河边，看着潺潺流淌的河水，从早晨到黄昏，从艳阳到落日。这里的景致真的很美，每一处都值得入画，只是，她无心欣赏。

上次叶子给她安利了这地方后，她就跟唐逸说想来看看，本来都计划好了丽波湾一日游，不料最近烦心事太多，游玩也就搁置了。

她当初对这个地方无比憧憬，唐逸是知道的，他一定会来找她。

一定会!

“孩子，天快暗了，快回家吧！”

苏言转头望去，说话的是这里的清洁工，一个六旬左右的阿婆。

“我在等人，我想，他会来的。”

阿婆叹了口气离开，剩下她一个人在此苦等。

残阳褪去，夜色渐深。苏言抬头望天，星星、月亮似乎都在嘲笑她的执着。垂下眼，将脸埋在膝盖上，夜风袭来，吹得身子瑟瑟发抖。她抱紧了双臂，更觉饥饿难耐。

唐逸没有现身，她终是输了，输了与唐逸的爱情。

苏言打开手机，没有唐逸的短信，倒是有一条微信进来，下午一点十四分发来的：“既然你已经想好，那么我尊重你的决定。”

她输了，彻底输了。

按照约定，她必须离开唐逸，让他无法再联系到自己，从此两个人再无瓜葛。

苏言在岚市生活了五年，这五年像是做了场绮丽的梦，如今梦醒了，她该离开了。

第十一章　故人重逢

世界很小，小到可以让两个陌生人产生奇妙的爱情。世界也很大，大到一个人再也找不到另一个人。

苏言离开唐逸已经三年有余。三年前，她来到了宁市，这是个二线城市，没有岚市那般繁华。

初到这座城市时，苏言对一切都非常陌生，孤苦无依。第二天，她就认识了现在最要好的同事纪岚，她帮着找了房子，就连工作也是她介绍的。

那是一家规模不大的装饰公司，以古希腊神话中的战神“玛尔斯”命名，人员不多，却很温暖。

纪岚是宁市本地人，五官清秀，活泼开朗，颇有小家碧玉之姿。追求者甚多，但她一个都看不上，至今保持单身。

纪岚比苏言小一岁，特别喜欢黏着苏言，有什么事第一时间与她分享。久而久之，公司里的人就开玩笑说：“小岚，你不想交男朋友的原因，该不会是喜欢苏言吧？”

而每个说这句话的人的下场，就是被纪岚追着满办公室跑，苏言就在一旁看热闹，“咯咯”直笑。

后来再被这样说时，纪岚不浪费体力了，她干脆大方承认：“对呀，只要苏言不嫌弃，我愿意跟她白头到老。”说罢还亲昵地搂着苏言的胳膊依偎上她的肩头。

苏言任由她胡闹，这样的日子真的很好，好到几乎忘了曾经的伤痛，只要不去触及，她依然可以很快乐。

至于周叶，她已经去了德国，也许不久就要结婚了。

当第一次听叶子说她觉得自己好像喜欢上凌风的时候，苏言一点儿也不意外，毕竟合租那会儿总能从她嘴里听到那个名字，如果不是喜欢，又怎么会这般念叨。

两个人的爱情，终是开了花。

三年时间真的改变了许多，有些人分了，有些人合了，而生活还在沿着时间的轨迹不疾不徐地继续。

某一天刚到公司，苏言就被同事围拢了，她好奇地问大家怎么了，就听他们商量好了似的异口同声：“老实交代，你是不是和陆帅哥在一起了？”

“为什么这么问？”

“昨天傍晚，我看见你们肩并肩进了同一个小区哦！”同事甲显得有些八卦。

“不是你们想的那样。”苏言提高嗓门儿声明。他们提到的陆帅哥就是陆遥，他对自己展开的猛烈追求使得公司的人几乎都认识了他。

陆遥从岚市一路追来，苏言几次试图甩掉他，可过不了多久就会被他找到。她都要怀疑他是不是在自己身上安装了追踪仪。

被他缠得几近崩溃，于是苏言想了个办法。

一个多月前，陆遥又堵在她家门前，她干脆将他请进了屋里。

“你有完没完？没见过比你还死皮赖脸的人。”

“这就证明，没有人比我更爱你。”

苏言斜睨他一眼，而后郑重道：“你一直觉得我不给你机会，好，那么我们同居试试，怎么样？”

“你在打什么鬼主意？”同居，多么诱惑的建议，但他才不相信会有这么好的事情呢，肯定有阴谋。

“就算是约定吧，我们同居，以一百天为限，但这期间你不能强迫我做任何事。如果我会爱上你，那么我们就在一起；如果不能，你就离我远远的，别再浪费时间在我身上。你敢答应吗？”

为什么不敢？这个约定听上去还挺不错的。陆遥与她击掌为盟，一百天就一百天，他有这个自信。

于是，苏言退了房子，住进了陆遥租的公寓里。

两个人与其说同居，其实更像是合租关系，只不过苏言不用交租金罢了。

但苏言发觉这件事挺说不清的，所以一时之间她也没有合适的说辞来堵同事们的嘴，好在她透过窗户看见老总的车驶进了停车场，赶忙提醒大家。

一群人立刻作鸟兽散。

公司是不负责伙食的，所幸对面就是商业街，饭店面馆很多，口味都还不错。

苏言和纪岚最常去的是一家川菜馆，店面不大，只摆了六个圆桌。进门处放着一台电视，通常都播放综艺节目。

苏言无论如何都没有想到，自己有一天会在电视上看见唐逸。

那是一段采访，看上去像是现场直播。那个笑容，几乎刺痛了她的眼。

其实她离开岚市不久，母亲就告诉她：“你走后，那个孩子有来找过我，他的状态好像不是很好，哭着喊着要我告诉他你在哪儿。那么骄傲出色的一个孩子，竟然哭成那样，我听得心都快碎了。”

也许是他后悔了吧，苏言如是猜测。不管如何，她与他的缘分已尽。那段日子，她如同活在地狱一般，夜不能寐、食之无味，睁眼闭眼都是唐逸。

时间可能真的能抹去一切吧，现在的他看上去过得很好，还是那么高贵儒雅，举手投足间，散发着迷人的魅力。

“唐先生，今天是帝唐装饰分公司成立两周年的纪念日，听说还是您的生日，这样双喜临门的日子，不知是哪位名媛有幸陪您一起庆祝？”

镜头一转，一个十分美丽的女子走到了唐逸身边。

那女子粉黛薄施，长发微卷，气质卓尔。苏言看着她环上唐逸的手臂，微微一笑，倾国倾城。

两个人站在一起，如此登对，如此和谐。闪光灯不停地闪烁，令苏言的眼睛有些生疼。

“夏小姐果然就是今晚的女主角啊！”

“真是郎才女貌、天造地设的一对。”

苏言怔怔地望着那两个人，感受到隔着屏幕传来的痛意。唐继尧说得没错，他的儿子，果然不是个情种。

“言言，点菜了，发什么愣哪！”

思绪被纪岚拉回，苏言尽量装得心血来潮：“突然想吃面了，我们去吃面吧！”

纪岚虽然奇怪她为什么临时改变主意，但也没往心里去，爽快地答应了。

出门前，苏言最后看了一眼电视里的男子，默念了一句：“唐逸，生日快乐。”

此刻，远在岚市的唐逸，心里没来由地“咯噔”了一下。

“逸，怎么了？”旁边的夏鸥看出唐逸神色有些不对，关心地问道。记者们离去后，唐逸已经懒得做样子了，他们之间，又回到了淡漠疏离的状态。

“没事。”唐逸淡淡答道。苏言离开后，他的心口总会时不时地犯痛。

这是一场盛大的酒会，精心策划了那么多天，只为庆祝帝唐装饰分公司成立两周年。

布置华丽的厅堂里，流泻着柔畅的爵士乐，满堂的宾客都是有头有脸的人物，觥筹交错间，拉近了商人之间的距离，为以后可能的合作奠定基础。

唐逸不知道自己喝了多少酒，作为主角，整场他都端着客气的笑，心里却并不高兴。

“你……还在想苏言吗？”夏鸥有些醋意地说道。

唐逸转过脸，很是不悦。面前的女子，其实有几分苏言的味道，这大概就是为什么，他会答应唐夏联姻吧！

“我有些累，想静静。”

夏鸥明白，他这么说就是赶自己走的意思，她便识趣地退到了一旁。在这场宴会里，她是女主人，不久的将来，她会成为唐逸永远的女主角。可是她知道，唐逸的心里有另一个女人，这也是她并不急着嫁给他的原因，她要等，等她成为他心中的唯一。

放下手中的酒杯，唐逸慢步走到落地窗前，纯净的玻璃映出他孤独的身形。他害怕孤单，可越是喧闹的场所，他就越觉得孤单。

他的生日，自从苏言走后，已没有了任何意义。

三年前她不辞而别，留下一句分手的话，从此人间蒸发。好长一段时间里，唐逸几度崩溃，疯了似的满世界找她。没有人能明白那种渴望，渴望到身体的每一个细胞都在哭泣，每一个夜晚心都在滴血。

她是不会回来了，他终于承认了这一点。时间无情地流淌，终于将那份执着消耗殆尽，爱意渐藏，恨意随之疯长。

他要找到她，这个念头从没有停止过，只是目的早已不复当初。

口袋里的手机响起，唐逸拿出来一看，是两年前就辞职的郑颖打来的。怎么会突然联系自己？他狐疑地接起，却听到了那个魔咒一般的名字。

“你说什么？你确定是她？”心跳骤然加速，唐逸分明听到了自己颤抖的声音，某个想法在脑海中成型。

三天后，孙阳到唐逸办公室找他的时候，发现唐逸正在电脑上浏览一个页面，搜索栏里的关键字是“玛尔斯”。

孙阳对他搜索的内容一点儿也不感兴趣，他来这里是因为听说公司要在宁市开展项目，有些不解，特来问问。

唐逸不带任何感情色彩地回答：“郑颖说，苏言在宁市。”

“原来如此。”孙阳恍然大悟，他早该想到是这样，能让唐逸不按常理出牌的人，除了苏言还能有谁？唐逸口口声声说早已把她忘记，却在得到她的消息后立刻有所行动。苏言，始终是他的一个劫。

“你打算亲自上阵？”孙阳说。

“嗯，到时公司这边你得多费心了。”

“说实话……”孙阳拖着尾音，话到嘴边又咽了回去。本想问他是不是还爱着苏言，但他一定不会承认，所以干脆不问了。

“你放心去吧，这里的事情我能处理好。”

为期三天的考察很快结束，回到岚市后，唐逸连夜赶出了一份企划书，没过多久便带着一支团队去了宁市。

公司的地址选在了宁市最繁华的商业广场，租用了宁市最好的写字楼。帝唐以迅雷不及掩耳之势，打进宁市装修市场。

“笃笃笃——”房门被敲响，苏言头也不抬，盯着电脑上的数据说了句“请进”。

“这么晚了，还在工作？”陆遥端了一盘水果沙拉进来，颇为不满地继续道，“这几天下班也晚，你们老板太会剥削劳动力了吧！”

“老总想拿下某个标，时间紧迫，大家都忙。”苏言说着又补充了一句，“有加班费的。”

陆遥打趣道：“你很缺钱吗？”

“你不懂，我享受这个过程带来的乐趣。”这不是缺不缺钱的问题，再多的积蓄，坐吃也会有山空的一天。再说了，工作是快乐而充实的，忙起来，才能够对得起自己的青春。

相对苏言，陆遥就自由多了。他自己开了一家公司，地段还算不错，人员、设备都是现成的，说白了就是别人运作不下去由他接手的一个事务所。这段时间以来，公司一洗最初萎靡不振的状态，蒸蒸日上。

不得不说，陆遥在管理这方面很有天分。

自由是自由了，他却每天起得比苏言还早，只为了给她做爱心早餐。每次看她睡眼惺忪地从卧室出来，他都会无比宠溺地说：“想睡觉就去睡，工作丢了我养你。”

苏言知道他不是开玩笑。和他共同生活了这么些日子，他真的做得很好，事事顺着她，满足她的一切要求，可谓司机兼保姆，昔日十指不沾阳春水的少爷更是练出了一手好厨艺。

苏言不是没有动摇过，只是她的心就那么大，已经住进了一个人，再容不下第二个人闯进来了。

玛尔斯公司是由冯增辉一手创立的，风风雨雨走了五年，仍属于一个二级资质的小公司。

宁市不大，装修公司却遍地都是，这一行竞争激烈，资质不够，接项目便有限，所以冯增辉一直想寻求一个合作伙伴达到双赢。

帝唐的出现无疑是一个契机。

虽然主场在岚市，但帝唐的名号实在响亮，听说还是唐逸亲自过来坐镇，于是各个装修公司便都向他抛出橄榄枝，寻求合作。

看到所有装修公司都被拒之门外，冯增辉有些不自信。就在他放弃的时候，帝唐商务部给他打了电话，表示愿意合作。

这个结果让冯增辉喜出望外，简直就像做梦一样。

双方签订合作协议的地点定在玛尔斯，是唐逸提议的。为此，冯增辉特意动员全体员工来了个大扫除。

“待会有贵客要来，都给我打起精神，准备迎接！”打扫结束后，冯增辉如此交代大家。能和帝唐合作，着实是振奋人心的喜事儿，但唐逸不让他提前透露，他就只好先卖个关子了。

下午三点，唐逸准时到达。冯增辉早已率众人等候在门口，笑脸相迎。

“唐总，欢迎欢迎。”

“客气了。”

心不在焉正低头拨弄指甲的苏言惊了一下。是幻听吗？她好像听见了唐逸的声音。抬起头，目光猝不及防撞上同时望过来的眼睛，怔怔不已。

那眼神温柔而凌厉，熟悉又陌生，包含了太多东西，却又好像什么也没有。心跳如擂鼓，不敢相信，再见到他会是在这样的场合。

他来宁市了，来到了她的面前！

苏言很快移开了视线，盯着自己的脚尖看。再见面，她竟连直视他的勇气都没有。

唐逸在心底冷哼一声。以为自己能够冷静的，但他发现他错了，心里像是有什么在燃烧，一股强烈的冲动让他想把她立刻从人群里揪出来，塞进车里带走。但是他不能，他的游戏还没有开始，怎能就此乱了方寸，他得忍住。

唐逸不再盯着苏言，转回头，在冯增辉的带领下往会议室走去。

接下来的日子，他满心期待。

下班后，公司里的女同事约着一起吃饭 K 歌。

一群十来个人，一路闹哄哄，吃完饭直奔“豪仕”。“豪仕”在宁市算得上高档次 KTV 了，环境设施都不错。

苏言在音乐方面既不着调又不靠谱，对 K 歌完全没兴趣。进了包厢就往沙发上一摊，玩手机去了。

公司多麦霸，包厢里的气氛很快活跃了起来，点歌的点歌、吼麦的吼麦、吃喝的吃喝，激情洋溢。

“啊！”脑门儿突然被敲了一记，苏言瞪着双眼望向罪魁祸首，龇牙咧嘴地问，“干吗打我？”

纪岚挑眉：“要出神就专心点儿，眼睛看着脚趾，手机也拿反了，你居然还能若无其事地刷微博，真是佩服。”

苏言低头一看，那屏幕果真是反着的。她一开始确实是在刷微博，刷着刷着就想起今天看到唐逸的场景，不由分了神。

“老实交代，刚才在想什么呢？”

“没想什么啊！”

“才怪。”纪岚不客气地白了她一眼，随即开玩笑道，“该不会是在想下午来公司的那个帅哥吧？”

“胡说！”被说中了心事，苏言下意识否认，挺起身子蹦下沙发，头也不回地说，“我去下洗手间。”

望着那个背影，纪岚皱了皱眉，自己只是随口一说，她这反应，怎么像是被自己说中了一样？

苏言只是出去透透气，然而，等她准备回去时，就意识到一个非常严峻的问题。

超级路痴的她完全不记得回去的路了！手机刚才顺手丢在沙发上没拿，更没法打电话给纪岚，悲催。

好在服务台有登记信息，苏言很窘地跟在服务员后面回去。

推开门的一瞬间，苏言登时傻眼了，这是……什么情况？

如果说第一眼看到那些陌生男女只是让她傻掉的话，那么第二眼苏言就彻底震惊了，连呼吸仿佛都停止了。

熟悉又陌生的感觉。

三年后的第二次相遇，仿佛又回到了初遇时的场景。相似的邂逅，却又完全不同，一股酸楚油然而生。

怎么会撞见唐逸？

没多久，身后传来了疾走的脚步声，一个女声叫住了自己。

苏言应声回头，看到了前台那位接待员一脸歉然地说：“不好意思，我刚刚错看到上一个名字那里，应该是326，这条走廊尽头那间就是，实在抱歉。”

“没事。”

苏言扯出个笑容，内心唏嘘不已。

第十二章　他的异常

“为了庆祝公司与帝唐达成合作，今晚在‘百盛天地’设宴，双方人员都会到场，届时互相认识交流一下。大家四点半在公司大厅集合，谁都不许早退。”冯增辉特意强调了句，“一个都不能少。”

待老总离开会议室后，人群就沸腾了，尤其是女同事。

“天哪，帝唐老总！能合作就出乎意料了，居然还能和他一起吃饭。”

“他本人比电视上更完美，那身材、那气质，被他看一眼我都觉得我恋爱了！”

“这种饭局怎么把我们都叫上了，有故事啊有故事！”

下午五点多，一群人到达“百盛天地”。这次冯增辉做东订了个包厢，里面是一张能容纳五十人的大圆桌。

帝唐的团队是在饭局开始前十分钟到的，双方领导象征性地握手招呼。

“冯总，”唐逸淡笑着，漫不经心道，“不介意给我介绍下你们的员工吧，也许以后我会有需要他们帮忙的地方。”

听到他的话，苏言的心跳漏了一拍，从他进门到现在，自己一直都在偷偷看他，可他的目光从来都没有往这边投来过。

“当然，我的荣幸。”冯增辉说罢依次为唐逸介绍自己的员工，唐逸一一与他们握手。明明讨厌这种虚伪的交际，却逼着自己伸出手去；明明不屑女人们那种受宠若惊的目光，却逼着自己去微笑。

“这是苏言，我们公司最年轻的造价师。”

终于到她了，唐逸站住脚，迎上她闪躲不定的眼睛。也许，他这般委蛇，等的就是这一刻。他将手伸出，双目微眯，等待着她的回应。

微微一愣，苏言便伸出右手，搭上了那只曾经触摸过无数次的手。这一次不觉温暖，只有彷徨。

手一下被反握住，力道轻柔，却又重得仿佛连同心也被抓住，令她有片刻的窒息。

苏言以为自己终究是不同的，唐逸会有情绪波动，或者多看她几眼，或者抓着她的手不放。但没有，一切不过是她自作多情。

这样也好，她本就不该指望他对自己还有留恋，他们之间早就回不到当初了。

一番介绍后，服务员开始上菜。

好巧不巧，苏言就被安排坐在唐逸的正对面。席间，大家争相与他敬酒，唐逸来者不拒，一杯接一杯下肚，如饮白开水一般。

酒过半巡后，苏言突然觉得唐逸有些不对劲儿，左手有意无意地按着小腹。已经醉了吗？不可能啊，全场都倒下他也会是最清醒的那个，他喝了多少她都看在眼里，那点酒根本不足以撼动他分毫。

犹疑间，就见他起身离开了座位，尽管面色平和、神态自若，苏言还是有些担心，于是她跟了出去。

拐了个弯，苏言就见唐逸进了卫生间，她轻声靠近，听到里面传出一阵呕吐，好一会儿后，呕吐声停止，传来哗哗的流水声，他在漱口。

真的醉了？这酒量退步得也太快了吧。苏言刚想撤退，唐逸就出现在了门口，她都没来得及转身。

视线相接，苏言停在原地，看着对面的男子一步步朝自己逼近，直到跟前。她能闻到他身上的酒味。这样的距离令她不由得倒退一步，目光躲过他明显虚弱的脸庞，垂眸低声问："你没事吧？"

"你会在意吗？"唐逸冷冷地反问。

苏言没有抬头，更没有发现唐逸眼里闪烁的光芒。他那句话，她硬是听成了讽刺，他在讽刺她的绝情与冷漠。是她错了，从离开他的那一刻起，她就应该意识到，自己再没有资格去关心他了。

狠下心，苏言再次扬起的目光里没有丝毫动容，她言不由衷地回答道："不会。"

说完那两个字后，苏言发现唐逸的眼神似乎黯淡了一下，但很快闪出精锐的光芒。她觉得应该解释一下自己为什么在这儿，便随口道："我过来洗手。"

果然，他不该存有那样的幻想，被她伤得还不够吗？唐逸自嘲地一笑，从她面前绕过，大步离去。

脚步声渐远，苏言长长地呼出口气。走到洗手台拧开水，掬了几把扑在脸上，双手使劲抹过脸颊。她到底在干什么？为什么他一出现，又控制不住想要靠近。

她还在期待着什么吗？

他只是跟玛尔斯合作，纯粹合作而已，与你一点关系都没有。只是很巧你在这个公司，不是因为这个公司有你。

这么一番心理建设后，苏言算是想开了，关掉水龙头转过身去，发现一个女子正面带笑容向她走来。

如果不是因为饭桌上那女子就坐在唐逸的身边，苏言可能并不能认出她来。看上去倒还蛮亲切的，至少，比电视里那个夏小姐顺眼多了。

“原来你就是苏言。”

苏言蹙眉：“你是？”

“我叫汪洋，是唐总的秘书。”

“秘书？郑颖辞职了？”

“是的，两年前就辞了。”汪洋性格开朗，刚到公司就跟同事们打成一片，自然也就听说了老总的那段情史。公司要对外发展，为什么会选择宁市这个没什么市场的地方，她之前一直想不通，现在也许知道答案了。

两个人简单聊了几句，一个回了包厢，一个进了女厕。

饭桌上的气氛很高，苏言却如坐针毡，想走又不能走。终于熬到了散席，一群人喝得七荤八素，双方互别，三三两两出了包厢。

刚走到大堂，苏言就被一个声音喊住了，她扭头望去，陆遥独自坐在休息区，看上去有些落寞。

怎么把他给忘了。“同居”后，陆遥每天都接送她上下班，今天忘记跟他说一声了。苏言走过去，明知故问：“你是在等我吗？”

“要不然呢？”陆遥站起身，挑着眉反问，“我去你们公司接你，门卫告诉我你们有饭局，提前半个小时就走了。怎么也不通知我一声，让我白跑一趟。”

“对不起，我忘记了。”苏言吐了吐舌头，余光瞥见唐逸正从楼梯上下来，心电感应一般，他将目光投了过来，而后神色一怔。

几乎是同时，陆遥也顺着苏言的视线望向了唐逸，四目相接，电光火石。三秒钟后，陆遥扬起一个得意的笑容，亲昵地搂过苏言的肩膀，说：“走吧，我们回家。”

眼前的场景，令唐逸手掌不自觉握成了拳，那两个紧靠在一起的身形看上去那么和谐，和谐得刺目。

唐逸脑海中猛然浮现出三年前陆遥拥吻苏言的照片，他是车祸醒来后才看到了那份快递，寄件人地址不详，电话也是空号，不知道是谁寄来的。

照片上，陆遥揽着苏言的腰肢，脑袋低垂，将她的脸挡在镜头以外，而他们的身躯紧贴，看上去吻得正酣。

“苏言真是幸福，有个这么帅的男朋友天天接送。”

“人家长得漂亮嘛，自然有人愿意献殷勤喽！”

那是玛尔斯公司的两个女员工在调侃，唐逸假装顺口一问：“那是她男朋友？”

“当然啦！”

“也不一定。”另一个女同事见主动搭话的人居然是帝唐的老总，立刻插上嘴，“苏言不是从来都不承认他们在谈恋爱吗？”

“都同居了，不是恋人关系是什么？”

同居？他们竟然已经同居了！唐逸震惊不已。那时即便看到了那张照片，他也坚信苏言另有苦衷，如今看来，是他高估了他们的爱情。

他，该彻底死心了。

“闭嘴！”耳畔叽叽喳喳，唐逸忍不住厉声打断了还在叽叽喳喳的女声，吓得那两个人立刻噤声。胃里又是一阵翻江倒海，他强忍着不适离开了。

人群纷纷散去，冯增辉坐在车厢里看着唐逸的车子远去，猜出了一些端倪。

别以为他在饭桌上只顾着交流喝酒，其实他一直很用心地观察着唐逸。他在商场上打滚多年，如果看不出唐逸和苏言之间有些不对劲儿的话，也就白混了，而真正让他确定这个想法的是唐逸最后望着苏言离去的那幕，那眼神活脱脱一个情种。

唐逸和苏言两个人之前一定认识，并且关系很不一般。

另一边，陆遥带着苏言来到了一家小餐馆，停好车后，他边解安全带边说：“走，我们下去吃饭。”

“我已经吃过了。”

“你又没吃饱。”

苏言一愣：“你怎么知道？”她刚才确实只吃了一点儿，那样的氛围下她完全没胃口。

“因为……”陆遥望着她，很严肃地说，“他出现了。”

“所以，明明一条微信就能解决的事儿，你偏要饿着肚子等在大堂，对吗？”

“对。”陆遥锐眼微眯。如果平常，他不会这样一声不吭地等她，可是唐逸来了，他必须等，他要让唐逸认清苏言是他陆遥的！

“没有人比你更了解我，就像没有人比我更了解你一样。你是我的，我已经错失了最好的时机，永远不会给别人第二次机会。”陆遥如是说。

苏言皱眉：“你忘记我们的约定了吗？”算起来，已经过去大半时间了。

“没有，但我赢定了。”陆遥神色坚定，他不可能再输一次。

新的一周刚开始，苏言就被冯增辉叫进了办公室。

“坐。”冯增辉从办公椅里起身，亲自给她泡了杯茶。

苏言受宠若惊，望着眼前笑眯眯的老总，生出一股不好的预感，无事献殷勤，非奸即盗啊！看他在一旁的单人沙发里坐下，她问道：“冯总，你找我有什么事吗？”

“嗯，有事，当然有事。”冯增辉打着哈哈，他得想想该怎么开口。他已经查到了一些事情，面前的女子和唐逸的渊源果然够深，也许，唐逸会答应与玛尔斯合作完全是因为她。以他的直觉，很多事情由苏言出马的话，肯定会有事半功倍的效果，所以，他找来了她。

“苏言啊，我也不跟你绕弯子了，我找你来是为了公司申请一级资质的事儿。你知道公司拿不出优秀工程很是麻烦，正好我们跟帝唐合作了，所以我想请你代表公司去跟帝唐的人谈谈。”

“我？！”苏言瞪圆了双眼，一脸不可思议，“代表公司出面，这不该轮到我吧。”

“不瞒你说，我私下有找唐总谈过，但被他拒绝了。”说着，冯增辉摆出一副很是苦恼的样子，“但我不能就此罢休，我想来想去，论能力、口才，派你去最合适。”

“冯总，别的事情我肯定尽力而为，但是这件事情……”原想直接拒绝，顿了顿，苏言还是比较委婉地说，“您还是找其他人去吧！”

冯增辉料到了她会这样回答，循循善诱道：“你是不是觉得一个人去没有底气，那么这样，我约唐总出来吃个饭，到时我和你一起去，可以吗？”

苏言垂下头想了想，她确实是怕单独与唐逸见面，如果多个人，应该没什么问题吧，可是……

见她有所动摇，冯增辉再接再厉：“公司必须尽快申请到一级资质，只要申请成功，公司接的活儿多了，你们的工资也能提高，那时你就是最大的功臣。只要动动嘴皮子而已，多好的事儿呀！”

“那好吧，我去。”苏言说完扁了扁嘴，冯总平时待她不薄，都给了这么多台阶让她下，再不答应就太不识抬举了。

可是总觉得哪里不对劲儿，冯总这口气，怎么像是知道什么事情……

亲自将苏言送到办公室门口，冯增辉心情愉悦地走到落地窗前，看着本市最高的写字楼在阳光下折射出耀眼的光芒。收回视线，接下来他可以给唐逸打电话了。

“我不是说过了嘛，这个忙我帮不了。”彼时，唐逸正在办公室里喂鱼。

冯增辉早就料到了这个答复，也知道这完全属于搪塞之词，如果对方连这点儿事情都搞不定的话，那么帝唐也别想在业内站稳脚跟儿了。

“明天一起吃顿饭吧，顺便介绍一下我公司优秀的员工代表给你认识。”

“哦？”听他这么一说，唐逸倒是有点儿好奇了，“谁？”

“苏言。”

听到这个名字时，唐逸明显一愣，盯着吃食的鱼儿，试探着问：“你是不是看出了什么？”

“既然唐总你都这么说了，那我也就不瞒你，的确，我有一种猜想，唐总愿意跟我们公司合作，兴许是因为苏言。”

“我来这里之前曾经听到过一个说法，说冯增辉是一只擅长察言观色的老狐狸，今日我相信了，果然是这样。”唐逸继续古井无波地说着，只是眼神明显暗沉了下来，“你知道了也好，有些事情我需要你的配合。那么，明天见。”

翌日上午十点半，冯增辉便带着苏言前往“百盛天地”。包厢早已预定好，唐逸还没到，两个人一起坐着等他，顺便把菜点了。

突然，冯增辉的电话响了起来，他看了眼来电显示后接起：“喂，方总啊……是啊好久没联系了……”边说边朝门口走去。

包厢内一下子安静了，苏言单手支着下巴，百无聊赖地刷着微博。时间一分一秒地过去，老总这电话打得也太久了吧，正觉蹊跷时，冯增辉的电话打了过来。

“苏言啊，我有急事先离开了，单我已经买好了，招待唐总的任务就有劳你了，等你的好消息。”

闻言，苏言有种被人卖了一般的委屈，冯总你这也太明显了。怎么办，单独面对唐逸的话，她完全没有心理准备啊！

二话不说，苏言抓起椅子上的包包，三十六计——走为上。

只是刚拉开包厢的门，迎面就撞上了一堵肉墙，迅疾的步伐来不及收住，狠狠扎进了那人胸膛。熟悉的感觉袭来，抬眼，对上那张冷峻的面庞，苏言一下退了开来。

“对不起。”客气得不带任何温度。

唐逸冷哼一声，目光凌厉，身子挺拔地堵在门口，问：“要去哪儿？”

“上厕所。”苏言一本正经地胡说八道。

“你好好地陪我吃这顿饭，我就答应帮你们公司。”馨香的身子擦过他的肩膀就要跑路，唐逸赶忙出声，尽量让语气平缓。看她顿住脚步却不回应，似在犹豫，于是他补充一句，“我数到三，你还没决定好的话我就要改变决定了。”

好吧，为了公司的利益，就和他吃这顿饭好了，不吃白不吃。不等唐逸开始数数，苏言就转回了身，径直回到包厢里。

“怎么，不去上厕所了吗？”

苏言偷偷吐了吐舌头，没有理会。

小圆桌上，唐逸在正对苏言的位置落座，突然想起今天忙得忘记了吃药，顿觉糟糕。身边没备药，但愿不要在这个时候发作，他不想在她面前丢脸。

“我自己开车来的，今天就不喝酒了，你呢，要喝吗？”

苏言直摇头，表示自己喝茶就好了。

“那么就以茶代酒，为了我们的重逢，干一杯。”唐逸端起茶杯，皮笑肉不笑地说。上次的饭局，玛尔斯的人员争相给他敬酒，独独她没有，他可记着呢。

“谢谢唐总。”苏言客套地回他，她想好了，把他当成普通的客户，心态放平就好。

唐逸不动声色，一口下肚，将茶续满，而后淡淡问道：“你猜，我来宁市真正的目的是什么？”

苏言的心明显漏跳一拍，她总觉得唐逸出现在这座城市，多少是因为她，但她不能说

“我不猜。”

“你。”

简单的一个字，如平地惊雷，苏言无所适从。之前不是当她陌生人吗，就这么承认了？抬起眼，却看见了他满眼的戏谑，眉梢轻挑，嗤笑了一声说：“逗你的，别当真，我像是会吃回头草的人吗？”

唐逸紧紧盯着她，企图从她脸上找出些许落寞，但她只是浅浅一笑。

吃完饭出来，外面居然下起了小雨，绵绵密密，细如牛毛。

苏言没有带伞，站在门口用手机叫了个车。等车时，她看到唐逸的车从地下车库驶出来，车窗半开，他的脸冷酷且决绝，目不斜视，绝尘离去。

期待他会停下来把你带走？苏言狠狠鄙视了自己一把，她不该再有这种幻想。

网约车很快过来，苏言报了公司地址后，就靠在椅背看窗外的风景。

大概行驶了十来分钟，绵绵细雨中，右前方一个熟悉的车影映入眼帘，苏言从座椅里弹起，贴近车窗一看，没错，是唐逸的车，开着双跳停在路边。车子愈发逼近，交错而过的那一瞬间，苏言看见唐逸就在驾驶室，而他脑袋磕在方向盘上，脸往另一边侧着，看不清什么状况。

“师傅停车。”苏言不放心，想去看看。车子靠边停的档口，她把钱先付了，“你要是愿意的话就在这边等我一下，我看见个熟人，很快回来。”

待车停稳，苏言不顾雨势立刻下了车，疾步走到唐逸车边，敲了敲车窗。那张脸抬起，目光望过来，一霎的错愕后便别了开去，半开的车窗缓缓闭合。那一瞬间，苏言分明看见了他痛苦的神情。

怎么回事儿，他的身体不一直都很好吗？苏言试着拉动把手，车门打开，竟然没锁，幸好没锁。

“你怎么了？”

唐逸转回头，面对那曾经贪恋无比的容颜，他很没好气：“滚开，我不想见到你。”想要把她推出去，可是疼痛让他使不出力，只能任由自己的虚弱在她的眼皮底下无所遁形。

“你到后边坐着，我送你去医院。”

“不用！我叫你走开，听见没有！”

“你闹什么别扭啊！去后面坐着，听见没有！”话一出口，对方明显愣住了，连苏言自己都觉得有些惊愕。以他们现在的关系，并不适合用这种口气，可是她抛却了所有顾忌，她很担心他。

“不用麻烦你了。”

娇柔的女声插进来，苏言转头，便见一个长相甜美，穿着俏丽的女子撑伞走来，那女子她见过，名叫夏鸥，一个豪门千金。

“津市的亚欧集团听说过吧，全国地产十强，董事长叫欧涵，也就是夏鸥的母亲。你走那年，帝唐经历了一场经济危机，也许是因为你的离开，唐逸根本没心情管理公司，内忧外患，帝唐差点儿易主。关键时刻，是唐继尧亲自出马稳住了局面，他争取到了亚欧的帮助，代价据说是他儿子的婚姻，不过这事儿没有公开。如果真的存在什么协议，那唐逸肯定会娶夏鸥，这一点，想必他也很清楚。”

陆遥当时是这么跟她说的，如今那个女子站在自己跟前，苏言有些恍然。

原来唐逸将她也带来了宁市。苏言默默退开，看着夏鸥给了唐逸一瓶水和一粒药丸，将唐逸从驾驶室搀扶出来，动作那么轻柔，语气那么甜蜜。

苏言暗自叹息，拖着沉闷的脚步往网约车那边走去。

夏鸥坐进驾驶位，透过后视镜看见唐逸的目光始终不离某人远去的方向，有些不爽，不过现在不是计较这些的时候。

“你是不要命了？上次拼命喝酒，这次又忘记吃药。逸，不要拿自己的身体开玩笑好吗？我心疼。”

唐逸的脑海中还在回荡着苏言那句强势的话，那个样子的她曾经多么熟悉，有时他甚至故意逆着她的意愿，就是为了看她发脾气。那样甜蜜的责备，那样气鼓鼓的她，他总是爱到了心坎里。

而今他终于知道，无论多亲密的两个人，一旦分开，那些甜美的回忆就成了一种罪过。

视线移回车里，唐逸冷冷地望着前座的女子，心疼吗？呵，他再也不需要任何人的心疼。

“放心吧，死不了。”事实上，他比任何时候都珍惜这条命，这条从鬼门关前捡回来的命。

第十三章　无理借调

清晨，唐逸被一阵烦人的门铃声吵醒，不用猜就知道是谁。看了看时间，已然过了八点。

“你还没起床呀，赶紧刷牙洗脸换衣服去。”等了好一会儿门才打开，夏鸥看见两眼惺忪、穿着睡衣的唐逸，不禁咋呼。等他洗漱完毕已是二十分钟之后，随即两个人便去车站。

夏鸥心情很是愉悦，三天前她接到母亲的电话，说今日要来宁市谈生意，昨天傍晚得知到站时间后，她便缠着唐逸一起去接人，没想到他一口答应了。

夏鸥是死皮赖脸跟着唐逸来宁市的，虽然不能和他同住一屋，但在同一个城市。从小到大，她第一次为了一个男人彻底放下自己的骄傲与尊严，也是第一次，想要与一个男人白头到老。

婚约早已定下，他却从来不提。没有关系，过去的已经过去，她在乎的是将来。

亚欧的实力远在帝唐之上，再加上当初对帝唐的帮助，如果她要逼婚，唐逸也无法拒绝。可是她希望他能全心全意地爱上她，因为爱她而娶她，而不是因为所谓的“商业联姻”。

夏鸥不是不知道唐逸来这里的意图，她曾经想过阻止，但仔细一想，解铃还须系铃人，也许，只有再接触一次那个女人，他才有可能彻底放下。她愿意陪他一起赌，但她决不会让自己输。

她想要的东西从来都会得到，她喜欢的人也绝不会拱手让人，哪怕自己是后到的那个。

靠在座椅里，夏鸥歪着脑袋盯着唐逸，那完美的侧脸总是令她百看不厌。

永远都记得三年前初遇他的场景，那是一生中最美丽的意外，每当想起，自己总会不自觉地笑起来。

那是一个秋冬交替的季节，夏鸥随父母来岚市旅游。她刚来就喜欢上了这座文化底蕴深厚的城市。

那天天空飘着淅淅沥沥的小雨，夏鸥听人说渚镇上有一座灵山，灵山上有一个许愿池，对着它许愿相当灵。她当然不信这个，只是，与其闷在酒店，不如出去走走。

许是因为下雨的缘故，来游玩的人不多。夏鸥沿着山路一直往上，走走停停，很久才到了许愿池。

夏鸥停在了人群稀疏的地方，她准备了许多硬币，也想扔着玩玩，希望能扔出一段期待已久的爱情。

她执起一枚硬币，正想将目光瞄准石台上的善财童子，却被对面的一个男子吸引了过去。那是一个看上去很忧郁的美男子，他呆呆地望着水面，周遭的一切仿佛都与他无关，他在这风景里，风景却不在他眼里。

他站在那儿，仿佛已经有几千年那么久。突然，他抬了一下眼皮，满眼的心痛就这样落在了她的眼里，仿若碎成一片一片的琉璃。

那一刻，夏鸥分明觉得自己的心乱了一拍，有什么东西打在了心上，酥酥痒痒的感觉。她想，那应该就是爱最初的状态吧。

趁着手里有硬币，趁着面前有许愿池，管他灵不灵，先求个愿再说。夏鸥闭上眼睛，任细雨打在脸颊，此刻的她是最虔诚的少女。

将心愿默念完毕，睁开双眼抛出硬币。不知是不是上天有灵，硬币好巧不巧地落在那个男子的肩上，只见他微微皱眉，而后沿着池边走了过来。

夏鸥连忙跑过去，一脸歉然："对不起，我不是故意的。"心中却在窃喜，就这样找到了搭讪的机会。然而对方并没有理她，只是冷冷地望了她一眼，随后拖着沉重的步伐往出口而去。

"喂。"她想追上去，却被一旁扫垃圾的老妇拉住了手臂。

"别叫了，他是不会回答你的。"老妇好意提示她道。

夏鸥从老妇人嘴里得知，那男子最近天天来这里，不言不语，眼神悲切，好像在怀念某个人。还有，原来他叫唐逸——帝唐集团的老总。

迷迷糊糊地回到酒店，见母亲欧涵在大堂休闲区一边喝咖啡，一边与人通电话。

"唐先生，你们公司内部的矛盾和竞争我没兴趣知道，见面就没必要了。不好意思，再见。"

见惯了母亲这样近乎冷漠的态度，夏鸥满不在意地在旁边坐下来，突然一个激灵，扭头问："妈，谁的电话啊？"唐先生？公司？这说的不会就是她遇到的唐逸吧！

"无关紧要的人，"欧涵喝了口咖啡，饶有兴致地问，"怎么突然对这感兴趣？"

"你先告诉我是谁，是不是帝唐的人？"

"你怎么知道？"

"真的是帝唐！"夏鸥兴奋得差点从座椅里跳起来，"是唐逸吗，他找你做什么？"

“是唐继尧，帝唐的前任老总，你说的唐逸应该是他儿子吧。听他说好像帝唐面临着前所未有的危机，希望能得到亚欧的帮助。”

“太好了。”听到帝唐有危机，夏鸥不厚道地庆幸了一把，这样她不就有机会正式认识唐逸了吗，“妈，不要拒绝好不好？”

欧涵眉梢轻挑：“我又为什么要答应？”话虽这样问，女儿的心思倒是猜出了几分。果然，话音才落，就见她嘴角一抿，小女儿娇态尽露。

“因为……我喜欢上唐逸了。”

翌日下午，唐继尧就接到了欧涵的电话。

苏言的离开，对唐逸来说是个打击。他车祸后好不容易捡回了一条命，刚能下床就开始满世界地找苏言，每天都是失魂落魄地回来，茶饭不思，整个人颓废得如同行尸走肉。

帝唐就是在这个时候遭受了重创，萧氏蓄谋已久，连同帝唐内部的不安分子，趁着唐逸无心管理公司之时强势出击，打得帝唐措手不及。

直到那时，唐逸才如梦初醒，认识到之前的自己有多荒唐、多不负责任，只是局面很不乐观，财务报表上亦是亏损得不堪入目。

幸好不至一败涂地。唐逸随着父亲一起去见欧涵，他会抓住这一次机会，争取到亚欧的援手。

而他无论如何都没有想到，这次的会面，似乎并不纯粹为了谈公事，谈话间，颇有一番相亲的味道在里面。

“欧总答应帮助帝唐，同时表明了联姻的意思。事到如今，儿子，你觉得爸爸拿你的幸福做筹码也罢，真心为你着想也罢，总之夏鸥这个儿媳妇我认定了——能娶到亚欧集团的千金，是你的福分。”唐继尧严肃地对唐逸说。

唐逸何尝不明白，如果联姻这条谈不拢，也就不会有所谓的帮助，这是赤裸裸的交易。然而公司目前的情况让他别无选择，爱情和事业，总不能两败俱伤吧。

“好，联姻。”

回到房间，唐逸打开钱夹，将里头苏言的照片抽了出来。相片里，艳阳下的沙滩边，她回眸一笑，比阳光还要灿烂。

起初，唐逸总是对着这张照片发呆，那么多辗转难眠的夜里，只有摸着那没有温度的笑颜寄托所有思念。后来，他渐渐心灰意懒，也渐渐意识到他是真的失去了一些东西。不该再留着它了，唐逸将照片丢进垃圾桶，从此他的生命里，只有事业，没有爱情。

当欧涵将唐逸答应联姻的消息告诉夏鸥时，夏鸥不满地跳脚：“妈，谁让你以婚姻为筹码跟帝唐谈的，你为什么总是这么自作主张？”

“你不是喜欢那小子吗？”欧涵不解，自己所做的一切不都是为了她吗，她已不小，该嫁人了。

“那我也不要以这种方式嫁给他，我最讨厌你们那些商业联姻了。如果我是唐逸，现在一定讨厌死了那个叫作‘夏鸥’的女人。”

她并不打算这样做的，可事已至此，随遇而安吧！

自从有了那个形式上的婚约以后，夏鸥几乎都待在唐逸身边，很少回津市，上一次见母亲已是三四个月以前的事儿了。

唐逸默默开车，他并不主动搭话，与后面聊得很欢的母女二人显得有些格格不入。

到达夏鸥租住的公寓后，欧涵只做了短暂歇息，就同两个人一起出去吃了饭。席间，趁着女儿去洗手间，欧涵再一次向坐在对面的男子提及目前为止她最上心的话题。

“唐逸啊，我家小鸥跟在你身边将近三年，她年纪不小了，你们还不考虑把婚结了吗？”

这婚事被她催了不下十遍，以往唐逸都是搪塞过去，幸好夏鸥是站在他这边的，他能看出她是真的处处为他着想，并不是想象中娇气任性的大小姐。大概也有点儿这个原因，他不想就此葬送她的幸福，因为他是不可能爱上她的。但凡还有转圜的余地，他都希望能推掉这门亲事。

“我现在手头上有许多工程要做，等忙完这阵子再说吧。”

“说实话，在生意场上打拼了这么久，我早就累了，我想歇下来把亚欧交给年轻人掌管。本来小鸥是最合适的人选，从小我就培养她，可是她的心思从来不在公司上，我呢也并不是很想让她成为女强人，像我这样太累，也就由她去了。所以你娶了小鸥的话，亚欧将来肯定是要交给你的，我跟你提了这么多次，一是想看到小鸥披上婚纱的样子，还有一个就是想尽快把亚欧交接给你。”

唐逸皱眉，这番话听着有些莫名，她看上去精力还很旺盛，没理由急着退休。正要开口，便听她接着说道：“小鸥对你怎么样你应该很清楚，我不知道你到底在犹豫什么，我只是希望你能好好考虑我的话，并且把这件事放在心上。”

“我会的。”

吃完饭送欧涵母女回到公寓后，唐逸便离开了。欧涵下午约了人谈生意，收拾着准备出门，夏鸥趁她补妆的时候问：“妈，你是不是又跟唐逸催婚了？”

欧涵满不在意地“嗯”了一声。

“我都不急，你急什么呀？”

宠在心尖养了这么大的女儿总是向着别的男人，欧涵有些生气。她画眉的手停下，一本正经道：“我怎么能不急，你都二十七了。我看唐逸那小子压根儿没把你放在心上，你们的关系不对外公开就算了，到了这里也不住在一起，我实在看不过去。你怎么能忍受得了？”

“这事你别管，我自有打算。”夏鸥撇了撇嘴，还好母亲对唐逸的事情并不清楚，如果知道他心里有别人，估计心里又该不舒服了。

不能再深谈下去，夏鸥赶紧扯开话题：“对了，这次打算在这待几天啊？”

“明天一早就得走了。”

“什么，这么快！不能多住几天吗？”

镜子里映出女儿满脸不舍的神情，欧涵绷着的脸立刻放松，语重心长：“公司还有好多事情等着我回去处理，想爸妈的话，就多回津市看看。”

“嗯。”夏鸥乖巧点头，“妈你要好好照顾自己，别太累了，我也会照顾好自己的，你放心。”

欧涵露出了欣慰的笑容，她的女儿，确实是长大了。

冬天是苏言最不喜欢的季节，太冷，冻手冻脚。

苏言平常感冒不打针、不吃药，扛扛就过去了。这一回却病来如山倒，头疼欲裂，浑身乏力，只好请了假歇在家里。

周一回到公司上班，苏言刚踏进办公室，纪岚就跑来慰问了。

“对了，”关怀过后，纪岚提起正事儿，“我是来告诉你下午要开会的，本来上周就要开的，通知都下来了，冯总一接到你的请假电话就马上改期了，你说这事儿奇不奇怪？”

不会吧？就因为她缺席会都不开了？她有这么重要吗？苏言受宠若惊，隐隐有种不好的感觉。

忐忑地过了一上午，睡了个午觉后，会议于一点半正式开始。

一如既往的格调，冯增辉先是概括了过去一段日子里大家的表现，该表扬的表扬，该批评的批评，然后总结经验展望了一下未来。

“另外还有一件事要告诉大家，唐总之前跟我商量，想从我们公司调一个预算员过去，他们那边人手实在不够。当然可以是新招的，不过在找到合适的人员以前，他想让我推荐个机灵可靠的人去过渡一下。既然唐总开口了，这忙我肯定是要帮的。”

底下开始窃窃私语，预算部的人除了苏言以外都兴奋地企盼着这个名额能落在自己头上，毕竟能和帝唐的老总一起工作，想想就美妙无比。

“大家安静。”冯增辉清了清嗓子，而后郑重说道，“这个人选我琢磨了很久，想来想去还是觉得苏言最适合，工作细心，做事又严谨，你们觉得呢？”

玛尔斯的员工都知道，他们冯总有一个特点，如果某件事真想听听大家意见的话，那么他断不会说出自己的意向，而一旦有了某个意向，就代表这事他已经决定了，丝毫没有再议的可能。

于是，大家从善如流，附和声四起，嫉妒的目光纷纷投向苏言。

苏言始终沉默着，自从跟帝唐合作以后，但凡那边有事儿冯总都会让她去办，一次两次是巧合，次数多了她不禁怀疑，冯总不会是知道了什么吧？冯总着实厉害，如果他单独找她谈的话，她一定又会找理由推托，为了避免这一情况的发生，他便开会“征求”大家意见。

看到大家热烈响应，冯增辉笑容满面地将目光对准当事人，高兴地说道：“苏言，既然大家都推荐你，那么就你去吧！”

明明就是你自己要我去！苏言还想挣扎一下：“这有点儿突然，我完全没有心理准备，能不能让我考虑考虑？”

“这么好的事情，需要什么心理准备。”冯增辉自然不会给她考虑的时间，一定要当着众人的面让她点头，要不然一转身她就能想出各种各样的理由，自己说不定就被她说服了，那他怎么跟唐总交代。

“去吧，不要辜负我对你的信任。”冯增辉一脸笑意地说。

苏言想了想，还是妥协了，大概内心其实是想去的吧。

苏言到帝唐报到，是在三天之后。

这栋写字楼她之前来过好几次，那时候帝唐还没入驻这里。如今再来，心情自然不一样。往大厅里的索引一瞧，帝唐装饰分公司赫然在十九层。

正值上班高峰期，电梯里挤满了人，苏言到达帝唐前台，正好九点整。自报家门后，前台的小姐姐就让她到人事部报道去了。

人事部经理是个大腹便便的中年男子，他看了眼苏言，明知故问："玛尔斯借调过来的对吧？"

"是的。"苏言客气地回话。

"很抱歉地告诉你，"经理板着脸，看上去不是很友好，语气也异常生硬，"虽然把你借来了，但暂没空位给你办公，就临时给你腾了个地儿，希望你包涵。"

苏言一听，就知道这地不会是什么好地方，果然，她被带到了一个物资库，里面堆着各种东西，看得出经常打扫，物品都很整齐。一个办公桌靠在墙角，桌上一台电脑、一个计算器，其他什么都没有。

这就是帝唐的待客之道啊！苏言唏嘘不已。然而事情远不止这样简单，她发现这里的人对自己爱搭不理，甚至很不友好。真正确定自己被孤立，是在午餐那会儿。

没有人告诉她公司提供午饭，她只是从玻璃窗里看见大家纷纷涌向一个地方，她不知道他们去干什么，后来一看时间，才反应过来应该是去吃午饭。她有她的骨气，断不会巴巴地凑上去，宁可自己下楼吃盒饭。

吃完上来的时候，苏言遇见了汪洋，那个之前在饭局上印象最深的唐逸的秘书。

"苏言！你是今天来的吗？"汪洋看到她很是诧异，最近一直忙着工程上的事情，都忘了借调这茬儿了。

"对啊！"遭受了一上午的冷眼，突然蹦出个主动搭话的人，苏言总算感受到了些许窝心。

“刚刚饭桌上怎么没有看见你？”

“我出去吃的。”

汪洋不可思议道：“你们办公室的人没叫你一起吃饭吗？”

“我的办公室里，只有我。”

“嗯？可以带我去看看吗？”到底怎么回事儿，汪洋不禁疑惑，公司居然还有空置的独立办公室给她用？

等到了那个所谓的“办公室”后，她双眼圆瞪：“你就在这里办公？”预算部大得很，添一张桌子绰绰有余，怎么把她搁在这儿了？

苏言点头，顺便吐槽了下这里的人太没同事爱。把上午的糟心事倾诉完以后，果然觉得顺畅多了。

听了她的一番话，汪洋垂下脑袋思索了起来。平时就属自己跟在唐总身边的时间最长，他对苏言是恨，但应该不至于这样吧。她能看出唐总的纠结与不甘，那天他给冯总打电话说要借调苏言的时候她就在旁边，原以为叫苏言过来是想制造机会发生一些什么，可是情况怎么变成这样了呢？唐总到底在想什么？

至于同事们的冷漠，汪洋想这肯定不是他们的本意。

“你别怪他们，应该是唐总的意思吧，他们平时都好可爱的，真的。”汪洋安慰她道。

“我知道。”苏言料想唐逸是针对她，可是这样不会幼稚了点吗？

“苏言，其他我帮不上你，但是如果你觉得无聊的话，随时欢迎来找我玩。”

“好的。”苏言随口应了句，她应该挺忙的吧，怎么好意思去打扰她。

无聊地刷网页、看八卦，苏言觉得这样的日子难熬极了。来这里已经一个礼拜，这期间，她什么事情也不用做，就往那儿一坐，无人问津。

什么忙得缺人手，纯属扯淡。苏言不知道自己在这里究竟有何意义，她多次找部门经理想找点儿事儿做，结果总是没有可以分配的任务给她。

“既然没我什么事儿，那我可以回玛尔斯吗？”

“恐怕不行，”经理实在不明白唐总为什么要养这么个闲人，他只是面无表情地解释道，“唐总的意思是让你待命，公司随时会有新项目。”

“那我什么时候能走？”

“等招到合适的预算员。”然而事实上根本没有招新这回事儿，不想同她继续这个话题，经理下了逐客令，“我要忙了，没其他事情的话你先出去吧！”

愤懑地回到自己的办公室，苏言长长地叹了口气。唐逸故意把她弄进来，可是他究竟想干吗？他不是已经有女朋友了吗，还来招惹她做什么？

“阿嚏！”总经理办公室里，唐逸站在临走廊的那扇玻璃窗前，冷不丁打了个喷嚏。

“唐总，我汇报完了。”一侧，汪洋合上了文件夹，对着那抹看起来有些忧郁的身影说道。

“嗯，你先出去吧。”

汪洋发现，最近 boss 总爱站在窗前发呆，不知道在想什么。这回从他身后经过时，汪洋斗胆顺着他的视线瞧过去，恍然大悟。

原本她一直以为把苏言安排在那个杂物间是故意整她，事实上唐总是方便自己从这里偷窥苏言。

“唐总，怪不得你要把苏言安排在那儿呢。”汪洋嘴巴快，心里想什么就说了出来，随即反应过来不该这样揣度老板的心思，赶忙捂上嘴小声道，“呃，我是不是知道得太多了？”

唐逸转回身在椅子里坐下，并没有追究她的冒犯：“听说你跟苏言处得挺好。”

“苏言很不错啊，我想和她做朋友。”汪洋如是答道，顿了顿又说，“唐总，我不明白为什么你要她被大家孤立，她性子其实挺倔的，你就不担心她甩手走人吗？”

听闻，唐逸眯了眯眼：“她不会。”冯增辉不会给她这个机会，那只老狐狸的算盘打得可精呢，他还需依傍自己，而苏言是他找到的最有利的筹码。

至于为什么要冷落她，是因为当初在总部时，她是公司里最吃得开的人，如今这么强烈的反差，是不是就能让她有所感触了？他在等，等她承受不住，等她爆发。

无所事事了将近半个月，苏言总算有点儿活儿可做，虽然是些繁琐的毫无技术性可言的录入工作，但有总比没有好。

“这些必须尽快统计出来，弄好了立刻发我邮箱，我急着用，弄不好的话自觉加班。”经理将一叠资料摆在苏言面前，说完就拍拍屁股走人。

苏言看了看时间，离下班还有半个小时，再数了数那叠资料，一共十六张纸，密密麻麻的数据看得她眼睛疼。这不是简单的誊抄，而是要将它们归类，然后做好表格，半个小时显然搞不定，加班是在所难免了。

五点过后，同事们纷纷散去，楼层内顿时安静了不少。唐逸站在窗前，眼里是苏言全神贯注做报表的样子，他看了会儿后，推开办公室的门，走了出去。

之所以会给她安排事情做，是因为唐逸看见她眉飞色舞地与人通电话，那笑容太过明媚，他不高兴。曾经，她也对着自己笑得这么没心没肺，那一刻，唐逸妒火中烧，一想到电话那头极有可能是陆遥，心里就更不是滋味。

不想再看见她闲得煲电话粥，于是唐逸吩咐了部门经理给她安排一些琐事，要让她忙得没时间讲电话。总之，在他的眼皮子底下，她不可以对着其他人笑得那么璀璨。

苏言是个好强的人，这样无谓的忙碌，不知道是不是更能刺激到她。

唐逸向着苏言的办公室走去，突然看到她起身把办公椅搬到贴着墙角的柜子前，又往上叠了一个纸箱，然后脱掉高跟鞋踩上了纸箱伸长手臂，应该是在拿什么东西。

办公椅的表层是真皮的，柔柔软软，使得她的身形看上去摇摇晃晃。加之杂物间的地面铺的都是地砖，要是她一个不稳从上面摔下来的话可不是闹着玩的。

想到这里，唐逸立刻快步走了过去。

“赶紧给我下来！”

彼时，苏言正铆足了劲儿去拿柜子顶上的工具盒。听到这冷不丁的叫喊，吓了一跳，身子明显一颤。脚下本就不稳，这一晃竟失了重心，双手无处可抓，眼看要摔下来了。

“啊！”苏言惊叫出声，完了，要和地面来个亲密接触了。绝望地闭上双眼，然而预想中的疼痛没有传来，她似乎撞上了一堵肉墙，惯性之下，这肉墙被自己狠狠压在了身下。

这个胸膛太过熟悉，熟悉得她连睁开眼睛的勇气都没有。

唐逸，为什么他会出现在这里，一想到自己方才的糗样都被他看了去，苏言就觉又羞又恼。不过现在不是纠结这些的时候，她得赶紧从唐逸身上爬起来，这样的姿势太过暧昧。

苏言想要撑着爬起来，却没想到背上突加了一股力道，带着霸道的气息按下她欲起的身体，只是一瞬间，她就又紧贴上那宽厚的胸膛。

不明白他为什么这么做，苏言霍地睁开双眼，发现唐逸正用满含怒气却又像是带着某种亟待宣泄的眼神盯着她。

温软馨香的躯体覆在上面，唐逸的胸膛剧烈起伏。如果说刚才扑过来救她是有意识的行为，那么这一次不让她躲开纯属本能反应。

他不想失去那真实的触觉，曾经多少个午夜梦回都得不到的充实感，这一刻，他贪恋无比。

“为什么你额头上有个疤？”苏言本想问他拉着她干什么，可是见到他额角那条已经淡得几乎看不出的疤痕时，不觉转移了注意力。

“你才发现吗？”

这语气听上去怎么有些哀怨，一定是幻觉。

“我们能不能起来好好说话？”他的手竟然还紧紧搂着她，这让苏言觉得尴尬，现在的他们不该这样亲密。

唐逸也觉得现在这个样子确实不太合适，刚才确实太冲动了。可是，也正是那一刻让他发觉，无论过去多长时间，能乱了他阵脚的人始终只有苏言。

他太贪恋这份美好了，如果可以换回这份美好，他愿意用一切交换。

那个时刻，他真的是这么想的，清醒而强烈。

可他也明白，纵然自己有这个心，苏言也不会愿意。她爱上了别人，他们住在了一起，同进同出，想到他们晚上可能会干的事情，唐逸的眼睛倏然眯起，一把推开了身上的人。

这人翻脸怎么比翻书还快，苏言撇着嘴爬起身：“你还没告诉我你额头上为什么会有疤。”

“你没资格知道。”

那么疏离的话，那么冷漠的眼神，把苏言的热情尽数冷却。是呀，她早就失去关心他的资格了。

“唐逸，”苏言望着他，重逢后第一次，这样认真地叫他，“我以为三年前我们就做出了选择与了断，既然你现在过得很好，又何必再来招惹我？如果你同意，明天我就回玛尔斯，我们从此桥归桥路归路，好不好？”

“你觉得呢？”唐逸逼近她，对于自己所听到的，他觉得可笑至极。她凭什么把她单方面的选择与了断加诸他头上，她又哪只眼睛看到他过得很好！桥归桥路归路？想得美！

“苏言，我可以明确告诉你，我就是为了你而来的。从你离开我的那刻起我就发誓，总有一天，我会让你后悔。”

苏言有些困惑，当初微信里不是坦然地接受了分手吗，现在又为何这般怨念。而她的内心亦是不甘，明明相爱，却要分离，明明可以幸福，却落得两败俱伤。她在想，是不是应该再争取一次。这样的想法，在他重新出现在她面前时就悄然生长，刚才被他抱在怀里，她更加确定，那里才是她想要的归宿。

可是帝唐与亚欧的关系她也非常清楚，唐逸和夏鸥是必须结婚的，要不然他无法给欧涵一个交代，而唐逸，或者说整个帝唐，都得罪不起欧涵。

事情怎么会演变到了今天这样的地步？苏言一直觉得匪夷所思。还有，她仍旧很好奇唐逸额上的疤痕到底怎么回事，猛然间想起来一事，之前见他的胃似乎也有问题，几方面联系起来，苏言猜测他的身体一定出了什么状况。

于是第二天上班，趁着午休时间，苏言就去找了汪洋。

闲扯了会儿后，苏言话锋一转，严肃道：“我想问你一个事情。”

“不会是关于唐总的吧？”汪洋嬉笑着打趣，随即便看到对方脸色一僵，“还真被我猜中了呀！”

“嗯。”苏言点头，顿了下试探着问，“他……是不是胃不好？”

“你发现了？”

这口气，显然是有这么回事儿。苏言不安地蹙眉，以前他身体可好了，怎么突然这样了？是胃病吗？

没看出对方的异样，汪洋继续说：“我刚进帝唐就发现唐总不能喝酒，一喝就会吐，吐得非常厉害。具体我也不清楚，应该不是简单的胃病，反正唐总从不许我们过问。”

连她都不清楚，苏言有些失望：“那他额上的疤是怎么回事儿？”

“唐总额头上有疤？”汪洋很是惊讶地反问，她怎么不知道。

看，天天跟在他身边的人都没有发现，她一个才见几面的人怎么可能发现嘛，苏言如是腹诽。原本还想从汪洋这里打探出什么，如此看来，几乎一点儿收获都没有。

第十四章　苏言醉酒

津市，亚欧集团。

这是一幢气派非凡的高楼，占地面积很广，除了那耀眼夺目的主建筑以外，周围的景观也布置得异常温馨，给员工们提供了一个很好的休闲环境。

原本井然有序的写字楼里，突然爆出了一声惊叫。

这个声音是欧涵的秘书沈若冰发出的，当她踏进董事长办公室时，看到欧涵伏在办公桌上。秘书感觉不妙，欧总从来不会上班时间打盹。

不好，欧总的病又发作了！

欧涵醒来的时候，发现自己身在医院，这病比预想中来得还要迅猛。很早之前，主治医生就让她注意休息，不要太操劳。可是她没有办法，丈夫教了半辈子的书，不是管理公司的料，小鸥又无心于此，她不操劳的话还有谁能挑起她肩上的重担。

乳腺癌，晚期。

当初听到这样的宣判时，欧涵觉得天都塌了。她问医生自己还能活多久，医生说现在医学那么发达，只要她配合治疗，情况还是很乐观的。她没有告诉丈夫，也没有告诉女儿，不到万不得已，她不想让他们跟着担心。

欧涵不知道自己还有多少时间。她放不下亚欧，更放不下宝贝女儿。她现在只想看到小鸥成家，既然小鸥这辈子认定了唐逸，那么即便不择手段也要为她争取。

她已经没有时间再等了，必须立刻采取行动。

想到这里，欧涵便取过床头柜上的手机，拨给了唐继尧。待电话接通后，欧涵与对方寒暄了几句就直入主题："唐先生，关于两个孩子的婚事，我想已经耽搁够长时间了，我不得不怀疑唐逸的诚意，当初他可是答应得好好的，这么一拖再拖，他是不是压根儿不想娶我们家小鸥呢？"

"当然不是。"电话那头，唐继尧措辞圆滑，"能和令千金结婚是我们唐逸的福气，只是唐逸心高气傲，拼命忙着事业，这才耽搁了婚事。"

欧涵嗤之以鼻："三年够长了吧，他想做的事也该做完了，你觉得小鸥等得起多少个三年？"

"是，这事确实是唐逸不对，回头我一定骂他！"

"我跟你明说了吧，我不想再等了。一个月之内，我要听到那俩孩子结婚的确切消息，否则，别怪我翻脸不认人。"

唐继尧把手机放在了茶几上，身体靠在沙发上，无力地扶了扶额。自己儿子的想法他这个做父亲的怎么会看不出，他真的低估了苏言，低估了当初鲁莽行事的后果。他本来想睁一只眼闭一只眼，随他们去。可他不急，有人急，而他也知道，这一天总会到来。

然而，每次看到儿子脸上的闷闷不乐，他总会问自己，当初，是否真是他的错。随后发生的那一串事情，如蝴蝶效应般扩展开来，竟酿成了今天这样被动的局面。

紧闭的双眸睁开，唐继尧重新拾起手机，翻到一个号码，按出了拨号键。

“喂。”电话铃声响起的时候，唐逸刚好开完一个会，一看到屏幕上的名字他猛然想到了什么，刚接通就听到对方不满的娇斥声，他赶紧说道：“对不起我忘了，我马上过去接你，等着。”

电话是江梦瑶打过来的。自从陆遥跟着苏言一起消失后她就一直在找他，但就像唐逸没有苏言的信息一样，她也丝毫查不到陆遥的踪迹。前些时候知道唐逸来了宁市，她才顺藤摸瓜得知陆遥也在此地。

处理完了琐事，江梦瑶就立刻计划宁市之行，她对那里一点儿都不熟，不过没关系，不是有唐逸在嘛。本来说好了今早十点准时在车站接她的，可她找了几圈都没有看见唐逸的身影，心想这家伙肯定没把她的事儿放在心上，打过去一问，还真被她猜中了。

等了大概半个多小时，唐逸才出现。江梦瑶挥舞起双手，一边走一边喊：“唐逸，这边。”

将她的行李放在后备厢里，一切妥当后，唐逸发动了汽车，同时不解地问：“怎么想到要来这里？”

“和你一样啊！”

“什么意思？”话刚出口，唐逸就想到了答案，“你是说，陆遥？”

闻言，江梦瑶粲然一笑：“你承认你来这儿是为了苏言喽？”

唐逸自知说漏了嘴，他控制着方向盘不置一词。两个人随便聊了一些别的，不多久就到了一幢精致的小别墅前。

下了车接过行李和钥匙，江梦瑶打趣道：“还好你没忘记帮我安排住处。”

“你自己收拾吧，我还得赶回公司，有什么事情电话联系。”

互道完再见，唐逸便返回了车里，刚系好安全带，一旁的手机就响了。这一次，是父亲唐继尧打来的。

继欧涵之后，他的父亲也开始催婚了。听着电话里的唠叨，唐逸觉得很不耐烦，却又无力反驳。

有些人，越是不想遇见就越会出现在你面前；有些事，越是不想面对就越会缠上心头。

那天正好是周末，吃过午饭后，唐逸就驱车往夏鸥那里去了，昨天傍晚他答应了陪她一起逛街。陪女人逛街向来是他最讨厌的事情，只是自己确实将她忽略了挺久，作为她名义上的男朋友，他是应该多抽出些时间陪陪她，好给双方家长一个交代。

夏鸥的住处离得并不远，平常走路十来分钟也就到了。她算准了时间等在路边，看唐逸到了，便笑盈盈地打开副驾驶的门钻了进去。

“干吗这么看着我，我穿得很奇怪吗？”夏鸥系好安全带，发现唐逸正侧着头打量自己，那眼神很怪异，看得她有些心虚。

“没有，很漂亮。”唐逸收回目光，平心而论，旁边这个女子从各个方面来讲的确是好得没话说，看得出她对自己是真的有心，不掺任何虚情假意。她有足够骄傲的资本，却从不在他面前显摆，她很尊重自己的意愿。如果没有遇上苏言，他想，凑合着和她过一辈子应该也是件不错的事情，只是，在经历了那样一段刻骨铭心的爱情后，他再也没法将就另一份感情。

唐逸无奈地扯了扯嘴角，问：“想去哪儿？”

“凯罗。”

凯罗是宁市最上档次的购物天堂，夏鸥一进入大厦，就乘客梯到了五楼，她喜欢一层一层往下逛。

同一时间，从四楼上到五楼的扶梯上，苏言靠着扶手，一副累极的样子。旁边跟着的是陆遥，他拎了两手的购物袋，一派从容。

苏言不喜欢一个人 shopping，被纪岚临时放了鸽子后，就把陆遥叫出来了。

踩着五厘米高的高跟儿鞋从一楼一路逛上来，扫荡过各个柜台，苏言累得想趴下。一想到待会儿还得去超市买些生活用品，她当下就决定上五楼买个平底鞋穿。太久没出来逛，战斗力明显下降，以前就算穿十厘米的高跟儿鞋逛一天也不觉得累。

进了最近的柜台，鞋架上的鞋子款式都是最新流行的，样式各异。陆遥让苏言坐着，他去帮她挑选。

“你知道我喜欢什么款式，穿什么尺码吗？”

陆遥没有回答她，只是给了她一个安心的笑容。见他挑鞋子去了，苏言一屁股坐到柔软的皮凳上，顿觉两腿舒服极了。这么一坐下，动都不想动了。

苏言正专注地刷着微博，抬眼一看，自己的脚已被一只手提了起来，并且开始脱她的鞋子。

“你干吗，我自己来就好了。”

“别动，乖乖坐着！”陆遥挤眉，声音凌厉却满含宠溺，手上的动作不停歇。

苏言想，自己一定是被什么东西附体了，要不然怎么会被他那一点儿都不唬人的气势给震住，任由他脱掉自己的鞋子呢。

“好了，起来走走看。”

不大不小，尺码刚好。

“这样舒服多了，就它了，你帮我……”话音戛然而止，只因苏言瞥见了立在门口的那抹颀长的身影。

他怎么会在这儿?

四目相接，唐逸嘲讽地牵起嘴角，如果说之前他对那两个人的关系还有所怀疑的话，那么此时此刻，便确定他们是真的相爱了。瞧，多么融洽的画面啊！就像一对新婚的小夫妻，体贴的丈夫，满眼幸福的妻子，那么自然的互动，那么温馨的场景。

搂过夏鸥的腰肢，在苏言还没从错愕里回过神来时，唐逸转身离去。

过了拐角后，唐逸的手立刻从夏鸥的腰上撤离。他当自己是什么了？夏鸥愤恨地想着。

“我们回去吧！”夏鸥顿时没了兴致，拉着唐逸就往电梯口而去。

“你不是要买包吗？”

“明天你再陪我出来。”

唐逸没再说什么，他的脑子很乱，却也异常清醒。也许，是该做出决定了。

来到地下停车场，在夏鸥打开车门上去之前，唐逸拉住她的手，郑重道：“我们订婚吧！”

为了商量订婚事宜，夏鸥堂而皇之地到唐逸家作客。唐逸坐在沙发里，听她满怀憧憬的方案与安排。

和她订婚，并不是因为他妥协了，而是想给欧涵一个交代，同时，也是赌一口气。

不知道苏言听到他要订婚的消息会是怎样的反应，他多想在她脸上看到吃醋的成分，哪怕只是一丁点儿的不愉快。

夏鸥绕过去坐在唐逸身边，她到现在都还有些恍惚，虽然知道是那天的事情刺激了他，可她只要结果，过程如何并不重要。他愿意订婚就说明他承认了他们的关系，那么她就能名正言顺地面对将来的一切，有些事情，只有未婚妻才有资格去说、去做。

缠上他的胳膊，夏鸥试探着问：“那么苏言呢，你还打算继续放她在公司里当摆设吗？”

“我留着她还有用处。”唐逸淡淡地回答，随后不着痕迹地推开她的手，直起身子说，“不早了，我送你回去吧！”

“我可以不回去吗？你还从来没有单独和我过过夜。”说这话的时候，夏鸥的语气很是颓丧，带着满眼的期待。

跟在唐逸身边，夏鸥总会有意无意地提出想留在他这儿，也曾试图引诱，可他都不为所动。有时候她甚至在想，苏言离开的这三年，他真的没再碰过女人吗？

“我没有准备客房，如果你不介意睡沙发的话，那就留下来好了。”唐逸无所谓地说着。除了苏言以外，还从没有哪个女人在他的床上睡过。即使眼前这人很有可能会成为他的妻子，他也不想破了那条底线。

夏鸥抿了抿唇，算了，来日方长，也不急在这一时。

“还是不打扰你了，我自己回去就好，反正也不远。”说完，她悄悄看唐逸的反应，多希望他会坚持送自己，两个人一起散步过去，想想就心动。然而没有，他只是起身为她打开了门。

“那么，明天见。”

看着那落寞的身形渐行渐远，唐逸只是叹了口气。说实话，这三年里他对自己的禁欲或者说无欲也感到匪夷所思，他真的要和这样一个毫无感觉的女人过一辈子吗？真的要听从命运的安排吗？

不！他不会轻易认输，更不可能对命运妥协！

订婚典礼一个月之后回岚市办，于是唐逸就忙开了。他得在一周内把宁市的业务跟他的团队交代清楚，然后带着夏鸥回去。典礼结束后有一个蜜月旅行，是夏鸥坚持要的。

唐逸没有将自己订婚的消息告诉给公司里的人听，他在等，等一个合适的时机。

但世上没有不透风的墙，这一消息还是不胫而走。即使是苏言这个几乎与外界隔绝的人，都不小心听到了这样的言论。

那时她正想进文印室复印一份资料，刚走到门口，里面的谈话就清晰地传了出来。

“你听说了没？唐总和夏鸥小姐要订婚了。”

“中午我们办公室就传开了，唐总不是把苏言……我还以为……

不过唐总没说，也不知道是真是假。”

“八成是真的，你没见唐总这些天……”

“啪！”

这一声响惊动了里面两个聊天儿的人，她们停止交谈走了出去。当看到门外站着的苏言时，她们二话不说，揣着弄好的文件从她面前匆匆离开。

苏言蹲下身子，怔怔地将撒在地上的资料捡了起来。心口仿佛有什么东西堵住了一般，憋得透不过气来。

怎么这么突然？可也是情理之中吧，毕竟拖了那么长时间，再拖下去，也逃脱不了这样的结局。

两情相悦已属不易，又怎能求得相守不离？这一句话无端浮上脑海，曾经拥有过，是不是也该满足了？苏言想，她是该彻底死心了。

而当江梦瑶听说了这件事以后，立刻跑到了唐逸家里，一进门就责问他：“你要订婚了？！”

“需要这么大惊小怪吗？”唐逸请她坐下，一边问，“喝什么，茶还是咖啡？”

“别忙活了，我不渴。我问你，苏言怎么办？”

没想到她会这么直接，唐逸愣了一下，随即撇撇嘴：“你是想问你跟陆遥怎么办吧？”

“是，我是要问这个，我本来还想和你成为盟友，一起把他们两个拆散，大家皆大欢喜，为什么你会订婚？别告诉我你已经放下苏言了。为什么不去争取，你的霸道、你的执着、你的蛮横哪儿去了？”

“梦瑶，别以为你从小和我一起长大就可以对我指指点点，我的决定不需要向你解释。”

“好吧，没有你我照样可以成功，反正他们俩还没结婚。”江梦瑶耸了耸肩，伸出手对唐逸说，“把你手机给我。”

“干什么？”

“给我嘛！”对他巧笑的同时，江梦瑶发现他的手机就在面前的茶几上，便不客气地自取了。

翻开通讯录，搜索字母“S”，没有发现目标，江梦瑶皱着眉从头查起，直至翻到最后一个，都是很正经的人名，没有找到她想找的。难以置信地抬头，她提高了音调：“你居然没存苏言的号码！”

唐逸不动声色地点了下头，她的号码他确实没存。又何须存呢？从拿到她的联系方式的那刻起，那串数字就已经牢记在心了。

“算了，我自己想办法吧。话说，要是我能把陆遥抢过来，你还会不会和夏鸥结婚？”等了一会儿都不见他回答，江梦瑶摆摆手，“当我没问，我走了。”

刚踏出门口，江梦瑶就看见了立在旁边的夏鸥，不像是刚到的样子。江梦瑶想到自己刚才进来时没有随手关门，也就是说自己对唐逸说的话很可能都被她听到了。

想到这里，江梦瑶有些心虚，却还是从容地扯开嘴角朝她笑笑，然后悻悻离去。

棕绿色格调的咖啡店里，顾客不是很多，看上去有些清闲。舒缓的音乐飘荡在这优雅的空间里，遮过了人们细碎的交谈声。

江梦瑶和苏言坐在明亮的玻璃窗边，正午的太阳照进来，舒舒暖暖。

轻晃着秋千，见对方打量了自己许久，江梦瑶笑着说：“是不是觉得我变化很大？”

“嗯，感觉没有以前那么娇气了。”苏言实话实说，记忆里的她是个盛气凌人的大小姐，对自己也没什么善意。而刚才接触下来觉得她变得很沉静，看上去成熟了不少，“你找我有什么事吗？”

江梦瑶一边捣着杯子里的咖啡，一边抬起眼皮严肃地问：“你爱陆遥吗？”

听她这么一问，苏言才想起眼前的女子似乎是对陆遥有意思，说不定她来宁市就是为了陆遥。说实话，她和陆遥蛮般配的，要是陆遥能喜欢上她……苏言突然产生了撮合他们的念头，只是现在这个节骨眼儿还不能明说。她正犹豫着该怎么回答这个问题时，对方就自己给出了答案。

“我觉得你并不爱他，如我所见，你并不像在谈恋爱。以前你和唐逸在一起的时候，眼睛里都是浓浓的幸福感，而现在的你我感觉不到一点儿快乐。”

她的话那么犀利，直刺心底。苏言承认她的话不假，却只能淡笑着否认：“我不快乐是因为工作上的事情，跟感情无关。”

“是吗？”江梦瑶挑眉，这是否意味着她承认爱上陆遥了呢？想到这她的脸色明显一沉，“我真替唐逸不值，从小到大，我从没见他对一个女人这样上心过，爱到差点儿丢了性命，一打听到她的消息又立刻动身赶来。”

“差点儿丢了性命？这是什么意思？”

“唐逸出过车祸，你不知道吗？”

苏言震惊之下差点儿碰翻了面前的咖啡，她不安地问道：“什么时候的事情？”

“三年前。”清了清嗓子，江梦瑶平静地继续说道，“我是后来才知道的，唐逸之所以发生车祸，是因为那天你跟他提分手，害他没注意路况被车撞倒。医生抢救了六个小时才把他从死神手里抢回来。你真不应该那么绝情。”

几句话令苏言彻底惊住了，喉咙酸涩难当，懊恼和悔恨没顶而来。

难怪当时他没有来，原来他已经躺在了医院。还有那条微信是怎么回事？既然唐逸出了车祸，那么微信显然不是他发的。

这三年里，他们之间存在一个很大的误会，这个误会，造成了今天彼此折磨的局面。

“出院后他疯狂地找你，夜里睡不着干脆买醉，把自己喝出了胃穿孔，医生告诫过他务必戒酒，不过他从来没做到。”

原来是这样。

苏言不知道自己是怎么回公司的。路过前台时，突觉气氛有些不一样，大家居然都围在一起。紧接着，她就看到一个婀娜端庄的女子朝自己走来，高跟儿鞋“噔噔”作响。

“苏言，你好。”夏鸥在她面前站定，率先伸出了手。

苏言的心情还没平复过来。老实说看到夏鸥她很别扭，每次碰见都想躲得远远的，可是那么多人看着，她不能失了风度。嘴角扯起，同时伸出手去。

对于夏鸥的到来，周围的同事都挺好奇的，她跟着唐总才到一会儿，就兜遍了各个办公室，俨然一副女主人的姿态。

氛围有些紧张，随后唐逸也过来了，夏鸥转过头，亲昵地迎上前去。

唐逸任由她攀住自己的手臂，对她淡淡一笑，随后对众人说：“一会儿大家都别急着走，晚上我请客。”说完，他就搂着夏鸥回了自己的办公室。

看着那依偎在一起的身形，苏言觉得自己的心就像有千万条虫子在啃噬。她还是不能坦然，尤其是得知了真相以后。

待到下班，公司的人便浩浩荡荡地往“百盛天地”奔去。坐在汪洋的车上，苏言给陆遥发了条微信，然后就呆呆地望着前面那辆车，那是唐逸的，里面载着夏鸥。要不是汪洋热情地拉着她不让她走，她一定会溜之大吉，这么跟过去不是给自己添堵吗？

果然，从下车开始，那两个人就黏在一起没分开过。进了包厢，夏鸥招呼大家落座，并且开始点菜。苏言真讨厌她那副把自己当主人的姿态，虽然她确实有这个资格。

一会儿吃完饭还要去酒吧，所以饭桌上大家都没喝什么酒，只开了几瓶意思意思。

饭局临散场的时候，唐逸拉着夏鸥起身，端着酒杯，郑重说道：“借此机会，我要向大家宣布一个消息，你们可能也已听说，下个月初我要和夏鸥订婚了，这一杯酒我们俩敬大家。”说着和夏鸥相视一笑，提起杯子作势就要喝。

“交杯酒！”突然被某个声音带动，大家跟着起哄，“交杯酒！交杯酒！”

声音越来越大，夏鸥听得红了脸，抿着唇殷切地望向唐逸。她当然想交杯来着，并且笃定唐逸不会拒绝，因为这里有一个重要的观众。

不出所料，唐逸只是稍微犹豫了一下，便伸手绕过了她的臂弯。

望着那温馨到刺眼的一幕，苏言垂下脸，拿起酒杯一饮而尽。说起来，大概她喝得最多了吧，没人注意到她，大家的焦点都聚集在那对占尽风头的人身上。苏言心里憋着口气，喉咙堵得慌。她想，也许只有酒能掩盖她的尴尬。

目光有意无意地瞟向那边，而唐逸自始至终都没有看过她一眼。

吃饱后，一群人继续去酒吧嗨。坐在宽敞的卡间里，大家的情绪都很亢奋，苏言却一个人窝在角落。这回她倒不想走了，想到唐逸马上就要回岚市订婚，她总想和他多待一会儿，哪怕他根本不理自己。

激昂的音乐中，不断变幻的灯光照过人脸，映衬得他们如鬼魅一般。

唐逸和夏鸥依偎在一起，周身尽是奉承的话，唐逸内心很厌烦，却不得不挤出愉悦的表情。他的手搂在夏鸥腰间，时不时做出一些亲昵的举动。他知道苏言在看，而他就是想做给她看。

虽然没有刻意望向她，她的举止又何曾逃脱过他的视线。唐逸很高兴她的不高兴，甚至在她望着夏鸥的眼神里，他看见了藏掩不住的嫉妒。

一落座她就闷不作声，不停地给自己灌酒。他真想骂她，虽然她的酒量不错，但也不能当白开水喝啊！

不知道过了多久，反正桌上已经摆满了空酒瓶。苏言一抬眼，就看见唐逸正拿起酒杯仰头欲饮，却硬被夏鸥夺了下来，后者神情严肃地对他说了些什么，不用猜也知道肯定是胃不好不能喝之类的，而之后唐逸真的再没有碰过一滴酒。

原来那个女人的话这么有效果，苏言苦涩地想着。脑袋晕晕的，她想她大概是醉了，身体已经开始发虚，可她不想停下，因为一停下，胸口就会难受得喘不过气来。

"苏言，你没事吧？"汪洋看出了她的醉态，将她扶起来关切地看着她。

"唔，头好痛。"

"我送……"汪洋话未说完，就看见自家老板对自己使了个眼色，意识到自己差点儿坏了老板的好事儿，赶忙改口，"那你回去的时候当心一点儿。"

苏言点头如捣蒜，她现在只想扑在床上好好睡一觉。每次喝醉都这样，难受得要命，神志也不清，但只要一睡着，再醒来就没事儿了。

人群纷纷散去，苏言眼睁睁看着唐逸带走了夏鸥，最后只剩下她一个人。不对，身后好像还站着个人，她回头看了一眼，是公司里的同事，不知道他怎么还愣着不走。

懒得管他，得打电话让陆遥来接了。苏言靠着门口那根圆柱，翻开包找起手机来，结果遍寻不着，衣服口袋都翻过一遍后，确定手机丢了。她捶了捶脑袋，完全想不起来丢在哪儿。

长长地呼出口气，苏言走了几步，身子摇摇晃晃，这情况她不敢孤身一人打车。算了，走回去吧，吹吹夜风就当醒酒了。

另一边，唐逸将夏鸥送回了家。车子停下，他并没有熄火，只是转头对身旁的人说：“到了。”

“不进去坐坐吗？”

“不了，你回去吧，早点儿睡。”

夏鸥撇撇嘴解开了安全带。趁他不注意时，凑过身子往他面颊送上带着酒香的一吻，然后就像偷了腥的猫一样满足道：“晚安。”

窈窕的背影还没远去，唐逸抬手抹了抹脸颊，眸色一沉，随即掉转方向全速往酒吧去。现在，他该去处理那个喝醉了的小女人了，但愿她还没走掉。

第十五章　酒后真言

月光清冽，星辰熠熠。街边霓虹闪烁，路上行人却只稀疏几群。

应该很晚很晚了吧，苏言想。

脑袋越来越沉，眼睛酸涩地直想闭起，可是她不能睡着，这样倒在街边太危险了。冷冽的夜风吹在身上，她不禁瑟缩着裹紧身上的衣服。这一刻的自己，真是凄凉无比。

那个同事好像还在后面跟着，难道他也喝多了想走走？苏言无意识地甩动着手里的包，大脑完全运转不过来，她现在什么都不愿去想，只想要一张柔软的大床。

突然一阵反胃，苏言连忙跑到路边对着花坛干呕了几下，却什么都没吐出来，心口依然憋得难受。使劲拍打胸口，同时掐着喉咙，怎么都不见效果。她干脆直起腰，气恼地踢走脚边的碎石子，继续往回走。

幸亏让人跟着她，唐逸不免在心里咒骂了一声这个死丫头。其实喝醉了的她还蛮可爱的，这还是唐逸第一次见她醉成这样。

小孟是他安排跟着苏言的人，在小孟汇报完工作后，他拍了拍他的肩膀："好了，你回去吧，辛苦了。"

小孟把苏言的手机交给唐逸后就离开了。街道上很安静，只有汽车的喇叭声。唐逸折过身，大步朝着苏言走去。

彼时，他完全不知道自己的这个决定将产生多大的影响，他只是想趁此机会再靠近一次那个他爱得痛彻心扉的女子。

“苏言。”唐逸轻声唤她。她穿得很少，纤弱的身子在冷风中微微颤抖，他立刻脱下自己的外套披在她的肩膀上。

苏言踉跄了一下，瞪着大眼睛盯住跟前的人：“咦，你怎么在这儿？”

那语气竟然是欢欣的。暖色调的路灯下，她的脸红润得就像一朵盛开的玫瑰，引人采撷。此时此刻，对她的怨恨尽数消散，只剩满腔爱怜。伸出手扶住她摇晃的身子，他轻轻问：“知道我是谁吗？”

苏言弯起了眉眼，笑得天真活泼，右边的酒窝如最迷人的漩涡般诱人深陷。她不无骄傲地说：“知道，你是唐逸，我……唔，我要睡觉。”说着她便倒向了那个宽厚的胸膛。她知道这个怀抱是安全的，她可以美美地睡过去。

有多久没能这样抱着她了，充盈的感觉取代了空虚，这才是他一直追逐的幸福。

“想去哪儿睡？”他在她耳边低语。

“我要睡觉。”管它去哪儿，有床就好啦！

“那我……就把你带回家了。”说完怀里的女人换了个姿势蹭了几下。唐逸一把抱起昏昏沉沉的她进了副驾驶，替她系好安全带。

车刚发动，苏言的手机便振动了起来，当他看到屏幕上的名字时，毫不犹豫地将手机扔到了后座。

汽车行驶了大约半个小时后到达目的地，唐逸停好车子发现苏言已经睡着了，他轻轻关上车门绕到她那边。

“该死，你到底喝了多少酒？”居然醉成这样，不过，这样也好。

一进家门，唐逸就直奔卧室，然后把她放在了床上。

她缩在被窝里，如一只温顺的小猫一样浅浅地呼吸，每一下都撩拨着他的心弦。他多想钻进被窝抱着她，可他只是俯下身在她面颊落下淡淡一吻。

“好好睡吧。”

“逸……”

刚起身准备去洗澡，唐逸就被这一声呼唤叫停了。她醒了吗？是在叫他吗？有多久没听她这样叫过自己了？他试探着叫她的名字，然而叫了几声都没有反应，看来是梦呓。她梦到他了吗？还是根本就是自己听错了？

“唐逸，你这个笨蛋……”

这次唐逸听清楚了，是在叫他，只是这内容……

“是啊，我是笨蛋，我……”

“我爱你……你不知道……”

这一刻，唐逸愣住了。

“……好痛……”

“哪里好痛？”她不再呓语，只是眉毛纠结到一块，越皱越紧，看得他一阵心疼。

“苏言，这才是最真实的你，对吗？”

苏言睁开眼睛的时候，发现自己正身处一个陌生又熟悉的环境。

这是一间雅致亮堂的房间，浅棕色的地板纤尘不染。正前方的电视柜上是一个偌大的液晶显示屏，倒映出她模糊的轮廓。左边的落地窗被厚厚的窗帘遮着，两盆绿油油的大叶子植物各落一角，生机盎然。

这卧室的装修风格像极了她曾经住过的某个地方，苏言有些怔忪，初时的惶恐已经淡去。

脑袋还很疼，她只记得自己喝醉了，出酒吧后的事情完全没有印象。闭上眼仔细回忆，似乎有什么东西恍恍惚惚就要浮现，却如何都抓不住。

再次扫视了一遍四周，苏言猛然发现近在眼前的床尾凳上搁着她的衣服裤子，甚至还有内衣，顿时一个激灵，那她身上穿的什么？！

她连忙掀开被子，发现腿上是光溜溜的，身上套着一件宽大的男式衬衫。眼见如此，苏言“啊”一声叫了出来。“醒了？”正巧这个时候，唐逸出现在卧室门口，他悠悠走到她跟前，看着她将被子裹得更紧了。

“我怎么会在这儿？”是他把自己带回来的？可他不是一直陪着夏鸥吗？

“你一点都想不起来了吗？”

苏言很努力地回想，还是只能摇摇头。

唐逸面色冷凝了一些，锐眼微眯：“也不记得说了我什么？”

呃，听他那口气，不会是迷迷糊糊间骂了他吧？“我喝醉了胡言乱语，如果有冒犯的地方，还请你不要放在心上——你干吗？”他突然凑近，一副要将她推倒的架势，苏言吓得缠紧被子，身子不觉往后缩去。

“需要这么戒备吗？我忍你很久了，你最好别再刺激我。”唐逸的一只膝盖抵上床沿，真是爱极了她这样的表情。“胡言乱语？呵，没印象吗？我会让你想起来的。”

我还忍你很久了呢，苏言腹诽。本来她还想问是谁给她换的衣服，但还是不问为妙，答案很明显，就不给自己挖坑了。反正他也不是没看过，苏言只好厚着脸皮这样安慰自己，但还是很尴尬的啦！

猛然想到一事，苏言大惊失色。完了，陆遥一定找她找疯了。零碎的记忆里，除了吃饭前的那条微信，她都没有联系过他，他肯定有打电话过来，只是她没听到。对了，手机似乎还丢了，这下麻烦可大了。

得赶紧去找陆遥，苏言想下床去，刚想掀开被子，但发现还有人在旁边：“你能不能先出去一下，我换衣服。”

“在担心陆遥找不到你吗？”唐逸双手交叉于胸前，她刚才的反应告诉他，自己猜得没错。

按捺着心中的不爽，他冷冷道：“我在楼下等你。”

苏言换好衣服下楼，经过客厅时，发现她的手机居然就躺在茶几上，而唐逸，正斜靠在沙发上一脸悠闲地望着她。

“为什么我的手机会在这里？”

“你落在酒吧，我顺手给你拿回来了。”

苏言想到应该先给陆遥打个电话，她的手机没电了，于是问唐逸借了手机，准备拨号时才发现自己根本背不出陆遥的号码。

“怎么不拨号？你不会连喜欢的人的电话都记不得吧，嗯？”看出这一点后，唐逸的心情一下明朗起来。

“不是，我当然记得，只是……”苏言尴尬地吐了吐舌头，急中生智，“不能用你的打，我怕他误会。”

继续给我装，唐逸很开心地看她表演。她说要走的时候，他便随口问道：“要我送你吗？”

“不用，再见。”将没电的手机扔进包里，苏言准备溜之大吉。

正当她推开大门往外走时，陆遥的车子就驶进来了。随后，那个少年走下车来，满脸疲态，看得苏言心里一紧。

唐逸站在落地窗前看见这一幕，心里很痛快。

先前汪洋打电话来说有人在公司闹事，一大早就守在门口，非要他们交出苏言。根据她的描述，唐逸断定那人是陆遥，便让汪洋把他的地址报了出去，他不是要找人吗，那就来吧！如果他来得早一点儿，这出戏会更加好看。

苏言双手不安地绞动，一副做错了事情的样子，说了些什么，而后低垂着脑袋进了副驾驶。

车子呼啸着离去，唐逸收回目光，接下来他得处理和夏鸥订婚的事儿了。本来说好了今天一起回岚市的，不过此时他觉得，应该改变计划了。

车里的气氛无比压抑，两个人都静默着，连空气都仿佛静止了一般。

酝酿了一会儿，苏言终是扁着嘴轻轻开口：“陆遥，对不起啦！”

她以为他会接话，可是没有，他一直看着前方，专注中带着一股倔强劲儿。然后，氛围又陷入一片沉默之中。

陆遥开得非常快，心里很不顺畅，脑子也乱哄哄的。他只顾着向前，旁边一声尖利的“小心”让他猛然回神儿，狠打方向盘后，才堪堪避险。

苏言惊魂未定。幸好这是一条僻静的柏油马路，否则人来车往的，后果不堪设想。

“停车！”苏言对着陆遥喊，这种状态怎么开车。

车子靠边停了下来，陆遥内心不平，抡起一拳想要砸下去，最后一刻还是收回了力道，终究不想在她面前这么暴力，哪怕再怎么不爽。

陆遥看着苏言，她的眼睛瞪得很大，像一只愤怒的猫。在心软之前，他将满腔愤懑彻底发泄了出来：“你知道我打了多少个电话给你吗？你知道我有多担心吗？我害怕你出事，满世界找你，能去的地方都去了，该找的场所都找了，你知道见不到你我是怎样的不安吗？我像个疯子一样！眼睁睁看着天色一点点变亮，心里越来越慌。我多怕你出事……”

苏言自知理亏：“我不是故意的，我喝醉了不知道……”

“醉了，他灌你的？”

“不是，那会心情不好就喝多了，我没有听见电话，要不然肯定会接的。刚才一醒我就想联系你的，可是手机没电了。对不起，我保证没有下次。”苏言举起右手做发誓状。

说实话，虽然被责怪了，但她真的很感动，感动之余便是心疼：“你一整个晚上都没睡吗？”

陆遥无力地揉了揉脸颊，为什么付出了这么多，还是被忽略得这么彻底。她喝酒的时候一定没有想过他，没有想到他会着急。

陆遥长叹了口气，很是挫败地说道：“苏言，我生气不是因为白找了一晚上，只要你平安，我都无所谓。我只是无法忍受你从他的屋子里出来。”

刚才那一刻，嫉妒吞噬了所有的理智，其他都不重要了，他的脑子里全是她和唐逸共处一室的情景。他知道她早就动摇了，天知道他有多害怕他们俩单独相处会改变什么。

“可是，我又有什么资格这样想呢，就像你说的，你只当我是弟弟，我又怎能以情人的立场苛责你……”陆遥都快哭出来了。

苏言的脑子里也是一片混乱，不知道应该说些什么。其实，她本来还有一件事要提的，但想想还是等他心情好点儿再说吧。

“我真怕……”好半天，陆遥才又开口说话，“算了，我们回去。我累了，为了你的人身安全，还是你开车吧。”

冬日里的太阳暖暖的，柔和的光线照进空旷的屋子。

唐逸窝在沙发上补觉，昨晚他根本就没有睡好。空气里仿佛还残留着苏言的余香，唐逸吸了吸鼻子，他多想回到从前两个人形影不离的日子，他多想每晚都能拥着她入眠。决定订婚以后，他挣扎在妥协与反抗之间，然而听见她醉后说出了那样的话，他再一次动摇了。

“唐逸，你怎么还没过来？”夏鸥在电话那头开门见山，本来说好了一起吃个午饭就回岚市的。可她等了半个小时都不见他来，想着他是不是忘了。

“我走不开，还有些事情要处理，要不你先回去？我让人送你。”

“走不开？不是都交代好了吗？”愣了好一会儿，夏鸥才闷闷不乐地反问了一句。她不想计划被打乱，总觉得这一耽搁会生出变故，于是不依不饶道，“不重要的话还是让汪洋他们处理吧，我们回去商量一下订婚的事宜比较好，爸妈都在等着我们呢！”

这声“爸妈”唐逸听着怪不是滋味，宣布订婚以后她就改了口，每次听她热情地叫着，他都会非常反感：“还有二十多天呢，你要觉得来不及就先回去。”

听出了他话里的不耐烦，夏鸥撇了撇嘴，再出声时小心翼翼：“那大概需要多久能处理完？”

“说不准。”

“好吧，我也不走，我等你。”

挂了电话，唐逸从沙发上起身，有些饿了，得去找些吃的。

唐逸忽然觉得对不起夏鸥。亚欧于帝唐确实有恩，他却一直都在利用她。可是他说过，他从来不是什么善类，如果最后注定负她，他会给亚欧一个交代。

填饱了肚子以后，唐逸打了个电话给汪洋。要不要回头，就看接下来某人的回应了。

第二天一到公司，苏言就发现大家对她的态度友好了不少，主动跟她打招呼，整个氛围有点儿怪。而更奇怪的事情还在后头，她刚走到自己的办公室，就看见两三个人在搬她桌子上的东西。

“你们干什么呢？”

“唐总吩咐把你的东西搬过去。”

“唐总？”苏言不禁皱眉，他不是回岚市准备订婚去了吗？前天吃饭她分明听到他这样说过。于是，她问了一句自己都觉得很废话的话：“哪个唐总？”

“这里除了我们顶头那位，没有第二个人姓唐了吧！”汪洋笑着走过来。

“怎么回事儿？”

看她满脸疑惑，汪洋笑意不减，卖了个关子：“一个好消息和一个坏消息，你先听哪个？”

“好消息。”苏言不假思索。

“唐总暂时不回岚市，并且让你做他的助理，你的办公室现在在那边。”汪洋指向紧挨着总经理办公室的地方说道。

这是唱的哪一出啊？一方面准备与夏鸥订婚，另一方面又把自己调到身边，苏言彻底懵了。其实，喝醉后他把自己接回家她就觉得很奇怪，按理说他现在也算是有家室的人了，总得避避嫌吧。

“那坏的呢？”这好消息不算好，但愿坏消息也不会太坏。

汪洋神秘兮兮地凑近她的耳朵，轻声道：“玛尔斯在跟帝唐争一个项目。”

听到这，苏言的第一反应是：冯增辉不像是会做这种事儿的人啊！他就不怕惹怒唐逸吗？

“能跟我具体说说吗？”苏言有些担心道。

“能啊，反正你早晚都会知道，走，上你的新办公室说去。唐总还没来，我也挺闲的。”

那个项目，是位于金源街的一个小型商场的装修，冯增辉当时购买招标文件的时候并不知道唐逸也会参与进来，毕竟那个项目不算很大，唐逸又忙着订婚的事儿，冯增辉认为这是一个机会，然而招标那天他却看到了唐逸也来了。那次两个人会面的时候他还觉得挺尴尬的，因为某些原因他不想丢了这个工程，但也不想因此让两家公司的关系紧张。不过唐逸说了，既然大家都想要，那就公平竞争好了，不会影响到他们之间的合作，他这才安了心。

汪洋把她知道的情况都告诉给了苏言，后者有些疑惑：“帝唐为什么要掺和进去呀？”据她了解，公司手头的项目就有好几个，没必要去争这个小工程。

“可能是因为它在金源街吧，当然，这只是我的猜测。”

苏言顿时无语。金源街是她和陆遥居住的地方，那个商场离他们还蛮近的，站在商场的顶层，可以把他们的住处看得一清二楚。

不会这么幼稚吧。她完全不知道唐逸究竟想干什么，包括将原定回岚市的计划推后。

汪洋走后，苏言想了很多，但终究没想出个所以然。她不是没有想过再去争取——如果他没有宣布订婚的话。

她不知道唐逸为什么推迟行程，隐隐觉得可能和自己醉后跟他说的话有关，虽然她完全记不得自己说了什么，不过依他的反应……

“我会让你想起来的。”

犹记得他说这句话时眼里跳动着异样的光芒，她也不知道那表达着一种怎样的情绪，总之，不像是坏的。

对于新的办公室，苏言并没有多大好感，这么多天混过去了，其实待在哪儿都一样，倒是这个职位——唐逸的助理——让她有种时光倒流的错觉。以前在岚市，他们就一直一起商量各种项目、讨论各种决策，她还曾被同事们私下冠以“贤内助”的称号。

本来想着一会儿唐逸来了会怎么给她安排工作，但一整天都没见到他，倒是见到了他的未婚妻。

夏鸥是逛完街路过这里，顺便上来看看，没想到唐逸不在，意外发现苏言的办公室空了，一问才得知竟是被调去做了唐逸的助理，办公点都挨在了唐逸旁边，于是她就找上门去了。

“坐吧。”苏言客气地招呼，并为她接了杯水。

看着面前热气腾腾的水雾，夏鸥挑起眼，一点儿弯子都没绕，直接开口：“你和唐逸的事情我都知道，既然你现在也已心有所属，请别再缠着唐逸了好吗？”她一开始就错了，不该任由唐逸过来找她，原以为唐逸见了她会彻底与她断了关系，但她想得太单纯了，苏言根本就是一颗随时可能引爆的炸弹，远远躲开才是正道。

“夏小姐，我想你搞错了。”苏言正了正眼色，直言不讳，“从头到尾，我都没有主动接近过他，跟来宁市的人是他，把我调来这里的人也是他。担心他被抢走，你是怀疑自己的魅力吗？”

对于这明显的讽刺，夏鸥只是冷笑了一下，随即淡淡道：“用不着你操心，唐逸一定会娶我，你知道为什么吗？”

这句话苏言不是第一次听见，陆遥也跟她这样说过。那个亚欧，真的强大得令唐逸都忌惮。

见她不说话，夏鸥自顾自说下去：“因为如果他不娶我，帝唐会完蛋。你可以把它看作商业联姻，但我爱唐逸，比起你只多不少。你可以轻易离开他，我可以轻易等他三年，光这一点，你就没资格跟我争。”

这一刻，她倒是有点感激自己的母亲了，哪怕她和唐逸的婚姻仅靠商业联姻来支撑，她也心满意足。她只想待在有他的地方，只想为他生儿育女，只想把自己的一生交托给他。

“你应该明白唐逸在事业上的野心吧，我能给他足够的支持，你呢？好好想想吧！”说完，夏鸥扬长而去。桌上的水还在冒着热气，动都没被动过。

门重新被掩上，那个讨厌的身影彻底消失了，苏言扯了扯唇角。真好笑，她不都已经是唐逸的未婚妻了吗，还来这儿说这些话做什么？

第十六章　英雄救美

苏言再次见到唐逸是在周五的下午，也就是她做助理的第二天。

那时她正浏览着业内的资质等级考试，电话骤响，她着实吓了一跳，已经很久没有接过办公室里的电话了。

侧了个身，苏言接起一听，里面只简单传出了一句话：“你过来一下。”

从挂断电话到门被叩响，时间只过了三分钟，唐逸却觉得漫长到仿佛有一个世纪。听着那清脆的敲门声，他竟有些紧张。

迎着他灼灼的目光，苏言微笑着走进他的办公室，平静无波地开口：“有什么事吗？”

不着痕迹地深吸口气，唐逸将准备好的 U 盘递给她，说道：“某工程的预算，你看一下有没有问题。”

“哦。”苏言伸手接过，却在心底嘀咕，这东西在线传一下不就好了，还弄进 U 盘把她叫来，搞得这么复杂，“没什么事那我出去了。”

“有事。”

苏言无语，只能继续聆听领导指示。可他迟迟不开口，只是盯着她不说话。不想与他继续大眼瞪小眼，她不由转移了视线，就在此时，瞥见他从椅子上站了起来。

唐逸问起了那个一直耿耿于怀的问题：“告诉我，当初为什么要离开我。”

苏言一愣，不自觉地垂下了头去：“你不是知道答案吗，因为……”

“看着我的眼睛。”

在他强硬的气势下，苏言抬起眼，狠下心故作轻松道：“因为不爱了呗！”

“是吗？”

唐逸意味深长地一笑，那笑容看得苏言心里发毛，出于本能，在他朝自己逼近一步的同时，她后退了一步，但显然她的步子比他小，他们的距离已然拉近，强烈的压迫感袭来，让她十分窘迫。

此时他们已经快接近零距离接触了，唐逸很满意这样的局面，他继续紧逼。

苏言没了耐心，她停住脚步直视着他，打算离去。

“你说完了吗，说完了我就……”话语戛然而止，不是她不想说，而是……她根本开不了口了。

眼前突然一黑，她还没来得及反应，唇就被攫获了。

苏言错愕地瞪圆了双眼，在那片凉凉的唇瓣覆上来之时，她仿佛听见心弦绷断的声音，震得思绪四分五裂。几乎与此同时，腰后多出了一股力道，身子被带动着向前，撞进那结实的胸膛，她分明感觉到了自己乱了节奏的心跳。

唇上的霸道之势敛去，开始辗转厮磨起来，轻轻的，却又好像无比沉重。苏言猛地回神，伸出手想要推开他，却换来了更紧的桎梏。

他，既然已经这么做了，就决不允许她退却分毫。

“叮！”身心沦陷间，苏言的手不觉放松，握在手里的 U 盘瞬间掉落在地，发出清脆的声响。如魔咒解除一般，她的眼神也立刻恢复清明。

“放开我！”与刚才温存时的模样判若两人，苏言瞪着唐逸厉声道。

唐逸挑了挑嘴角，调侃道：“不爱我了？你的身体可比你的嘴老实多了。”

“你给我起开！”苏言无言以对，只能再次挣扎以掩饰自己的窘迫。

对此，唐逸无动于衷，在没有得到自己想要的回答以前，他是不会放她起身的。

“言言，”时隔那么久，再次叫这个称呼，顿觉心里涌起一股暖流，他柔声道，“只要你一句话，我可以立刻取消和夏鸥的婚约。”

温暖的气息呵在耳际，苏言猛地一怔，他竟说出了这样的话。然而，可以吗？他真的可以不娶夏鸥吗？怎么可能，那个亚欧的千金，岂是他想摆脱就摆脱得掉的。

“你怎么可以出尔反尔，这么不负责任呢？当众宣布订婚的人不是你吗，说不娶就不娶，你让夏鸥怎么办？”

“你真希望我跟她结婚？”

“那是你们的事情，与我无关。”狠着心说出这些，苏言又继续说道，“我现在有我的生活，我很满足，不想被任何人打扰。”

一句话将两个人的关系撇得干干净净，唐逸的脸瞬间严肃得可怕，他紧皱着双眉，胸膛剧烈起伏，似乎有什么就要从里面爆发出来。

“这就是你的回答，很好！”好半天，他终于松弛了凛冽的双眼，愤然从她身上离开，而后冷冷道，“出去！”

看着她一骨碌爬起，捡起地上的U盘一溜烟跑了，唐逸反身一拳砸在了墙上。她将他最后的勇气扼杀了，这跟他预料的有点儿出入。到底哪里不对，她是在顾忌什么吗？

下班回去后，苏言的脑子里仍旧满是与唐逸接吻的画面，挥之不去。

她不知道自己这样做究竟是对是错，她想他一定更恨她了。

其实现在静下心来仔细想想，她是有些不甘的。当初离开就是一个误会，她爱他，而他也还爱着她，经历了那么多，凭什么苦了自己去成全别人？也许试试情况并不会同想象中那么糟糕。

真正让她下定决心是周叶打来的一个电话。

正值周六，苏言约了纪岚健身，这些日子她和周叶联系比较少，很多事情都没来得及告诉她。所以看到她打电话过来时，苏言很是激动，一边拿毛巾擦着额头一边兴奋地接起电话。

“言言，我要结婚啦！”

这消息来得可真突然：“真的吗，定在什么时候？”

“他向我求婚，我答应了，不过日子还没定。你呢？和唐逸怎么样了，我听说他也去了宁市，是不是去找你了？”

“不重要了，他……”苏言苦笑了一下，继续道，“也快要结婚了，当然，新娘不是我。”

“什么？！”周叶很是惋惜，“言言，如果唐逸移情别恋了，那我无话可说。但是，如果你们还相爱，那么，为什么放任他娶别的女人呢？与其怨天尤人，何不放手一搏？”

苏言想，她大概就是缺那么一句打鸡血的话，一旦有人支持，便有了义无反顾的勇气。

“叶子，我明白了。”话落，不等对方回应便匆匆挂断，现在她得赶紧给唐逸打个电话。她决定了，什么家族仇恨，什么商业联姻，什么亚欧夏鸥，她统统不要管了，她要为自己做一次主。

熟练地拨出号码，然后，豪情万丈的气势在电话响了好几声都没人接听的情况下渐渐委顿下来。是在忙没听见吗？还是他压根儿不想接？

等待接通的音乐响了好久，苏言都准备把手机从耳边拿下，这时里面总算传出了声音。她忙不迭地开口："喂，唐逸，是我……我有话跟你说……汪洋说你明天就回岚市了，你听完我的话再走好吗？"

没想到他很爽快地答应了："好，那我们六点在百盛天地见面。"

满意地收了线，苏言回身往纪岚那边走去。她没有发现，身后的背光区里，夏鸥正靠在柱子上，脸色阴沉。

真是天意啊，竟然让她无意中听到了那些话。那女人打电话给唐逸做什么，他们明早就要离开了，可不能在这个节骨眼儿上被她搅了局。

想着，夏鸥走到角落掏出手机拨了个号码："龙哥，你在宁市有道上的朋友吗，我想请你帮个忙。"

从健身俱乐部里出来后，苏言与纪岚道别，等到时间差不多了，她便准备往"百盛天地"去。

站在路口，她刚要伸手拦一辆出租车，一个穿着西装的陌生男子就走到了她的跟前："苏言对吗，我家小姐请你过去一趟。"

很奇怪的一种感觉，面前的男人虽然穿得很绅士，语气也很有礼貌，但身上似乎散发着痞子气。不知道是不是自己想多了，苏言移过视线，顺着男子手指的方向，她看见不远处的酒红色车子里，夏鸥正对着她微微一笑。

竟然是她！她又找来干什么？算了，反正时间来得及，就去听听她要说什么好了。

西装男子跟在苏言身后，等走到车子边时为她拉开了后座的门，依旧一副绅士的样子说道："请。"

苏言皱了皱眉，冲着端坐在后排的夏鸥说："还是你下来吧。"

话音未落，她便看见夏鸥对身后的西装男子使了个眼色，随即她冷不丁被推进了车里，车门重重合上，再然后，那男子打开副驾驶的门坐了进去，车子发动。整个过程不过短短几秒，快得她还没反应过来就听见了“嗒”一下落锁的声音。

苏言这才发现不对劲儿，怒目问夏鸥：“你什么意思？”

“带你去个地方。”

“我没时间，停车，给我停车！”

奈何司机根本不理会她的话，那是一个光头男子，从这个角度望去，正好可以看见他脖颈里可怖的文身。苏言暗叫不妙，看来之前自己的预感没错，前面那两个人绝不是什么好人。

如果猜得没错，自己被绑架了，而夏鸥不仅是引她上钩的诱饵，更是幕后主使。

怎么办，这个时候掏手机肯定是不明智的，自己完全处于劣势。也不能乱来，她定然不是他们的对手，开窗呼救的成功率几乎为零，不能让自己更被动了。

苏言不动声色地思考着脱身之策，突然眼前恍惚了一下，身体有什么不对劲儿。

“喂，她怎么还不晕？”车内安安静静，这样的氛围让夏鸥觉得十分不安。要不是怕节外生枝，她本想直接将苏言打晕拖上车的，可就怕引起注意。但为了提防她在车上开闹，所以用了迷药。

“快了。”

随着尾音落下，夏鸥感到自己的肩头一沉，转眼一看，旁边的女子已然倒了下来。

时间是六点半，夏鸥坐在车里，翻开了苏言的包，一下就找到了她的手机。

是时候给唐逸发个短信了，她翻到最近联系人那边，认出了那个号码，当看到只是一串数字没显示名字的时候，着实愣了一下。

托着腮琢磨了一番，夏鸥新建了一条短信：

对不起，我想了想我们还是别在见面了。祝你和夏鸥百年好合，永结同心。

满意地按下发送键，然后关了机，将手机扔回了包里。

抬眼看着窗外，夏鸥见那两个男人正在不远处手舞足蹈地谈论着什么，她便拎着包走了过去。接下来没有她什么事儿了，说不定还能找唐逸吃个饭，得赶紧回去。想着，她把苏言的包往前一递，交代道："这个你们到时候还给她，明天中午之前，看住她别让她跑了。还有，别伤害她，我走了。"

天色渐渐暗了下来。

离约定的时间已经过去半个多小时，等待的人始终没有到来，唐逸不耐烦地看了看手表。老实说他对她已经不抱任何希望了，他也有自尊，有自己的脾气。

正郁闷时，兜里的手机振动了一下，然后，他看见了那条短信。

唐逸将内容浏览了一遍后，眼睛不离屏幕上的那个"在"——很显然的一个错字。几乎每个人发短信都有自己的习惯，比如有人无论多长的句子都不加任何标点，有人喜欢在最后加个表情，有人编辑完一定会检查有无错字。苏言就属于最后一种，所以，她的短信里从来不会出现错别字。

依苏言的严谨，绝不会出现这样的错误，如果不是她忙得没时间纠正，那么这条短信根本就不是她发的。

当拨过去发现那边已经关机时，唐逸更相信是后面一种可能。而如果不是她发的，那这条短信对谁最有利呢？唐逸首先想到的就是夏鸥，是她做了什么手脚吗？苏言该不会有危险吧？想到这里，他就不淡定了。

本想打个电话问问夏鸥，但无论是否与她有关，想必她都不会承认，打了也白打。所以唐逸没有再去翻号码，而是仔细回想刚才苏言打电话给他时的情景。

印象里，那个背景挺嘈杂的，应该是在某个人多的场合，依她的性子出门活动绝不会独身一人，所以肯定是和朋友在一起。她在这里的朋友，汪洋可以算一个，打电话确认排除后，那个纪岚的可能性直线飙升。

二话不说，他向冯增辉要来了纪岚的电话，唐逸打过去一问，苏言那会儿果然是和她在一起。

“你知道她现在去哪了吗？”

“她说要去见个人，我们在门口就分开了。”

“那是哪个健身俱乐部？”

要到了名称和地址后，唐逸抓起车钥匙就往停车场而去，同时拨通了一个电话：“陶队，麻烦你件事儿……我想找个人，一会儿我把照片发给你，你帮我在玉台路的力美健身俱乐部附近查一下，看能不能找到她，我马上去你那边。”

唐逸一路开得飞快，不过二十分钟就到达了目的地，刚进门就看见迎面走来的陶坤，看他的样子事情应该很顺利。果然，打过招呼就听见他说：“唐总，有收获，你跟我来看一下。”

监控录像前，陶坤严肃地对唐逸说：“你看，这里就是‘力美’的门口，最早目标是出现在这个路口的，应该是想打车，这时过来了一个男的，两个人说了几句话就一起走了，出了监控范围。不过另一个摄像头记录了他们的去处，就在这辆车的旁边，他们停了下来，然后上了车，但你细看目标上车时的动作，明显有些踉跄，似乎是被后面的人推了一下。接着汽车发动了，我把这辆车的行踪都找了出来，到湖滨路那边就断了，再过去是郊区，那边的监控本就很少，而他们之后完全没有经过监控，如果不是车子停了下来，那就只有三条路可以避开。”

陶坤顺手拿过桌上的地图，那三条路他早已用记号笔标出：“唐总你放心，虽然电子眼追踪不到，不过有了这个大致方向，我们警方调查只是区区小事，我一定派人给你找到她。”

“谢谢。”唐逸由衷地说道，他的眉头始终紧锁，那辆车他没见过，也看不清车里的人是谁，不知道究竟是什么人将苏言带走了。

希望在找到她之前她能够安然无恙，希望这只是虚惊一场。

苏言恢复意识的时候，只觉全身没什么力气，她迷迷糊糊地睁开双眼，发现自己正身处一个破旧的房子里。

四周安安静静的，间或传出窸窣的声响，平添一种诡异之气。屋子里只有她一个人，亮着一盏半明半暗的白炽灯，就着微弱的光线，她仔细打量起周身的环境来。

这里看上去像是一个废弃的工厂，地方很大，空空荡荡。苏言发现随身携带的包已经没了踪迹，肯定是被他们拿走了。而自己之前应该是中了迷药之类的东西，现在虽已清醒，可还没缓过劲儿来，挪动身子都觉得很费劲儿。

苏言挣扎着爬起来，轻轻推了下门，立刻传来叮叮当当的声音，门已经被铁链反锁住了。但从门缝里看去，能判断出这是一个人迹罕至的地方，目之所及一片荒芜，只有不远处的一间小房子里亮着灯，窗户上投影出两个男子的身形。

夏鸥大概已经走了，苏言颓然地坐在地上，看来今天她是别想见到唐逸了。夏鸥在打什么主意她明白，只要今晚困住自己，她就能顺利和唐逸订婚了。

凉意袭来，苏言返身走回墙边，没有椅子之类能坐的东西，只能蜷缩着蹲在角落里，难道今晚要在这里度过了吗？肚子不合时宜地叫了一声，她这才想到自己还没吃晚饭，现在又冷又饿，好不凄凉。

随手捡起地上一颗话梅般大小的石子，无聊地在水泥地上画起圈圈来。思绪纷飞，不知道唐逸现在在干吗，是不是因为她的爽约而气恼，会不会发现其中的隐情，会不会……

苏言不敢往下想，自己这样伤害了他以后，她不敢有再多的奢望。

这个季节的夜晚来得特别快，才八点多就已经暗沉得伸手不见五指。

简陋的小房里，充斥着呛鼻的烟酒味。桌上摆着几个下酒菜，光头男和西装男一边喝酒一边聊天儿。

光头男夹了一颗花生米，唏嘘道："这么冷的夜，要是有个小妞让咱暖和暖和就好了。"

"那边不就有个吗？"西装男嘴角朝外努了努，某种想法随即浮现出来，他"嘿嘿"笑道，"哥们儿，你说放着这么个美女不享受一下是不是太不人道了。"

光头男一听，同样露出邪恶的笑容，但很快垮了下去："可是那个姓夏的女人不让我们动她。"

"她又不是我们老大，该给的面子都给了，这点儿主我们还不能做吗？"

"不会出什么事儿吧？"

"你怕了？行！那你在这待着，我一个人吃独食更好呢！"说着，西装男搓着双手跃跃欲试。他一口饮尽杯中的酒，重重扔下筷子，站起身就要走。

光头男顾不上杯里的酒，连忙跟着起身："等等，这么快活的事儿怎么能少了兄弟我呢！"

两个人打开屋门，犹带醉意的身形一下淹没在漆黑的夜色中。

空旷的室内，苏言肚子又响起"咕噜"声。好饿，肚子已经叫了不知道多少回了。苏言握着石子，呆呆地望着她在地上无意识写出的字。突然门外传来叮叮当当的声音，有人在开锁，她一下子警戒了起来。

"哐当"，锁被打开，紧接着门"吱呀"一声开启，两个男子先后进来。

苏言心头一阵哆嗦，那两个人带着不怀好意的笑，一步步朝自己逼近。从他们的眼神里，她隐隐猜到他们想干什么，不由将身子紧紧贴向墙角。

看着那缩成一团的小女人，光头男对着同伙啧啧道："其实打她一上车我就想办了她，这脸蛋儿、这身材，看着就热血沸腾，真不知道把她压在身下是怎样一种感觉。"

"什么感觉，上了不就知道了。"

"你先上还是我先上？"

苏言沿着墙角慢慢站起，她已经冷静了下来，却仍旧装作很害怕的样子，身体微微发着颤。不着痕迹地瞟了一眼门口，大门还敞开着，得找一个最佳时机从那里跑出去。外面杂草丛生树林掩映，只要跟他们拉开一段距离，便可以找地方藏身。这么做的成功率虽然不大，但已经没别的办法了。

"很冷吧，"西装男边说边凑近，猥琐的嘴脸尽现，"没事儿，一会儿就不冷了。要是你把大爷伺候舒坦了，明天中午我们就放你走，要不然……"

对方距她不过半米，就是现在！苏言铆足了劲儿飞起一脚，往西装男的裤裆踹去，然后将手里的石子朝旁边错愕的光头男狠狠扔去，正好砸在他的面门。顿时两个人一个捂裆、一个掩面。苏言赶紧往门口跑去，幸好今天健身没穿高跟儿鞋，此刻跑得很顺利。可是她忘了，自己还饿着肚子，并且受迷药影响，速度不够快。

"臭娘儿们！"两个男人毕竟是混社会的，很快反应了过来，咒骂了一声后立即追了上去。

苏言明显感到力不从心，硬撑着一个劲儿往前跑，眼看就要到达门口，衣服骤然被抓住。苏言极力想要挣脱，慌乱中一下子摔倒在了地上。刚仰起头想要爬起，就见两双黑色的皮鞋出现在了视线里。

完了！被堵住了！

“跑啊，你再跑啊！”西装男咆哮着，同时抬起一脚，几乎就要踩在苏言的背上，却因突然响起的一句话而停在了空中。

“你敢动她一下试试！”

这个声音不怒自威，对苏言来说仿佛天神下凡。

来人正是唐逸。

苏言激动得泪水几乎夺眶而出，他居然真的出现了。

门口很暗，她却仿佛看到他的身后有光，神圣而温暖。

趁着光头男和西装男愣神儿的工夫，苏言一骨碌爬起，撒腿跑到了唐逸的身边，一下捉住了他的手臂，目光盈盈地看着他。

“别怕。”

唐逸将她挡在身后，幸好自己来得及时，但是就算她安然无恙，他们也惹到他了。凌厉的目光扫射在那两个人身上，拳头握起，唐逸随时准备出击。

一开始，光头男和西装男确实被那个威严的声音震慑到了，但回头一看只来了一个人，确定了没有援兵后，其中一个轻蔑道：“哟！想救美？”

对方一看就是个养尊处优的公子哥，别说两个人联手，就是随便一人都能将他收拾了。西装男暗忖着，却听对方这样跟自己说道：“你该庆幸那一脚没有踩下去，否则下半辈子你只能在轮椅上度过了。”

“少他妈废话，老子一根手指头就能把你撂趴下。”西装男说完不忘交代同伴：“你站着别动，我一个人解决他。”

战斗瞬间爆发，西装男子抡上去的一拳被唐逸接住，紧接着，他都没看到唐逸是怎么出手的，眼角就生生挨了一拳。只怪自己过于轻敌，没想到他还有两下子。西装男这回提高了警惕，但很快发现自己根本不是他的对手，才没几招就败下阵来，身上好几处挂彩，没一会儿就被打倒在地。

西装男眼角瞄到杵在一旁看戏的同伙，不禁怒斥道：“还不过来帮忙！”

光头男看了看四周，找不到任何武器，只好赤手空拳加入了战斗。

身后疾风扫来，唐逸稍微抬了下眼皮，手中的动作不停。随着西装男一声痛呼，他脑袋轻侧，掌风擦过耳际，袭来的一掌便落在西装男那条手臂上，顿时又是一声惨叫。

误伤了同伙后，光头男倒抽一口凉气，发了狠攻击唐逸，只是招招落空，他根本近不了对方的身，而自己的身上却没少挨拳。意识到这么打下去只有自己吃亏，他赶紧束手求饶：“大哥别打了，你女人咱也没动，你就放我们走吧！”

“想走，没那么容易。”

这时，成束的光芒照了过来，三五个身穿制服的警察鱼贯而入。本来唐逸是和他们一起行动的，但确定了目标范围后他就先行寻了过来，所以警察才会晚到一步。

唐逸的视线落回那两个绑架苏言的人身上，问道：“说，是谁指使你们的？”

“一个女人，我们不认识，只知道她姓夏。”光头男子战战兢兢地回答着，而后指着苏言说，“不过，那个女人她认识。”

听他这么说，唐逸已经可以确定那人就是夏鸥了。无论她做什么事情他都可以忍，只要不牵扯到苏言。夏鸥千不该万不该，不该把歪脑筋动到苏言头上。

正这么想着，口袋里的电话就响了起来，掏出来一看，好巧不巧，正是夏鸥打来的。

“一会儿我再打给你。”唐逸冷冷地抛下这一句就挂了，他现在不想听到这个女人的声音，而且，他有更重要的事情等着他去处理。

不过一会儿，那些警察就带着光头男和西装男走了，周围顿时恢复宁静，只剩下唐逸和苏言。

唐逸背对着门口，漫不经心地往前踱了一步，想要开口说些什么，就被一样东西吸引住了。屋里灯光虽暗，却将它们照得清清楚楚。那是很多很多个“逸”字，这样的字迹，就是化成灰他都认得。

苏言连忙跑过去，用脚掌遮盖那些字体，但怎么可能遮得住。望着那些无所遁形的“逸”，她不禁脱口而出：“这不是我写的。”她也不知道自己为什么急于否认，不过，这话未免太此地无银三百两了吧，她为自己的白痴感到佩服。

唐逸悠然地看着她，眼神里充满温柔：“你不是有话对我说吗？”

对呀，本来就是想跟他表白，干吗还怕他看穿自己的心思。苏言重新走到唐逸面前，在心里组织好了语言后，抬起头对上他的眼，郑重说道：“那什么，你打架好厉害啊！”

瞧她那点出息，怎么临出口就变成这样，她能感觉到自己的心正跳得厉害。原来习惯了逃避，再次面对时竟会这么紧张。

“再给你一次机会，要不然我就走了。”

“你上次说的话还有效吗？”这话压着唐逸的尾音而起，快速且坚定。

唐逸不由自主地怔了一下，却故意装傻：“哪句？”

再没有任何犹豫，苏言认真而严肃地问道：“如果我说我爱的人从来只有你，我不要你和夏鸥结婚，还来得及吗？”

第十七章　重归于好

坐在回市区的车里，苏言的心情格外好。回想刚才唐逸张开双臂迎接她入怀的情景，心里比吃了蜜还甜，她没想到会那么顺利。

他说，其实他一直没变，他永远都会在她身边，只要她需要。

那一刻，泪水就这么夺眶而出，他拥着她，绵绵的细吻落在睫毛上，吻干那一颗颗滚落的泪珠。

那一刻，她想，上天一定特别眷顾她，在她不小心弄丢了一次爱情之后，还给她一个一如既往的他。

那一刻，她决定无论前面等待着他们的是什么，她都会抓紧他的手，再也不放开。

苏言靠在座椅里，一眨不眨地盯着认真开车的唐逸。

“对了，你怎么会知道我在那里的？”苏言有些好奇地问道。

“因为有人冒充你给我发了条短信。”唐逸把具体情况跟她说了一遍。他现在想想都觉得后怕，要是那条短信不出错误，他还会有后面的行动吗？如果他根本没意识到她有危险，那她该多么无助。

“我们现在去哪儿？”

“我那儿。”在这么个趁热打铁的绝佳时期，他怎么会放她独自回去。唐逸看了她一眼，但很快就冷下脸说，“你要跟那位报备一下吗，免得他又来找你。”

知道他指的是陆遥，苏言一边翻包一边说：“不用，给小岚打个电话就好了。”本来今晚就跟小岚说好的住她家的。

汽车终于远离黑灯瞎火的地段，前面逐渐繁华起来，月色霓虹下，两个人终于回到了市区。

吃完饭回到住处已近凌晨，车子驶进一片别墅区，苏言对这地方并不陌生，上次喝醉了就是被带到这里来的，她还清楚地记得唐逸家是哪一栋。

开到家门口，唐逸掏出钥匙给苏言，说：“你先进去等我，我处理个事儿，马上回来。”

苏言接过钥匙，目送汽车掉头离去，她知道，唐逸是找夏鸥去了。

另一边，夏鸥将披在身上的毛毯拉了拉，继续看她的动物世界，确切地说是她是在等唐逸的电话。

本来刚从郊区回来那会儿就想给他打电话的，可是因为心虚就想着过段时间再打，她不敢去想如果唐逸知道了她找人扣留苏言会是怎样的后果。

当玄关处的门铃响起时，夏鸥就像被惊到的兔子。抬眼看到唐逸后，又惊又喜，赶忙起身开门。

唐逸开门见山：“你找人绑架苏言了？”

夏鸥的眼神闪了闪，嗫嚅道：“你都知道了？”既然如此，她反而没那么不安了。本来她就不怕被揭穿，要不然也不会在苏言面前露脸了，反正也没什么，不过就是限制了她的自由，有什么不敢承认。

“那也是你指使他们去侮辱她的吗？”

“什么？”

她那无辜的眼神让唐逸更为恼火，他逼近她，一字一句地问："你就那么恨苏言，要把她交给两个禽兽？"

"不是，不是这样的！"夏鸥终于明白他在说什么了，急忙辩解，"我发誓我并没有想要害她，我听见她给你打电话了，我不能让她出现在你面前，只是想要关她一晚上。我告诫过他们不许动她的，真的，我不知道他们会这么做，你相信我。"

"是吗？"唐逸看着她激烈地辩驳，那样子不像在说谎，"就算是这样，事情也是因你而起，我最看不惯在背后搞小动作的女人了。"

"对不起，再也不会有下次了。她……没事吧？"话虽这么问，其实她已经猜到答案了。如果出了事的话，他现在绝不会如此平静。

唐逸没有回答她，这件事情就到此为止吧。

"我来这里还有一件事情要告诉你。"唐逸淡淡说道。

夏鸥呆呆地望着他，不想听他说，她预感到事情发展非常不妙，于是她打岔道："我们坐下说吧！"

"不用。"

"那你渴吗？我去给你倒杯茶。"

"别忙活了，我说完就走。"唐逸淡淡道，"我们订婚的事情……"

"我不要听！"话刚开头就被夏鸥打断，她用双手捂住耳朵，身子不由退了一步。他想说的话都写在脸上了，她怎么会看不出，她就知道他想悔婚。其实从一开始他就给自己留了后路，他们要订婚的事情只有双方父母以及这边分公司的几个人知道，还特意关照不许宣扬，她都怀疑这纯粹是为了刺激苏言。

唐逸却没有停下的意思，继续说道："夏鸥，对不起，当初说要订婚并不是开玩笑，我曾经也想和你就这么走下去。可是现在她回来了，哪怕辜负全世界，我也不会拒绝她……"

话到这里再一次被打断，这次是手机铃声。

盯着桌上闪烁振动着的手机，夏鸥愣了好一会儿才过去接，是母亲的秘书沈若冰打来的，她怎么会来找自己？没过多久，夏鸥的脸色瞬变："……什么？！好，我马上回去。"

"怎么了？"看出她的担忧与紧张，唐逸不由上前询问。

夏鸥看了看他欲言又止，最后强扯了一个笑容，淡淡道："没事儿，我得回津市一趟，有什么话以后再说好吗？"

唐逸回到家，发现客厅里的灯亮着，而苏言居然蜷在沙发里睡着了，嘴角挂着甜甜的笑，似乎在做着美梦，她的一只胳膊下还压着一本杂志。

唐逸不想吵醒她，轻轻地走过去，才走了没几步就见她睁开惺忪的睡眼，欣喜道："你回来啦！"

既然她已经醒了，唐逸就没再往沙发旁走去，而是折身将外套脱下挂在了衣架上，问道："怎么不去床上躺着？"

"我没想睡觉啊！我在看书来着。"只是看着看着不小心睡着了。

唐逸揉着她的头发说："是不是累了？"

"没有，刚才应该睡了蛮久，现在精神好着呢！"苏言只是实话实说，可她发现自己说完以后对方勾起了一抹坏笑，那笑容……哦，她大概知道他在想什么。

"我去洗澡，要不要一起？"

"你先去吧。"苏言断然拒绝。毕竟分开了这么久，她需要一点儿时间来适应。

其实说白了，她是紧张。

唐逸洗完澡出来后拿干毛巾擦了擦头发，接着便回了卧室等苏言。浴室和卧室不过一墙之隔，听着从里面传来的哗哗声，他早就心猿意马了。

时间过得从没有如此慢过，等了很久很久，水流声终于停止，片刻的宁静过后是开门的声音。

“为什么这个扣子扣不上呢？”随着这句话，苏言走进了卧室，唐逸望过去，忍不住吞咽了下口水。家里没有准备女士睡衣，便用他的衬衫凑合一晚。

“别扣了，反正一会儿还得解开。”唐逸说着人已经走到了她的跟前，这样与她赤诚相对的感觉，熟悉又陌生。

苏言停下手里的动作，抬起头，对上他深邃而炽烈的瞳孔。苏言感觉腰上一紧，他的双手已缠了上来，力道轻轻柔柔。紧接着，细细绵绵的吻便落了下来，额头、眉毛、眼睑、鼻子，再到唇瓣。

两个人紧紧贴合在一起，无论是身体还是心灵，都像久旱逢甘霖一般，尽情宣泄着灵魂深处的躁动。干柴遇烈火，最原始的欲望爆发得淋漓尽致，一切都发生得那么自然。

“言言,你知道我等这一刻等了多久吗？”唐逸抚摩着苏言的头发，顺手将她拥进怀里。她的面颊晕红如霞，是与先前的红润截然不同的韵味。

橘黄色的床头灯一直亮着，将他们依偎的身形映照得更加旖旎。静谧且暧昧的空间里，两个人靠在床头，上半身赤裸着，而下面只盖了一条薄被，彼此静默不语，谁都不想睡觉。

突然想到一个问题，苏言从他的胸膛里抬起头，眯着眼睛问：“老实交代，这里夏鸥有没有睡过？”

“没有，从始至终都只有你。”

苏言满意地又窝了回去，眼角突然瞟到一道伤疤，如丑陋的虫子一般爬在他的腰侧。“这个是车祸留下的吗？”其实刚刚就摸到了，只是时机不对她便没问。

唐逸顺着她的目光看去，淡淡道：“嗯。”

“我不知道你出了车祸，是江梦瑶不久前才告诉我的。”

“心疼吗？”

“疼。”苏言重重点头，手指轻轻抚上那道疤痕，那是因她而留下的，摸着它，仿佛就感觉到了他当初的心碎。稍微探下身，俯下脑袋，将嘴唇贴了上去。

“唔——”正要离去，后脑勺被扣住，还没来得及撤退的唇就这么被攫获了。

吻她，是会上瘾的。

待呼吸渐渐平稳，唐逸穿过她肩窝的手随意摆弄着她的发尾，同时开口：“你跟陆遥是怎么回事，为什么要和他同居？”

她仰起脸，将同陆遥约定一事告诉给他，顺便解释：“我们虽然住在一个屋檐下，但是睡在两个屋里，我发誓，我们清白得……”

“我相信你。”看着她举起一只手极其严肃的样子，唐逸立刻打断她，心里的结也总算解开了，“那……搬来和我一起住吧！”

“你已经解决好了吗？”苏言指的是夏鸥，其实她知道这事儿处理起来并不会那么顺利，夏鸥岂是随便就能打发的，而他此刻的沉默更是印证了她的想法。

“我相信你能够处理妥当，但在这之前我们还是保持距离比较好，你俩之前那么高调，我可不想被人说成小三。明天我也去和陆遥说清楚，有些事情是该了结了。”

唐逸想了想，只能先这样了，反正这么久都熬过来了，也不急这一时。不过，他心里还有一个结：“言言，告诉我，当初为什么……”

“嘘！”知道他要问什么，苏言掩上了他的唇，“不要再问好吗？”她答应过唐继尧，一旦离开，就不会将那些原委说出。

气氛凝滞了片刻。

唐逸没有回答，只是更紧地抱着她。如果她不想说，那么他便不问。许久之后，他轻声向她确认：“那你还会再这样莫名其妙地离开我吗？”

“不会。”苏言斩钉截铁。

那时，她真的是这样以为的。

清晨的医院人头攒动，红色的十字沐浴在晨光里，显得庄重而肃穆。

这是一间舒适宽敞的VIP病房，一天前，欧涵又一次在公司里晕倒，立刻被送了医院。这一次不比寻常，医生一番诊断后说可能再也不会醒了。

此时，病房里只有三个人，欧涵、她的丈夫和女儿。

夏鸥的眼神呆呆的，父亲站在一旁，似乎一下子老了许多。夏鸥到现在都无法相信，病床上躺的那个毫无血色的女人，竟然是她那永远元气满满的母亲，在她的印象中，母亲是永远不会倒下的女王，她的精力总是那么旺盛，比任何男人都要强悍。她怎么都没有想到，再一次见母亲会是这种场合，明明上次分开时她还好好的，明明才过了没多久。

而作为女儿，她竟然直到这会儿才知道自己的母亲病入膏肓。

医生说手术很成功，然而病情恶化得很严重，死亡几乎是可以预见的了。

夏鸥趴在床沿，她无法接受这样的现实，她的妈妈那么年轻，事业又那么成功，怎么会患上这样的绝症。她还要妈妈看见自己结婚，要她抱上外孙，还要她跟爸爸一起颐养天年呢，妈妈怎么能就这么走了！

“妈，以后我再也不惹你生气了，我要经常陪着你，让你看到我都嫌烦……”

想到这，夏鸥的眼泪更加控制不住。

夏父看着自己的女儿伤心过度，知道她累了，怕她再这么下去会崩溃，便心疼地劝说道：“小鸥，你先去睡会儿吧，你妈醒了我叫你。”

“不，我就在这守着。”夏鸥说完这句话时发现床上的女子手指动了动，要醒了吗？她立刻望向那苍白得没有一丝血色的面庞，果然，眼珠子在眼眶里转动，接着眼皮就抬了起来。她赶紧将泪痕擦干，欣喜道：“妈，你醒啦！”

“你们……”欧涵张开双眼望了望四周，确定了自己所处的环境后，她无奈道，“你们都知道了。”

见她醒来，夏父紧绷的脸终于缓和了些：“有没有觉得哪里不舒服？”

“没有，挺好的，就是有点儿饿。”欧涵说着摸了摸肚皮，她仍旧很虚弱，说话有气无力。

“我去问问医生你能吃什么，顺便下去买早餐。”

夏鸥已经止住的泪水忍不住又流了下来，她何曾见过母亲如此羸弱。

“小鸥别哭，都是我不好，害你们担心了。”

“妈，你说的什么话呀！”夏鸥吸了吸鼻子，一想到她那个病，她就埋怨道，“为什么不早告诉我呢？”

“你又不是医生，告诉你只会多一个为此烦恼的人。与其让你担心，我宁愿你什么都不知道。”

“可是你知道这样我有多内疚吗，最疼爱我的妈妈，身患绝症，我却什么都不知道，还那样自私地只想着自己。”

她的话里满是懊悔，欧涵听着心里酸涩难当。其实她也曾想告诉她，可她那时和唐逸的关系正处于微妙阶段，她不想因为这事儿去影响他们。

“对了，你和唐逸不是要订婚了吗？日子就要到了，我大概是没有精力帮忙了，只能你自己多用点儿心。”即便已经病成这样，欧涵还是记挂着女儿的事情。

听到“唐逸”两个字，夏鸥的眼神不禁黯淡了一下，她扯了扯嘴角：

“订婚的事儿不急，你先把身体养好……”

“怎么了，是不是唐逸反悔了？”她的眼神闪烁，一看就知道不对劲儿。

“没有的事儿。”至少他还没有说出来，本来她是急着嫁给他的，但是现在，她真的没有心思去想这个。如今没有什么比自己的母亲更重要了，夏鸥转移话题，“妈，趁着这段时间好好休息一下，公司里有小叔在你完全可以放心。你想去哪我都陪着你——还有爸，我们一家三口天天黏在一起。”

“我果然时间不多了，对吗？”

“呸呸呸。”夏鸥煞有介事地挤眉，随即一本正经道，“当然不是，医生说了，只要你配合……”

“不用安慰我，我自己的身体我会不清楚吗？没关系，真的，我早就有心理准备了。”欧涵淡淡说着，看到他们父女俩的那一刻她就知道了，如果不是这样，若冰也不会通知他们过来。她不怕死，只是怕不能亲眼看着自己的女儿幸福，“小鸥，你真的考虑好要嫁给唐逸了吗？我看不出他对你有半分真心，你的另一半，应该要把你当公主一样宠，而不是你去迁就他，一厢情愿不叫爱情，两情相悦才能长久。妈妈希望你能三思，免得将来后悔。”

“好，我会考虑清楚的。”夏鸥点头，她不想让母亲再操心了。事实上，她也确实该好好想想了。

“叮铃铃铃……”刺耳的闹铃声响起，打破了一室的旖旎岑寂。

苏言闷头抓过手机，关掉那扰人的音乐，随后睁开一只眼，发现天色已经大亮。

该起床上班去了，可是好困啊，昨晚运动量过大，直到很晚才睡，现在眼睛根本不想睁开。她翻了个身咕哝了一句，不行，得再赖会儿床，五分钟就好。

然而再次醒来一看时间，竟已经过去了六个五分钟，混沌的意识一下清醒，她立刻蹦了起来。

“不睡了？”唐逸皱着眉在她身后懒懒出声。

“再睡就迟到了。”

“怕什么，有我在呢！”

苏言回睨他一眼，一把掀开盖在他身上的被子，他赤裸的上半身顿时一览无遗。她一本正经地咳了咳道：“正是因为这样才更要有纪律嘛，快起来，你想让我自己打车去吗？”

两个人匆匆洗漱完，来不及吃早餐了，只好在路边随便买了点点心。

正值上班高峰期，路上有些堵。苏言一边喝着豆浆一边望着外面的人流，忽然看到一个情况，她伸出一只手指着不远处说：“看，那儿有个老人摔倒了……快过去！”

说话间唐逸也注意到了，一个老人正跌坐在地上很痛苦的样子。知道她是同情心起了，只是不明白为什么最后三个字听上去那么激动。他提醒说：“这年头碰瓷儿的人挺多的，指不定她就是。”

苏言瞪了他一眼：“我认识她。”

那老太太姓杭，六十刚出头，是她以前的房东。那是个很好、很可爱的老人，她有一个菜园，自给自足，还养了鸡和鸭，又能吃蛋又能吃肉。每次有收成的时候都会给她送些过来，所以住在她那里的时候，她连菜钱都省了不少，一年四季都能吃到绿色新鲜的蔬菜瓜果。

对于她，苏言充满敬意。所以此刻看到老太太出了事儿，她一下车就立刻跑了过去：“阿婆，你怎么样了？”

正坐在地上抓着自己脚踝“哎哟”直叫的杭阿婆听到这个声音，惊喜地抬起了头：“这不是苏言丫头吗？哎，今儿个真倒霉，我好好走着路呢，一辆小轿车就冲了过来，还好我闪得快，要不现在就得躺着了——到底是老了，骨头一点儿都不经扭，疼得要命。”

“我送你去医院。”看着那明显肿起来的脚踝，苏言冲着站在一旁的唐逸说，“快过来帮忙呀！”

两个人把杭阿婆扶进车里，车子掉头往市医院而去。

“那不是耽误你上班了吗？”想到这儿，杭阿婆一拍没受伤的那条大腿，对苏言说，“不行不行，你们把我扔出租车里就行，我自己会去医院的。”

“坐着别动。”苏言按住她的身子，像哄小孩子一样哄着她，“知道吗，那是我的顶头上司，他批准我今天旷工了。”

“那是你男朋友吧！”阿婆眉眼一挑，含笑道。

唐逸趁隙扭过头来，大方承认：“阿婆，您眼力真好。”

杭阿婆“嘿嘿”一笑，对他说：“小伙子，你可要好好珍惜我们苏言啊，她是个好女孩。”

“那是必须的。”

苏言突然想起一事：“对了阿婆，我正好要去找你呢。”她把要租回房子的想法说出来，并且告诉她自己住的时间可能不会太长。

“没问题，那房我给你留着呢，想住多久都没关系。”

“阿婆最好了。”苏言说着就张开双臂抱了上去。

医生给杭阿婆拍了片，只是软组织挫伤，没什么大问题，擦点儿药膏就好。但老人的骨头总归没有年轻人结实，医生建议多休养少走动。所幸阿婆平时注意锻炼身体，要不然这一扭的后果可就难料了。

出了医院，唐逸和苏言把她送回了家里。

那是一个有着三面围墙的院落，二层楼，在这座城市的最西面，算是古城区。那一片的房子都是独门独户，墙面有些斑驳，看上去很有年代感，一条南北走向的河流贯穿城区，充满了诗意。

杭阿婆的房子很大，却是一个人独住。纵然如此，她的房子也并不租出去，当时租给苏言纯属偶然。

因为纪岚认识阿婆，阿婆热情地留她们吃饭。席间，苏言与阿婆聊得投缘，阿婆甚至还说她要是有这么一个乖巧的孙女就好了。纪岚听后就顺嘴说道：“那就让她留下来陪您吧，正好她在找房子，以后您就不会寂寞啦！”她只是随口一提，没想到两个当事人都欣然答应了。

两个人住在一起后相处得非常融洽，真的就像祖孙俩一样有爱。

车子在一个紧闭的庭院前停下，苏言从后备厢拿出刚买的拐杖，然后打开车门把阿婆扶下车，她挽着阿婆的胳膊一边往大门走一边说：“一会我回去把东西拿过来，以后我就待在家里专心照顾你，直到你的腿痊愈为止。”每次看到阿婆一个人，她都觉得这个老人其实挺可怜的，虽然吃穿不愁，但没有亲人在身边。她有一个儿子，但不怎么过来，印象里只见过那个男子一面，穿得西装笔挺，开着名车。阿婆从不会提到她这个儿子，所以她了解得不多。

阿婆从怀里掏出钥匙，身子站得直直的，铿锵有力地说：“你该干吗干吗去，我又没残，自己能行的。再说，你不是给我买了拐杖了嘛，有它陪着就好了。”

“不行，我不放心。”

“有什么不放心的！”杭阿婆说着自己拿过拐杖走了起来，“你看，这不稳稳的嘛。你知道我最怕麻烦人了，那样我会不自在，跟着心情就会不好，心情一不好腿脚怎么能好呢？”

看着她那么倔强的样子，苏言终是妥协：“好吧，那你自己当心点儿。”

公司里还有事情，唐逸把人送到后就先走了。

苏言今天索性真的旷了工，把阿婆安顿好后，跑去收拾她以前住的那间屋子。一推开门就惊了，没想到里面的摆设还保持着自己离开时的样子，纤尘不染。阿婆此前并不知道自己要搬回来住，所以必是她定期打扫了。

那么下一步，就该回陆遥那里收拾东西了。想到这个，她就忍不住叹了口气。

时间还早，苏言打车到了金源街，等她收拾完一切的时候陆遥还没有回来，她便坐在沙发里等他。

很久很久，等得都快睡着了，终于听到门把扭动的声音，苏言一下坐直了身体，抬起眼，撞进那双没什么神采的眼睛。陆遥关上门走了过来，他的精神似乎很不好，走路都快快的。

苏言的心生生痛了一下，她从沙发上站起来，故作镇定地说着："我们的约定到期了，我该走了。"他应该猜到了吧，因为他的反应不是出乎意料，倒像是知道会有这样的结果，只是难以接受。

他转过头来不说话，苏言深吸口气，将酝酿了许久的话说出："其实，我跟唐逸和好了。"

"果然是这样。"陆遥冷哼一声，他果然不该回来的，是不是只要他不回来她就不会走？不，她还是会走的，她会留一张字条或者一则简讯，他阻止不了，因为她不爱他。沉沉地闭上眼，他淡淡地说："我昨天看到你们了。"

"什么时候？"

"在姚记，你们坐在一起吃饭，可是你明明告诉我你去了纪岚家。你知道吗，那时候我真想冲过去把你从他身边拉开，我讨厌极了那样的画面。"、陆遥的情绪依旧愤然。当时，他真的差一点儿就冲过去了，可是他有什么立场这么做？看着她在那个男人面前巧笑倩兮，那一刻他忽然觉得，自己真的是多余的。

"陆遥，"苏言轻声唤着他的名字，有很多话想对他说，却不知从何说起，嘴唇嗫嚅着几欲开口，到最后只是浅浅一笑，"谢谢你……还有，对不起。"

他们的纠葛，该到此结束了。

苏言拎起行李箱，欲走却被叫住，不甘的声音从背后传来，执着而坚定。

陆遥说：“任何时候，我都等你。”

第十八章　山雨欲来

失而复得的时光总是显得格外珍贵，唐逸和苏言利用一切能利用的时间腻在一起，恨不得把那些年错失的温存一下子全补回来。

苏言再次成为唐逸的得力助手，同时将玛尔斯申请一级资质的事情办妥。

这天，苏言回玛尔斯送点儿资料，刚进公司就被老总叫进了办公室，说是有事找她。

冯增辉一如既往地给她倒了杯茶，而后轻咳了一记，悠然地说："最近你和唐总挺好的吧，我那天看到你们一起在姚记吃饭了。"

怎么又是姚记，他们就去过一次，那一顿饭到底被多少人看见了，感觉好像被大家围观了一样。苏言腹诽着，却不知道他到底要表达什么意思，就听他继续说："我知道，你们俩和好了，别不承认，你的事情我还是很关心的，你们的过去我也了解一些。一开始我还觉得奇怪，为什么唐总会那么爽快答应跟我们合作，没有想到，是你这个大福星无形中帮了我。"

苏言不说话，默认就好了。

冯增辉呷了口茶，将谈话往主题上靠拢：“苏言啊，凭良心讲，你来了公司以后我对你不错吧？”

“嗯，是的。”

“那如果我有事儿让你帮忙，你也一定不会推托对不对？”

看这迷魂药下的，不得不承认，在说话方式上，冯增辉确实很有一套，铺垫了那么多，甩这么个问题出来让她怎么回答。苏言扯了扯嘴角，没有去接那个话茬儿，“冯总，你有什么话就直说吧！”

“那我说了啊！”冯增辉呵呵一笑，随后严肃了表情，郑重其事道，“金源街项目这几天就要开标了，我想知道帝唐的标底。”

“对不起，我不能帮你。这跟公司对我好不好没关，是原则问题。”苏言沉着脸表明自己的立场，然后说，“如果没其他事儿的话，我先出去了。”

冯增辉还是不死心地丢下一句话：“你再好好考虑一下。”

“不了。”

那天晚上跟唐逸约会到很晚，苏言便跟着唐逸回了他的住处。

唐逸的电话响起时，他正在浴室洗澡。苏言从茶几上拿过手机，跑到浴室门口冲里头喊：“电话，一个陌生号码。”

应该是客户，唐逸关掉花洒，赤裸着面对她，挑眉道：“你帮我接一下，就说我一会儿回给他。”

“好。”苏言脸不红心不跳地说着，随后关好门，接起了电话，“喂……喂……说话呀……”奇怪，怎么不说话。

就在她准备挂断时，听筒里终于传出了声音：“不好意思，打错了。”

真是的，打错就早点说嘛，害她浪费那么多口水。苏言不满地抱怨，很快就将这事儿抛到了脑后。

周五是金源街那个项目开标的日子，帝唐安排去开标的人忘带了身份证，苏言便临时顶上去。

在公布结果以前，苏言觉得帝唐胜券在握，所以，在招标单位宣布中标的公司是玛尔斯时，她大吃一惊。

开标的人是纪岚，苏言笑着过去与她道贺，才同她聊了没几句，唐逸的电话就打了过来："怎么样，结果出来了吧？"

"嗯，玛尔斯中了，我们的报价只高出大约五千块。"苏言汇报着，可以说这个差距非常小，冯总真的是挺幸运的。

回到公司以后，苏言发现唐逸很沮丧，不禁问道："怎么了？没拿下这个工程所以不高兴吗？"

"不否认，是的。"

"我还以为你不会在乎呢，毕竟这个项目挺小的。"

"嗯……可能会有些麻烦。"唐逸想了想，继续说，"这个工程属于私人，你知道，私人的活虽然前期投入比较大，但收益也是很快的，而且不确定因素相对较少。"

"哦，原来是这样。"苏言恍然大悟，所以唐逸根本不是幼稚地想要监视她才想要这个项目，看来是她想多了。

"那跟麻烦有什么关系？你缺钱了吗？"

唐逸锐眼微眯，不答反问："言言，如果我不再是帝唐的董事长，如果我变得身无分文，你还会爱我吗？"

"你说呢？"苏言瞪他一眼，居然问出这种问题，"虽然有些矫情，但我还是要说，不管你是千万富翁还是穷光蛋，我都爱你。"

"有你这句话我就安心了，一会儿我把手头的事儿处理了，明天带你去玩。"最近神经一直紧绷着，是该出去放松放松了。

"去哪儿？"苏言两眼放光，游玩什么的最有爱了。

"你想去哪儿？"

两个人认真商量了一番，却没想到接下来的事情会打乱这次的计划。

第二天苏言特地起了个大早，换了一套休闲服，心情极好地出门。她和唐逸约在这个路口见面，就等他过来接自己了。

才走了没几步，包里的手机就响了起来，拿出来一看是唐逸打过来的。应该是堵车了特意打来说明一声。这么想着，苏言接起了电话，里面却传出一个很急躁的声音："言言，对不起。"

"怎么了？"苏言的心猛地一提。

"我得回岚市一趟，马上动身。"唐逸表情严肃，他必须亲自回去一趟，而且刻不容缓。

"哦，好。"即使他看不见，苏言还是露出了一个理解的笑容。这些天来他的忧愁她不是看不出，她知道一定有什么事情发生了，既然他不想让她跟着担忧，她就不去过问，她相信他能够处理好。

"等我回来。"挂了电话，唐逸便启程回了岚市。

津市，亚欧集团的副总经理办公室中，夏鸥急匆匆地冲了进去，对埋首在一堆数据中的男子质问道："小叔，你们对帝唐做了什么？"虽然她一直陪在母亲身边，对公司的事情知之甚少，但有些信息还是听说了。

"你们？"夏宇恒不怎么高兴地抬起头，"小鸥，你这胳膊肘拐得也太厉害了吧。"

"能不能停止对帝唐的攻击？"

"不能！是他先不仁，就别怪我们不义。"

夏鸥不解地问："什么意思？"难道他知道了什么吗？

垂下视线，夏宇恒只是叹了口气，脑海中回想起了那天家族聚会时的场景。

地点是在大哥的家里，嫂嫂欧涵的身体调养得比较好，有了些起色，亲戚们就约好了一起去看望她。那会儿大家都挺开心，晚上喝了点儿酒。

他就坐在侄女夏鸥的旁边，眼看着她灌了许多酒，劝她也不听。过了很久，大概意识到自己喝高了，她就先行退席到沙发上坐着。他是最疼这个侄女的，见她闷闷不乐，他就起身走了过去。

她嘴里喃喃的都是唐逸的名字。他这才明白，原来她是想某人了。他看见她想打电话却迟迟不拨号，刚想说什么，她就闭上眼睛睡着了。

迟疑了一会，夏宇恒隐约觉得有什么地方不对劲儿，或许可以找唐逸问问。他拿出了自己的手机，接着拨了唐逸的号码。

然而，怎么都没有想到，深更半夜，接电话的居然是一个女人。他没有说话，听着对方的声音，最后只是回了一句：“不好意思，打错了。”

然后，他明白了一切。

收回思绪，夏宇恒脸色阴沉，目光坚定：“小鸥你记住，小叔永远都不会伤害你，我们所做的一切都是为了你。”

翌日出门，苏言就听见全市的人都在议论一件事情，那就是今天是灵湖旅游度假区成立三十周年的纪念日。灵湖于宁市来说，就是一张名片，人们说到宁市，首先想到的便是灵湖。为了庆祝这一重大日子，政府早就安排好了文艺演出，就等今晚开幕，据说还请了明星压轴。

大概三点钟的时候，苏言正在电脑里翻找一些资料，听见敲门声，她抬眼一看，竟是江梦瑶：“你怎么会过来？”

“找你有事儿啊！”江梦瑶自顾自坐下，开门见山道，“能不能帮我一个忙？”

“说说看。”

“晚上的文艺演出你应该知道吧，我这里有两张门票，你能不能把陆遥带去？”

看着她把票递了过来，苏言不解：“然后呢？”

“不瞒你说，今晚有我的表演。”江梦瑶眨了眨眼睛，拨弄着自己的指甲解释，“这次晚会的主办方跟我爸爸很熟，他们知道我在这就找到了我，请我去参演一个节目。我之所以会答应，是想着到时候让陆遥看见，所以我希望他能到场。”

“你直接把票给他就好了啊！”

“我试过。”江梦瑶撇嘴，前几天她一拿到门票就去找陆遥了，可是他半点犹豫都没有就拒绝了，“我努力过了，实在是没有办法，只能求你了。只要你说你想去，他一定愿意陪你的。”

“可是……”

“你是觉得你去约他不合适吗？”说实话，如果可以，江梦瑶也不想出此下策，她不希望再看到他们站在一起，可她只能这么做，“你不是说一直把他当弟弟嘛，姐姐约弟弟出去看场演出也无可厚非呀，拜托！”

江梦瑶眼巴巴地望着苏言。苏言承受不住这样的眼神，终于妥协：“好吧，我答应你。”

“谢谢。那不打扰你，我先走了哦！”江梦瑶欢快地站起身，同时指着桌上的门票说，“时间和地点都在上面，千万别迟到了呀！”

“他不一定有空！”想到这个可能，苏言立刻冲着将要消失的背影说道。然后，那背影转过身来，说：“我想，他会有空的。”

那笑容虽然灿烂，却又夹杂了若有似无的苦涩。

正如江梦瑶所说，当陆遥接到苏言的邀请，毅然推掉了今晚的饭局，二话不说应了下来。在他那里，没有什么比她的邀约更重要的了。

晚会就定在灵湖举行，那是一个很大的自然湖泊，三面环山，附近很多休闲娱乐的会所。主办方早早就布置好了会场，此刻负责人站在入口处迎接陆续而来的宾客。

两个人下车，走了大概五分钟，才远远望见了璀璨的灯火，“热烈庆祝灵湖旅游度假区成立三十周年”的字样立于最显眼的位置，在背景灯的烘托下变幻出各种效果，耀眼夺目。

“嘿，你不是说不来吗？”

苏言正走着，后背就被人拍了一下，听声音就知道是汪洋。停下脚步回头一看，见她身边还站着小郭，帝唐的同事。

“这位是？”汪洋盯着陆遥不禁发问，要知道，他陪的可是她们家老总的女朋友啊，她自然得弄清楚此人是谁。

“陆遥，苏言的……”陆遥说着故意停顿了一下，随即轻吐出两个字，“弟弟。”说完他看了看苏言，如果这是她想要的关系，那么他便在此刻成全她。

“哦，我想起来了，我记得你。”汪洋恍然，这不就是那个堵在公司门口嚷嚷着要他们交出苏言的人嘛，原来他们是姐弟关系。不过，以她的眼力来看，绝没有这么简单。

“好了，”小郭在一旁发话，“别磨叽了，都堵道儿了，快进去吧！”

于是，闲聊到此结束。

人们纷纷涌入会场，对号入座。

江梦瑶给的票是 VIP 席，苏言率先找到了自己的位子，是在舞台下方第四排，地理位置极好，视野非常清晰。

晚会于七点正式开始，司仪请的是两位本市有名的节目主持人，男女搭档，一唱一和地揭开了序幕。

领导致辞后，“灵湖旅游度假区三十周年庆典暨文艺演出”正式开始。开场舞毕，各类节目轮番上演，其精彩程度不亚于春晚。

江梦瑶等在后台，刚才进场的时候她特意搜寻到了苏言和陆遥，本想过去打个招呼，但化好了妆不宜露面，只能干坐着等待上场。

八点半，送走了刚表演完魔术的一对双胞胎，主持人继续报幕：“下面请欣赏江梦瑶小姐带来的古典舞——浮花恋影。”

接着，舞台上的灯光全数熄灭，而后顶上投下一束光线，白亮的光影里，一个古装美人立腰而起，双手如拈花般跃动。

那女子，一袭鹅黄的华衣裹身，外披白色薄纱，露出优美的颈项和精致的锁骨。双颊嫣红，青丝绾起，只垂下一绺于胸前，发髻上斜插一支碧玉珠花簪，摇曳生姿。翩翩起舞间，她的身形似风轻移，百褶裙摆如雪月光华般流泻于地，妙不可言。

“太美了。”苏言由衷感叹，同时转过头去看旁边陆遥的反应，却见他的脸上平静无波，他的眼睛甚至都没有停留在舞台上，只是偶尔往上瞟几眼。许是感觉到自己在看他，他的目光竟然移了过来。

一不小心与他对视，她只得皱着眉强调：“上面的人是江梦瑶。”

“那又如何？”

自动忽略他的淡漠，苏言满心热忱：“你一定没见过这个样子的她吧，我也没见过，原来她跳舞这么棒。你看她那么漂亮，家世又好，知书达理、温柔大方，将来娶到她的人该有多么幸福呀！”

见他没什么反应，苏言继续说道：“我听说你们第一次见面是在一个酒吧。同样远离故土，那么巧合的时间、地点，于茫茫人海中相识，一定是极其有缘。虽然你的态度一直很不好，但她从来没有放弃过，一个女孩子默默喜欢了你那么多年是多么不容易啊！你不要这么死心眼儿，多和她接触接触就会发现她的好，你要给人家一个机会也给自己一个机会，也许到那时你会万分庆幸自己没有错过那个女孩。”

“说够了吗？”确定她终于不再有下文，陆遥便笑着问道，语气却是极度冰冷。

他从来没有这样跟苏言说过话，眼睛里满含危险的信息，像是在极力控制着什么。苏言愣愣地问：“怎么了？”

“以为我看不出来吗？什么想看演出，你们早就商量好了，你就只等着这个时候做那个女人的说客吧！”一开始没意识到这点，可他不是傻子，那个姓江的女人一抬眼就将目光准确无误地对准了这边，别说什么巧合，她压根就知道他们的位置。

“苏言，就算你不要我，你也没资格把我推给别的女人。”陆遥说着站起了身，她怎么可以这么残忍，她知道听她说着其他女人的好他会有多痛吗?

看着他落寞的背影，苏言知道他是真的生气了。

“你要走了吗？”她怎么会不知道由自己说出这番话是多么不妥，可她不愿他继续一个人下去，她真的希望他能给江梦瑶一次机会，哪怕只有一次。

陆遥回头望了她一眼，终是无奈道：“出去抽根烟。”他怎么可能会把她一个人扔在这里先行离开。

然而，就在他起身还没走出几步，舞台上出现了一个小小的事故。

江梦瑶虽然专心跳舞，但眼神总会寻机望向陆遥。由于逆光，她看不清楚他的表情，只能看出个轮廓。这样她也满足了，她，只为了他一人而跳。

苏言和他说了些什么，没过多久他就站了起来，江梦瑶不知道发生了什么事，一时分神，就与右手边伴舞的人撞了个正着，正欲旋转的身子就这么摔了下去。观众席顿时一片沸腾，她立刻爬起，对着底下众人深鞠了一躬，然后继续未完成的舞蹈，直到音乐结束。

一下台，江梦瑶就赶紧卸了妆，换好衣服混到贵宾区里。苏言旁边的位置仍是空着的，她坐过去，问：“是不是他并没有在认真看我跳舞？”其实她能感觉到，陆遥靠在座椅里，更多的时候是望着边上的苏言。

苏言努嘴，还没来得及说话，就感觉到包里的手机在振动。拿出一看，顿时脸色大变。

“我去接个电话。”苏言跟江梦瑶交代了一声，随后来到空旷的场地边缘，这边人少。深吸了口气后，她才按下接听键：“喂。”

"是我。"那边只简短回了两个字，声音一如既往的浑厚威严，隔着听筒，苏言都能感觉到对方沉重的呼吸声。

"伯父您好。"

"苏言，好久不见……我不想跟你兜圈子，就算我求你好吗？离开唐逸。"

果然，和她想的一模一样，还说得那么直接。苏言冷笑了一记："理由呢，帝唐又陷入危机了吗？"在接这个电话之前她就做好了心理准备，她早已不再是三年前那个听天由命的苏言了。

唐继尧显然没想到她会是这样的回答，不由噎了一下，但很快就恢复了镇静："你和唐逸的事情我不是不知道，其实很早就想打电话给你，只是我也想睁一只眼闭一只眼。也许我当初是错了，可现在这样的局面，我只能将错就错，我知道这样对你不公平，可这世界本来就是不公平的。不瞒你说，这一次不仅是帝唐，更在于亚欧，只要唐逸和夏鸥结婚，亚欧便是唐家的了，你明白我的意思吗？"

他得到消息，欧涵命不久矣，届时没有合适的接班人选，亚欧多半是落在那个夏宇恒手里，他对夏鸥确实疼爱，而对亚欧的野心也确实不小。这也是为什么欧涵迟迟不肯交出董事长之位的原因，她想把这块肥肉留给女儿，既然女儿心不在此，那么女婿也是可以的，毕竟相对于小叔子，她更偏向于前者。

"我希望尽快安排唐逸和夏鸥的婚礼，所以，请你离开唐逸。"

他又重申了一遍，苏言低着头并不说话，她当然知道亚欧集团对于一个事业心很强的人来说意味着什么，但她更清楚唐逸的选择，所以沉默了片刻后坚定道："不，我是不会离开他的。"

这一次，她铁了心。

当天晚上，苏言躺在床上辗转难眠，好不容易睡着了，居然梦见帝唐的大厦变成了一堆废墟，唐逸正孤零零地站在七零八落的字牌前，面对黑压压的一群人。他们手里举着鲜血写就的横幅，声势之浩大，场面之混乱，一下就把唐逸撞翻在地，接着众人踩着他的身躯过去了。

她不知道唐逸正在面临着什么，而她只能干等着什么都做不了。巨大的无力感袭来。她好想他在身边，好想抱抱他。

苏言抓起一旁的手机看了看时间，零点刚过，继续睡吧。这时振动传来，同时铃声响起。

竟然是唐逸打来的！

看着屏幕上的名字，苏言异常欢快，麻溜接起："喂。"

"言言，想我吗？"

"想。"真的真的，很想他。

"那……想见到我吗？"

眼前漆黑一片，苏言撇着嘴答："想啊，可你又不能一下子飞到我身边。"

"你打开窗户，往下看。"

苏言从床上跳起，同时打开床头的灯，踩着拖鞋冲到了窗边。

拉开窗帘探出头，果然，那里杵着一人一车。车头闪着昏黄的灯，一个挺拔的身影靠着车门，他的头仰起来看着苏言，贴着手机说："言言，我回来了。"

唐逸收起电话没一会儿，就看到一个飞奔的身形向自己扑来。他张开双臂稳稳地接住苏言，将她抱了个满怀。

"怎么穿这么点儿就跑下来了？"唐逸的话刚说完，苏言就打了个喷嚏。刚才太过激动，没顾得上其他直接下了楼。这时，宽大的西装落在肩膀，带着他的体温，非常暖和。

苏言拉了拉衣领，将自己裹得更严实了，随后说道："和我一起上去吧！"

“不会打扰到阿婆吗？”

“不会，阿婆睡着后雷打不动，更何况她住在楼下，不会吵到她的。”

于是，等唐逸锁好车，两个人便绕过围墙进了里面。

“自己找地方坐吧！”将卧室的门掩上，苏言脱下外套直接钻进了被窝，又问道，“怎么回来也不告诉我一声？”

“想给你个惊喜。”唐逸坐在床沿，与她面对面，“我连夜赶过来的，本来是想明早再打给你，可我实在忍不住，车开着开着就到了这里。既然来了，就试着拨了个电话，没想到居然通了。”

“还要再回去吗？”苏言小心翼翼地问着。以他爸爸刚才打电话过来的情形看，事情不会就这样解决的。虽然她决心已定，但她知道这条路会很艰辛。

“不回去了，我在这里陪着你。”唐逸揉了揉她的脑袋，宠溺道，“只要你在我身边，就没有什么能够打败我。”

帝唐目前的状况虽然有些混乱，但它怎么可能如此不堪一击，毫无疑问是父亲联合了亚欧逼唐逸就范。和亚欧联姻的事儿他不打算再花费心思了，他倒要看看最后究竟是谁先沉不住气。

第十九章　屈于现实

苏言以为唐逸回来了，她就能安心了，至少不管发生什么，他们都可以一起面对。但是现实往往比预料中还要残酷许多，再强的信念在现实面前也不堪一击。

唐逸虽然表面上装得轻松，但苏言不是看不出他的压力。有些事情他不想苏言卷进去，所以早在他回来的那一天，就把她放回了玛尔斯。她多想帮他承担一些，可他却什么都不与自己说，就是装饰分公司这边财务亏空一事，苏言也是无意中从旁人口中得知的。

那天苏言下了班去找唐逸，正好电梯里出来了一个男子，那男子显得有些莽撞，走路都不看前面，差点儿就撞了上来，幸好她躲得快。

苏言望了他一眼，立马认出他是某个材料供应商，唐逸带着她和他一起吃过饭，至于供应什么她倒是忘了。他怎么会在这里？来找唐逸的？看他脸色不怎么好，不会起了什么纠纷吧？

这会儿已经五点过半，公司里的人走得差不多，大厅里显得空荡荡的。路过财务室时，苏言不由得停下了脚步，不是她成心想要偷听，只是不小心听到的话让她不得不顿住了身形。

是会计小郭和一个中年男子的谈话。

“邱老板，你就帮帮忙先把材料进场，工程这么拖着也不是回事儿啊！帝唐这么大一个公司不会吞你的钱！”

“我不是信不过你们公司，只是行商总有规矩，按照合同，我方提供材料已经三个月了，你们的第一笔款项却迟迟不付。我今天是来要账的，一分都拿不出来，你居然还好意思跟我提这个要求。”

“我们的资金只是暂时出了问题，很快就能解决，你相信我。”

“对不起，我们不是搞慈善的，我们也需要资金运作，这些你明白。换位思考一下，如果你处在我这个位置，你会怎么做？”

被问到这个问题时，苏言见小郭的头低了下去。邱老板说得没错，在商言商，利益至上，没钱自然停止供货，没什么交情可言。

“言言。”

正这么想着，迎面传来一个声音，是唐逸。

“去我办公室等我吧，我一会儿过去。”

“哦。”苏言撇撇嘴，她忍不住回头望了一眼，见他进了财务室。

只是十分钟而已，他就回到了办公室。苏言见他顺手掩上了门，然后在自己身边坐下，苏言便问：“能告诉我出什么事儿吗？”

唐逸无谓地笑了笑，回答得轻描淡写：“公司的账户被冻结了。”

“是不是不止这个邱老板来讨债？欠了多少？我倒是有些积蓄。”

“填得了一项填不了全部，而且现在大家知道帝唐拿不出钱也纷纷停止供应材料了。”工程几乎全部停了下来，这么拖着根本不是办法，白纸黑字可是跟人家签了合同的，工期一到，拖一天就都得用违约金填上，那数目可也不小。父亲这招够狠的，这是把他往绝路上赶。

“也许从明天开始，我就真的身无分文了。”唐逸苦涩地说。

知道他不是开玩笑，苏言也严肃了表情告诉他，就算他一无所有，也还有她。

可事实上，情况在不断恶化，她了解得虽不是很清楚，但最近所见所闻几乎都是帝唐装饰分公司的负面消息。

听纪岚说她上班路过帝唐时看见唐逸的车被堵了，她说：“我还特地停下来看了会儿，很多人围着他，凶神恶煞的模样，气氛紧张极了。”

听她这样一说，苏言立刻担忧了起来，匆匆请了个假后直奔帝唐，写字楼前倒是已经安静了。

十九层的电梯门一打开，就听见了嘈杂的喧哗声，拐过走道，入眼便是七八个脸红脖子粗的男子在那儿打砸东西，地面上一片狼藉，纸张满天飞，他们还在继续破坏，把上前劝阻的人纷纷打退，连闻讯赶来的保安也奈何不了他们。

员工们只得杵在一边，根本无法正常工作。

“住手！”苏言气恼地想要冲上前去，却被一只手拉住了，她转头望去，是汪洋。

“没用的，他们存心来闹事，一进门就开砸，拦都拦不住。我们已经报警了，警方应该就快来了。”

“唐逸呢？”

汪洋耷拉着脑袋，瘪着嘴说：“唐总没过来，我都还没把这情况报告给他。”

没过来？苏言顿时蹙起眉，可是按照纪岚的说法……难道和那群人有关，他不会出什么事儿了吧？她掏出手机拨了唐逸的号码，那边关机了，这让她更为不安。

苏言突然想起唐继尧电话里最后一句话，他说：“苏言，你这样会害了他，什么时候你想通了，打电话给我。记住，拖得越久，情况只会越糟糕。”

这番话回荡在脑海里，望着面前还在肆虐的暴行，苏言紧咬着牙根。敢这样明目张胆挑衅帝唐的，背后一定有亚欧的支持，而她知道，这不过是个开头。

累了一整天，唐逸开车回家，远远就看见了蹲在门口的苏言，他连忙把车停在路边，心疼地问：“言言，怎么坐在这里？”

搭上他伸来的双手，苏言顺势站起，发觉腿有些麻了。不过，看到他好好地站在面前，她终是放了心：“我打你手机关机了。”

“哦，没电了。”最近电话特别多，搅得他心烦意乱，就索性把它关了，“怎么了？你找我？”

“我刚刚去你公司了。”苏言淡笑着点了点头，他的眉眼之间满是疲惫，脸上不再是平日里的自信与骄傲，下巴上甚至有细细的胡楂儿冒出，使他看上去更为颓唐。他肩上的负担一定很重，他一定很累很累吧。

“我知道，我过去了一趟，汪洋跟我说了。”唐逸边说边开门，“外边冷，快进屋去吧，我去把车停好。”

他的屋子里很乱，似乎有几日没整理了。苏言把他乱扔在沙发里的衣服收了起来，把鞋柜里的鞋摆摆整齐，收拾间，她突然产生了一种负罪感，她觉得这一切都是自己造成的。

“怎么在发呆？”

苏言猛然回神，径自去倒了杯水，她想，她得与他好好谈谈了，她必须清楚知道他的想法。

正思索着如何开口，就听他说：“言言，我不想把你卷进来，也不想让你担心，所以有些事情我没有告诉你。但是你相信我，我能处理好一切，这段时间会比较忙，可能没什么空陪你了。”

头枕在他的胸前，感受着他沉重的呼吸。苏言敛下眉，试探着问：“有没有想过彻底放手？”纵然这代价有点儿大，可也不失为一个摆脱烦恼的办法。

“不可能。”唐逸立刻否决了这个想法，“作为帝唐的执行董事，我怎么可能置身事外，那么多工程，那么巨大的款项，不是我想不管就能不管的。再说，就算可以我也不会这么做，帝唐是我唐家几代人奋斗的成果，我不会放弃它。”

那么我呢？我与帝唐，你更在意哪一个？

苏言多想这样问一句，可她不能逼他做这种选择，太残忍了。至少她知道，他不能没有帝唐。

她不禁在想，要是哪一天他真的无法收拾这样的局面——那么，他们还会相爱吗？

苏言无法想象那样的画面，无法想象向来衣食无忧富绰惯了的大少爷要如何去过为生计发愁的日子，那样的他定是不会快乐的吧，毕竟目前这样的状态就已经令他极度愁闷了。

时间可以摧毁很多东西，比如意志，比如信念。两个人在一起，不是光有爱就行的，这一刻，苏言好像明白了唐继尧的用心。

唐逸的日渐消沉苏言都看在眼里，她更知道在他身上发生了什么。他的公司总被一些莫名其妙的人士趁机捣乱；他的家门前开始围满讨债的人，他被逼得头痛不已；他把车子典当了，甚至开始想着抵押房子。

而这一切的一切，不过冰山一角，在她看不见的地方他又在承受着什么，苏言无从知道。她无法眼睁睁地看着他如此狼狈下去，他就该是站在高处睥睨一切的王者，怎能任由这些宵小欺凌？

她可以与他一起面对任何挫折，却无法看着他孤零零地被打压而束手无策；她做不到由着事态这么发展下去。

原来还是不可以，即使自己下了这么大的决心重回他身边，也抵不过现实打出的重拳。是她错了，她不该在伤害了他一次以后还妄想着继续幸福，她不该去搅乱那一池本就不平静的春水，她不该那么自私。

坐在办公室里，苏言呆滞地望着楼下，思索了很多，终是做出了决定。

她打了个电话给唐继尧，随后约了唐逸出来，有些话，还是当面说清楚比较好。

已经很久没有和他一起吃过饭了，就连见面都是两天前的事情。看着他扒拉着饭菜食不知味的样子，苏言觉得自己这么做也许是对的。看，即使和她坐在一起吃饭，他也无法真正放松下来，他是真的一点儿也不开心。

结束了这顿饭后，两个人边散步边聊天儿。

走着走着，唐逸顺手想要揽过苏言的腰肢，却没想到她躲了一下，他不禁停下脚步问："怎么了？"事实上吃饭的时候他就看出她有些不正常了，他以为她是在跟着自己担忧，所以也没问。

苏言同样停下了脚步，不着痕迹地咬了下唇，再次抬起的目光里带着些决绝："我有话跟你说。"

唐逸皱眉，她的神情让他忐忑，总觉得她接下来要说的话不会是自己爱听的。

"其实，我回到你身边不是因为爱你，而是为了拿到金源街的标底。"这是苏言想了很久才想到的措辞，大概只有这样才能说得通，时间也吻合，反正冯总当初确实有过这个想法，她曾经也有机会看到那份文件。

"你说什么？"唐逸踉跄了一步，不敢置信地瞪着她，"你骗我的！"

说完那些话时，苏言就感觉到了自己的心在滴血，可她只能继续往伤口上撒盐："我没有骗你，不信你可以问冯总。"她之所以敢这么说，是笃定了他不会去问。

"既然是为了标底，既然玛尔斯已经得到那个项目，为什么你要到现在才来告诉我？"

就知道会被问到这个问题，苏言早已想好答案：“本来是不想告诉你的，可一直找不到好的借口。如今你的麻烦来了，我知道这是因为我的介入引起的，所以不想在这种时刻再说这些话来烦你，我想等到你清闲的时候再说，可是现在情况越来越糟，我没有耐心了。”

唐逸揉了揉脑门儿，是这样吗？他的心思无法集中，脑子里一团乱麻。突然想到什么，他猛然抬起眼，那里有两簇残存的希望在跳动：“那我的名字呢，你被绑架时在那间破房子里写下了我的名字！”

“因为……”忘记这一茬儿了，苏言拖着语调，“因为当初我有预感你一定会来，于是故意写给你看的。就算你不来，写着玩打发时间也好啊！”

“写着玩……呵！”唐逸自嘲地笑了，他凛着双眼，语气暴躁，“那我们这些天的温存，也全是假的？”

“是。”

那么干脆利落的回答，如利刃般生生剜在唐逸的心上：“苏言，你好狠的心哪！”

“……对不起。”苏言低着头，不敢直视他。

真的对不起，就这样吧，一切都到此为止，再也不要纠缠，再也不要做无谓的斗争了。不管离了谁，生活照样可以继续。

这一次，唐逸没有像上次那样崩溃，因为他深知那样的绝望毫无意义。对于苏言的话，他不是没有怀疑过，哪怕已经身心俱疲，他也仍在想到底哪里不对劲儿，她不应该是这样的人。

静下心来后，唐逸十分后悔那时不该一气之下一走了之，想再去找她问问清楚，却发现她又和陆遥站在了一起。

大街上的偶遇，这是安排不来的巧合，她却没有看见自己，只顾和旁边的人说着些什么，然后转个身拐过了路口，只留下背影给他。他辛苦重建的信心瞬间坍塌，什么地方破碎了，心头鲜血淋漓。

脑海里突然浮现出前些天会计小郭无意中说出的话，那时他不以为然，现在想来却是锥心刺骨。那会他刚好到公司，员工们最近很清闲，就时常聚在一起闲聊，他刚跨进大厅就听见了一个声音，那个声音这样说："度假区成立三十周年文艺晚会的那天我不是去看演出了嘛，知道我遇见谁了吗？是苏言，你们猜她是和谁一起去的？"她只停顿了一会儿，就接着说道，"猜不出吧，那人叫陆遥，就是那天来公司跟我们要人的帅小伙，说是她弟弟，反正我不信。"

那会儿，他在岚市，他们那时就在幽会了？

收回思绪，唐逸沉沉地闭上眼睛，随后折回了身。如果这是她想要的，那么他成全她。

街道的转角边，苏言情绪低落地走着，任凭陆遥跟在身边，刚才拼命赶他走都无用，索性随他去了。最近爱上了步行，总想多走走。

路过一个酒吧时，苏言猛地顿住了脚步，望着那闪亮的招牌说："陪我去喝几杯吧。"

"好。"

人们总是习惯以酗酒的方式来告别一段恋情，也许，真的只有酒精才能麻痹那些脆弱的神经。醉了，便什么也不用想，也就没什么可感伤的了。

但愿长醉不复醒，这就是苏言此刻心中所想。坐在卡座间里，望着堆在面前的一个个酒瓶，一杯接一杯。醉吧，醉吧，一醉解千愁。

原来她所谓的喝几杯是这样的喝法，陆遥实在看不过去，一把将她的酒杯夺了下来："好了，这玩意儿多喝无益，就算今晚醉倒了，明天不还得清醒吗，你又何苦跟自己较劲呢。"

"我怕我今晚再失眠。"那样痛彻心扉的夜实在难熬。

陆遥不置可否地冷嗤一声，阴沉着脸，声音淡然："你有什么资格把自己灌倒，做出这个决定的人是你，就不要在这里自怨自艾。我最看不惯那些以爱之名伤害爱人的人，完了躲在角落摆出一副一蹶不振的样子，觉得自己很伟大吗？”

“那你跟过来干什么？走开！”

“我承认我疯了，对于你的事情完全失去理智，天知道我有多庆幸你又把那家伙甩了，哪怕这样的缘由是我最讨厌的。我可以陪你喝酒，但是不要伤害自己好吗，我心疼。”

苏言呆呆地望着他，脑袋已经有些晕了，胸腔里蹿出一股酸意，他总是这么轻易就能说出令她动容的话。可是不对呀，和唐逸分手一事她还没告诉任何人呢。

“你都知道？”

“最近帝唐的动静那么大，我猜你就要顶不住压力了。我早就知道会是这样的结果。”

“是吗？”趁他没注意，苏言把桌上的酒杯又抢了回来，仰头饮尽，然后又给自己添满：“你就让我痛快喝一晚吧，你也赶紧喝呀！”

看着她醉眼蒙眬，陆遥端起酒杯，不怀好意地说：“你就不怕喝醉了我占你便宜吗？”

“你会吗？”

她问得很认真，眼睛睁得大大的，陆遥便也十分认真地答：“会。”

苏言顿了顿，“嘿嘿”笑了两声，不再看他，低头喝自己的酒。接着她便听见：“记得吗苏言，我说过的，我永远都会等你。”

为什么上天会安排她与这两个男子相遇，为什么结局这么殇？

不想再与他们任何一个人纠缠不清，唐逸也好，陆遥也罢，她都不要再去打扰他们的生活了。不能再当缩头乌龟，她应该勇敢地将一切挑明。苏言抬起头，坚定地翻出旧账：“你忘了我们的约定了吗，是你输了。”

“我没忘，只是，我控制不了自己的心。”陆遥平静地说，内心却澎湃不已，好不容易等到这个机会，他怎么可能放弃。

苏言不再说话，只是重重地叹了口气，往后的日子，她到底该怎么办。还有唐逸，他……还好吗?

那天回去后，许是酒精的作用，她睡得很沉，翌日到达公司，发现大家居然都用很奇怪的眼神望着她。

“怎么了？”苏言抓住正巧走过来的纪岚问道。

“听说你和唐总分手了？”

“嗯。”

“难怪你昨天那么反常——所以，你是受到威胁了吧？”

这么明显么，大家一猜就知道，那么唐逸呢，他有没有想到是这样？正这么想着，只听纪岚继续说道：“消息是从装饰分公司那边传过来的，他们说唐总已经回了岚市，还把事情都交代完毕了，据说没什么特殊情况的话他再也不会来这里了。”

苏言不由怔了几秒，然后轻轻“哦”了一声。

也好，就这样终结吧，再见了，再也不见。

唐逸回到岚市的第二天，公司的账户就解冻了。通过这一次的教训他明白了一个道理，想不受制于人，就必须铲除父亲在公司里的势力。还有，他必须足够强大，强大到不会受到任何人的威胁。

他开始全心投入到工作中去，变得更为冷酷狠绝，工作的忙碌让他忘却了一切。是的，他要忘了她，那个叫“苏言”的女人。

不过有一件事情他倒是挺困惑的，他不知道夏鸥那边到底出了什么问题，以至于她到现在都音信全无。要不是父亲总在耳边念叨着这个名字，他几乎都要忘了她了。

那一天刚回到家，唐继尧就从报纸里抬起头来问他：“有没有给夏鸥打个电话？”

“爸，能不跟我提她吗？”

“你给我站住！”看他直往楼上走，唐继尧厉声将他喝住，“你们有婚约是事实，你以为你躲得掉吗？人家哪点配不上你，你要摆出这么一副姿态。”

“我再说最后一遍，我是不会娶她的。”

“我得到消息，欧涵乳腺癌晚期，时日无多了。所以你知道你娶夏鸥代表着什么吗？她的背后可是整个亚欧，你不心动？”

原来是这样，难怪夏鸥当初离开时脸色那么差。唐逸耸了耸肩继续往楼上去，只留下四个字：“与我无关。”

“你！”唐继尧气得真想上去把他拽下来，不过他的态度这么坚决，他很是头痛，到底该怎么做才能让他接受夏鸥呢？

津市。

一幢欧式风格的建筑里，欧涵坐在卧室的摇椅中，望着夏欧和邓珏，那两个人的背影，看上去竟异常和谐。

邓珏是她主治医生的徒弟，一个阳光帅气、前途无量的小伙子，看得出对小鸥有意思。若非如此，又怎么会来看望自己这个与他非亲非故的病人。

与唐逸这个名义上的未婚夫相比，邓珏对小鸥殷勤多了。想到唐逸欧涵就来气，小鸥在这里这么多天，她从未见他打个电话过来关心一下。

若是小鸥能喜欢上邓珏的话……欧涵被自己的这个想法吓了一跳，但仔细想想，又有什么不可以。她多想看着女儿开心地、美美地出嫁。

在圣洁的教堂里，她的女儿穿着长长的白纱，走过铺满花瓣的红毯站在新郎面前，在牧师的提问下宣誓。那么唯美，那么温馨。

暖暖的阳光打在欧涵苍白的脸上，使她看上去有些虚幻，仿佛一不小心就会消失在空气里。这个初春的午后，她在幻想中沉沉地睡了过去。

然而，天有不测风云，人有旦夕祸福。

晚上睡得正沉的时候，夏鸥突然听见不小的动静，她警觉地睁开眼，开灯的一刹那她发现欧涵正急促地呼吸着，很是难受的样子。

“妈，你怎么了？”因为母亲最近情况不稳定，所以她就搬来和她一起睡。

见她大口地喘着气却说不出话来，夏鸥慌忙往门口喊“爸！雪姨！你们快来啊！”

欧涵被连夜送往了医院，她在车上的时候就已经昏厥了过去。

许久，抢救室的灯熄灭，夏鸥紧张地站在门口，紧闭的大门缓缓开启，穿白大褂的医生满面哀伤地出来，然后，她听见为首的那人说道：“病人醒了，靠输氧支撑着，生命随时都有危险，你们赶紧过去看看，有什么话尽早说了吧。”

推开病房的门，夏鸥见母亲的身上插着各种管子，一旁的监护仪发出“滴……滴……”的声响。她努力控制不哭，在母亲床边坐下。

见他们父女俩进来，欧涵硬挤出了一抹笑容。谁都没有先开口说话，安静的氛围里悲伤满溢。

“小鸥，”欧涵率先打破沉默，伸出手想要像往常那样摸摸女儿的脑袋，却使不上劲儿，手根本抬不起来。她看着女儿，无限不舍道：“我最大的遗憾，就是不能看着你成婚。”

泪水再也没能忍住，夺眶而出，夏鸥摇着头，她不知道应该说些什么，只是紧紧地握住那只瘦骨嶙峋的手。

“我时间不多了，小鸥你好好听我说。”望了一眼立在旁边的丈夫，欧涵并不避讳地继续说道，“我不在以后亚欧内部必会出现混乱，你叔叔虽然可靠，但终究是个外人……咳……我手中的股份已经全部转到了你名下，公司暂且由你掌管，你叔叔和若冰都会帮你的……咳咳……”

她还想再说什么，一阵剧烈的咳嗽让她不得不停下话头，夏鸥想要上前帮她顺顺气，却是无从下手，她抽噎着："妈你别说了，我都明白。"

总算止住了咳，欧涵皱眉，她能感觉到死神在逼近，快了，眼睛就要闭起来了。她缓了缓劲儿，趁着最后的意识轻唤自己的丈夫："老夏，小鸥就交给你了……她要是不幸福，我……我在下边也不会……"

声音越来越轻，气息越来越弱，眼皮沉得再也睁不开。生命止于这一刻，欧涵终是没能把话说完。

"滴——"沉肃的空间里响起一声长鸣，心电监护仪上的波动彻底拖成了一条直线。

欧涵的葬礼唐继尧父子也去参加了，当唐逸见到夏鸥的时候，发觉这个女子消瘦了很多。也是，这样的打击岂是她能承受得来的，毕竟她的母亲还那么年轻。

人死如灯灭，追悼会过后，"欧涵"这个名字将会被人渐渐淡忘。人的一生，不管在世时多么轰轰烈烈，百年之后，总归化为一抔黄土。

众人离去后，夏家的厅堂里显得很是冷清。灵堂庄重而肃穆，夏鸥站起身，跪了大半天，膝盖无比酸麻，但她并不在乎，心灵上的哀痛远大于身体上的。

"节哀顺变。"

身后响起一个声音，那么熟悉，一别数日，再次听到居然是在这样的场合。夏鸥转过身，对上唐逸那看不出任何情绪的面庞。

自己最爱的男子站在这里，她多想靠上去寻求慰藉，可她突然觉得他很陌生，仿佛他从未进入过自己的世界，仿佛有一层隔膜阻挡在两个人之间，让她无法靠近。

"能陪我说会话吗？"夏鸥开口，嗓音已经沙哑。

面前的女子形容槁枯，楚楚可怜，大概任何男人见了都会心生爱怜。

唐逸却无动于衷，他的心已经死了，再不会起任何波澜。他只是点点头说了个“好”。

两个人步出厅堂，停在了静寂的长廊里，从这里一抬头，便能望见月色苍凉，这是一个没有星星做伴的夜晚。

“你瘦了。”夏鸥将目光自夜空转向唐逸。等了会儿他都没接话，她便自顾着说起这些天来一直积压在心里的话，她将自己的脆弱与惶恐一股脑儿地倾诉给他听，她多希望这个男子能主动给她一个拥抱。

可是没有，他只是冷冷地杵在那边，然后，她看见他启唇，淡淡说道：“夏鸥，也许我现在说这些不合适，但我必须告诉你，这是我最后一次见你了，以后我们再无瓜葛。”

“你说什么？再无瓜葛？”夏鸥嗤笑着重复他的话，震惊之余，更觉一股怒气从心底蹿出，“我妈刚走，你就打算不要我了是吗？”

“我承认当初利用了你，答应婚约不过是权宜之计。但有一点你应该比我更清楚，我从没打算要过你。”

是啊，从来都是她屁颠屁颠跟在他的身后，她知道他不爱她，一点儿都不。可是，她早已认定了他，自己这么多年的执着又怎能落空。她不甘心，她不能眼睁睁看他离去。

夏鸥紧抿的双唇松开，她放下姿态，也暂时放下悲伤，几近哀求：“唐逸，求求你，不要抛下我好吗？”

“对不起。”

他的态度如此强硬，夏鸥终是控制不住自己的情绪，凛着双眼质问到：“你怎么可以这么狠心，当初要不是亚欧，你现在不定什么样呢。我浪费了三年的青春，你一个对不起能赔偿得了吗？”

不想再与她纠缠，唐逸几不可闻地叹了口气，敛着眉说：“就当我欠你一个人情，以后有用得着帝唐的地方，我一定倾力相助。而如果亚欧想要继续挑衅，那么，我随时奉陪。”没有父亲的里应外合，亚欧想要撼动如今的帝唐，可不是那么简单的事儿。

“是因为苏言吗，你还想着和她在一起是不是？”

“不是！”唐逸回答得斩钉截铁，听到那个名字时，他没有任何情绪的脸上总算有了点儿波动，虽然很快就被遮掩了过去。不再停留，他开口同她告别，随即离去。

“唐逸，你会后悔的。”怔了数秒，望着他决然离去的背影，夏鸥歇斯底里地喊，眼泪控制不住再次决堤。

伤心之际，一个怀抱轻轻将她拥了过去。夏鸥抬起头，对上邓珏的双眼，她看见那里盛满了怜惜。

回到岚市后，有些事情可以告一段落，唐逸便大规模整顿了一下帝唐，大大削弱了父亲留在公司的残余势力。他虽为帝唐董事长，但以往受到的约束也不少，董事会的那些老家伙多是与父亲当年一起打江山的，他们内心可能根本不服自己，那么他就证明给他们看，比起父亲，他会更加成功。

坐在办公室里，唐逸揉了揉干涩的双眼，他不知道自己这么拼命是为了什么，此时他只有一个信念——他要带着帝唐不断往上爬，直到再也没人能够威胁他。

门被敲响，汪洋揣着资料立在门口，唐逸头都没抬：“进来。”

“唐总，这是你要的那几个公司的近况，我都搜集好了。”

唐逸接过来漫不经心地翻阅，脸上呈现出满意的神色。这里面陈列的公司，全部都是趁乱对帝唐落井下石的黑手。他回来的第一件事就是对他们进行报复，现在就是验收成果的时候。

有勇气在帝唐头上撒野，就要有承担后果的觉悟。帝唐不是好惹的，他唐逸更不是好惹的！

“没什么事儿了，你出去吧。”合上那份资料，唐逸闭眼养神。

“好的。”汪洋出了办公室后长出了口气，最近她很怕面对这位老总。她从没见过这样的他，始终板着张脸，不苟言笑，冷酷得不近人情，也令人心生畏惧。她大概明白为何之前的郑秘书要辞职了，在他身边压力实在太大，逼得人透不过气来。

脚步声渐远，室内又剩他孤独一人，唐逸指尖轻敲着桌面，若有所思。对了，差点儿忘了，还有一个人呢。

拿出手机找到了宋晓清的号码，那是他留在宁市装饰分公司的经理，一个能力很强的小伙，当时离开前把那儿全权交托给了他。

电话接通后，唐逸二话不说直奔主题："你听着，单方面解除与玛尔斯的合作关系，强制也好，赔偿也罢。给你三个月的时间，让这个公司消失。"

冯增辉!

唐逸从齿缝里挤出这个名字,敢与他耍心眼儿的人,他绝不会放过。但这一次，他的内心却不如前几次那样平静，他分明感觉到，那里有着巨浪在翻滚。

第二十章 小小修行

春天，万物复苏，莺飞草长，一切都显得生机勃勃。金融也跟着回暖，玛尔斯却在这样一个欣欣向荣的季节里迎来了它的低谷。

随着帝唐单方面强制解约，玛尔斯的业绩直往下掉，不仅如此，好些个完工项目的工程质量纷纷曝出严重问题，一个个都来投诉。冯增辉派人过去查看，问题确实存在，比如墙砖空鼓大面积脱落，比如地板发霉变黑，比如门套变形开裂，比如管道淤塞不通等。

然而这些问题大多数是表面的，也就是人为后恶意栽赃也说不定，而且突然之间一起爆发，很难不让人觉得这一切是有人在幕后操纵。

为此，冯增辉先后召开了好几次会议，却都没商讨出有效的对策。

一波未平一波又起，玛尔斯接手工装的同时也接了好多个家装。一时间电话再次爆棚，是那些正在装修或刚装修完毕的工程，说是粉刷好的墙体出现了一个个霉点，虽然远望看不大出，但凑近了看满墙面都是。专人过去一看，确定是涂料有问题，掺杂了铁粉。最近下了一场大雨，一遇潮，这些霉点就都从里层冒出来了。

按理说涂料出了问题，应该追究到材料供应商那里去，但他们负责人拿出了一份合同，理直气壮道：“与我无关啊，是你们的人非要这货的。我当时还劝他呢，这批涂料只能少量掺和着用，没想到他说他只要这种，我说肯定会出事情的，他偏不信，我就跟他签了这个。”

冯增辉拿过合同一看，顿时气得无话可说。回到公司质问材料员老王，他供认不讳，并且这样解释：“我是想那批货便宜，能为公司省下不少钱，哪知道会出现这种问题啊！”

这个老王在公司待了好几年，没道理出现这样的差错，除了被人收买，冯增辉想不出还有其他可能，从他嘴里却又撬不出任何话。到底是谁，要这样针对玛尔斯？

材料员理所当然被开除了，而后果只能由玛尔斯全力承担。

要解决这个问题只有三个办法，一是涂料全部铲除重新粉刷，但这个工程实在浩大；第二个办法是贴墙纸，这样成本就比较大了；还有一个，省心又省力，直接赔偿。

玛尔斯采取了后面两种方案，经过协商后，对于那些受污面积不大愿意接受赔偿的业主都用钱解决了。而那些闹不休的，只能答应帮他们贴墙纸。

事情总算告一段落，玛尔斯元气大伤，信誉更是一落千丈。住建办勒令其停产整顿，同时接受审查。

闲下来以后，员工们陆续闹起辞职风波，冯增辉想留也留不住，只能任由他们离去。好好的一个公司，弄得乌烟瘴气。这绝对是一个阴谋，他真不知道自己究竟得罪了什么人。

脑海中倒是一直有个名字，也听闻他最近对那些曾经欺压上门的公司采取了打压手段，可是没理由牵扯到自己的公司啊，他又没有落井下石。解除合作关系这还能说通，毕竟失去了苏言这根纽带，后来的事儿就说不通了，唐逸应该不会这么狠吧。

百思不得其解，接二连三的麻烦令冯增辉愁得白头发都多了一大把。翌日，他又召集人员开了一次会。

原本满座的位置现只剩下了一半人，冯增辉坐在上头，扫视了一圈，说出了这些天来心中已有的决定：“公司的情况大家也都知道了，惹了一身臊也赔了不少钱，外界都说玛尔斯是个黑心窝。我冯某虽然刁钻狡猾，但还算光明磊落，我可以拍着胸脯说我做的每一个工程都对得起自己的良心，我想这也是大家一直站在我身边的原因。如今审查的结果还没下来，能不能撑过这一关还是个未知数，但有人存心要弄垮公司，我也防不胜防。不是我悲观，也许这次真的凶多吉少，就算侥幸挺过去，玛尔斯的名声也已经臭了。所以你们若是想走，我不会有什么意见，人嘛总是要为自己着想的。”

“冯总，我们不走，我们和你一起奋战到最后！”

“对，我们不走！”

一个声音暴出，顿时附和一片。

看着他们如此坚定的眼神，冯增辉很是感动：“谢谢大家……好，我们一起奋战！”这一刻，他突然又充满了力量，他不会让公司就这么倒下。

出了会议室，纪岚对同行的苏言哀叹道：“你说公司这是倒了什么霉啊，怎么一连出了这么多事情。”

苏言同样叹了口气，低头不语，她也想过是谁要害玛尔斯，会是唐逸吗？她不得不怀疑是自己的话让他产生了报复的念头，她曾说过是冯总指使她看了帝唐金源街的标底。后来，苏言就确定了确实是唐逸在报复玛尔斯。

那是在一个布置得十分雅致的餐馆里，苏言邀了杭阿婆出来吃饭。晚餐时间，这里的生意非常不错。

吃得正欢时，身后传来了动静。

那边的声音起初很小，苏言压根儿没注意到，可能是相谈甚欢，聊着聊着嗓门儿就高了起来。苏言无意中发现说话的两个人竟都是她认识的熟人，一个是玛尔斯前材料员老王，另一个居然是帝唐的宋晓清。

他们俩怎么会在一起？难道跟那劣质涂料的事情有关？

果然，没一会儿，他们就将话题引到了那上面，音量说大也不是很大，刚够她听见。果然，背后的那只黑手就是帝唐。

紧接着，老王问道：“我比较好奇，冯总他怎么惹到帝唐了。”

苏言的心顿时一紧，那边是片刻的沉静，然后嗤笑起来：“谁叫他自作聪明，唐总的女人岂是他可以拿来做棋子的。”

果然是她的错，这是她始料未及的。

苏言觉得很是愧疚，没想到自己随口的一句话会给公司带来这样的灾难，既然事情是她引起的，就该由她出面解决。可她又能找谁解决呢，帝唐的人已是不买她账的了。

正烦闷间，她听到了一个消息。

要说最近装修业内传得沸沸扬扬的除了玛尔斯的各种丑闻外，就数“白玉兰杯”了，这是业内最高的一个奖项。一年一评，凡是本年度装修完缮的工程递交了申报资料后都可以参选，旨在选出其中最优秀的那个。获奖工程的公司不仅可以拿到一份丰厚的奖金，更是为自身在业内赢得好的名声。

为了这次机会，冯增辉也算是下足了苦心，重点抓了一个工程力求完美，他想在这一届“白玉兰杯”上崭露头角，但被这么一闹后组委会取缔了玛尔斯的资格。

那个午后苏言正趴在办公桌上打瞌睡，刚要睡着就被一阵“噔噔”声吵醒。

“你怎么总在睡觉呀？”纪岚在她对面坐下。

苏言瞥了她一眼，这个点明明就是正常的午睡时间好不好：“应该我问你，你怎么总在我睡觉的时候过来呀？”

“我有重大消息要告诉你。”纪岚神秘兮兮地探过身去，挑着眉说，“我刚刚去冯总的秘书那儿聊了会儿天儿，知道我听到了什么吗？”

“说！”

“好歹猜一下嘛，是关于最近要举行的‘白玉兰杯’的评委名单……其中有一个人……”

“我认识？”

纪岚点了下头，苏言的心没来由地漏跳了一拍，脑海中浮出一个名字。能让纪岚跑来卖这种关子的，除了唐逸不会有其他人。

“唐逸？”

“Bingo！”

苏言恍惚了一下，她要抓住这个机会去见他一面，毕竟有些话在电话里是无法说清楚的。

“白玉兰杯”的评奖在三天后如期举行，苏言从汪洋那儿确认唐逸会准时到场，评奖结束后组委会会安排午餐，饭后唐逸会去分公司看看再返回岚市。也就是说，她的时间还蛮宽裕的。

那天一早苏言就来到唐逸的办公室，她显得魂不守舍，老实说，她还没想好该怎么面对唐逸。吃完午饭准备休息，汪洋便发来微信，说是他们刚结束饭局正往分公司赶。苏言便立刻请了个假往那幢写字楼奔去。

二十分钟后到达目的地。苏言跑上阶梯准备进写字楼，唐逸正从另一边过来，然后，他们的目光就这样不期而遇。

只是一眼，他的视线就移开了。苏言黯然，她分明看见了那眼神里的轻蔑与不屑，好不容易鼓起的勇气顿时泄去一半。

苏言赶忙追了上去，但来不及了，她眼看着电梯门缓缓合上，唐逸就站在最中间，他的面容渐渐变窄，直至消失。

等了一会儿，苏言上了旁边那部电梯。当她来到帝唐门口的时候，一个身穿黑色西服的男子挡在了她的身前，用漠然的口气对她说：“对不起，唐总有令你不能进去。”

就知道这一次见他会困难重重，只是没想到连进门这关都过不了，但她岂会放弃：“你告诉他，我会在这里等他，直到他想见我为止。”谁让自己有求于他，只能放低姿态了，要不然她一定闯进去。

西服男子很听话，入内做汇报去了。等他再回来时，只带来一句话：“那你等着吧。”

等就等！这一等竟不知不觉过去了两个多小时，这边没有椅子可以坐，苏言时而靠靠墙，时而蹬蹬腿，时而蹲蹲地，还是抵不住脚酸，她几乎都想躺地上去了。

公司门口有摄像头，除了监控室连接了显示器外，唐逸的总经理办公室也连接了一个，只是平常不会打开。然而这次例外，唐逸开着摄像头边看苏言边处理手头的事儿。

天知道他有多想见她，天知道看着她脚那么酸还在硬撑着他有多心疼，只是在被她那样抛弃以后，他无法让自己轻易心软，他倒要看看她能坚持到几时。

然而，屏幕里的她看上去是那样疲累，穿着高跟儿鞋，仿佛随时都会倒下。那画面刺了他的眼，更刺了他的心。唐逸拿起电话，拨了个内线给汪洋：“让她进来吧。”

这场对弈，他终究还是输了。

苏言拖着酸酸麻麻的双腿来到唐逸的办公室前，门是关着的，她上前敲了敲，里面立刻传出话让她进去。她调整好呼吸，扭开了门把。

唐逸坐在椅子里，好整以暇地望着苏言。苏言走上前，恭敬而又疏离地同他打招呼：“唐总。”

“有事儿吗？”唐逸冷冷问着，他承认那个称呼让他听了很不舒服。

“请你放过玛尔斯好吗？”

呵，果然和预料中一样，她是为冯增辉出头来了。

“怎么，你们冯总又让你过来施展美人计了，嗯？”唐逸嘲讽道。

苏言垂下了头，冯总是无辜的，该怎么解释清楚这件事情呢。抿了抿唇，她坚定地抬起目光：“冯总为人如何你心里应该有数，玛尔斯是他一生的心血，就像帝唐之于你一样，算我求你，不要毁了它好吗？”

“没错，我就是要弄垮玛尔斯！”唐逸站起了身，一步步靠近那个柔弱的女子，厉声斥问，“你有什么资格求我？你以为只要你过来开个口我就会心软吗？”

“你怎么样对我都行，但是别为难冯总，别为难大家。”

“一口一个冯总，他到底给了你什么好处？”

他突然歇斯底里地冲她吼，样子十分可怕，仿佛要将她生吞入腹一般，苏言不禁后退了一步，无奈地问：“要怎样你才肯放过玛尔斯？”

“怎样？你不会以为我做这些就是等着你来跟我谈条件的吧？你不会以为我还爱着你吧？”唐逸说着冷笑了起来，那笑声里满含讽刺，却是自己听来都觉得有些苍凉。扪心自问，难道他真的没有这样期望过吗？

等他停止了嘲笑后，苏言不客气地反问：“你不是特意让宋晓清说那些话给我听，你不是故意让我知道这一切是帝唐在作祟，你不是就等着我来求你吗？”

那天餐馆里宋、王二人的音量那么大，她就不信那是在正常聊天儿，那姓宋的压根儿就知道她在旁边所以故意说给她听。

唐逸顿时语塞，他一眨不眨地望着她，心中涟漪万千。她说得一点儿也没错，他就是在等着她来求自己，所以当“白玉兰杯”的组委会邀请他来当评委的时候他毫不犹豫地应了下来。

“到底要怎样你才肯放过玛尔斯？”苏言又重复了一遍，只要在她承受范围以内，她都可以答应，这本就是她欠公司的。

见她大义凛然随时准备为玛尔斯献身，唐逸很不是滋味地开口：“那你先告诉我，为什么你对别人有情有义，却唯独对我这么狠心？”

苏言不敢去看他的眼睛，几不可闻地说：“我也不想这样的……”

明明受伤的人是自己，她凭什么摆出一副楚楚可怜的样子。唐逸决然道：“我明确告诉你，我是在等你来求我，但，没有条件可以谈。”

“不，我求求你……”

“没用了，”唐逸打断她，“我当初多爱你，现在就有多恨你。你走吧，我也该回去了。”破裂的心又开始滴血，抽痛的感觉那么清晰，她是他心里的一个诅咒、一个烙印，与呼吸同存，与生命同在。

身后传来“扑通”声，唐逸刚转过来的身子又转了回去，她竟然跪在了自己面前！她怎么可以这么做！他发誓，这一刻的心痛是前所未有的，比万箭穿心还要痛上万分。

上前将她扶起，两个人的身体再次紧紧抱在一起。唐逸在她耳边轻轻说：“苏言，你始终不明白，你越在乎它，我就越想毁了它。”

唐逸叫来汪洋送客。望着那纤弱的背影离去，他拿出手机打给了宋晓清。

“停止对玛尔斯的一切动作，收手吧。”他到底是不忍心的。

苏言吃完晚饭闲着无聊，陆遥打电话过来问她在哪时，她正准备出去逛超市。

等苏言买了一大堆零食出来时，天色颇为暗沉。

回家的路上，包里的电话响得很是突兀。苏言拿出来一看，心里顿时一沉，是唐继尧，真不知道他又打来做什么。

正要接起，余光瞥见一辆汽车正疯狂驶过来。炽烈的白光在这个沉寂的空间里如死亡之光打在她的身上，耳边好像有什么声音，但苏言已经听不到了，她的脑子里充斥着满满的恐惧。那车子狠狠地冲过来，如怪物一般狰狞。

就在她绝望之际，身边一股强大的气势扑来，电光火石之间，她只感觉到一双手臂抱住了自己，身子被带着往外倾倒，以极其迅猛的速度滚落到一旁的绿化带中。

她赶忙爬起来，入眼的是一张因疼痛而扭曲的脸，心上一抽，她张皇地喊出声："陆遥！"

方才被他紧紧地护在胸前，她能感觉到他的不顾一切。

在挂了苏言的电话后，陆遥就开车往这边赶过来。前面一个路口他本可以走大路，但他却鬼使神差地开进了这条小道。他记得苏言很早之前就说过，她喜欢这条路的幽静，所以他也跟着喜欢上了。

行驶了大约三分钟，他就看见了一辆汽车疯狂地朝苏言撞去。他立刻就觉得不对劲儿，那蠢女人却完全没发觉，还在悠闲地散步，他的心脏几乎要跳出喉咙口。他加大油门，在靠近她的位置熄了火，拼命地冲了过去。

陆遥看着安然无恙的苏言，紧悬的心终于放下来，欣慰道："你没事儿就好。"

"陆遥！"见他晕了过去，苏言一下慌了手脚，但很快就镇静下来。她环顾了一下四周，见他的车子停在一边，路上有三三两两的行人，正朝着这边交头接耳，看来刚才的状况他们多多少少看见了一些。

赶紧叫来路人帮忙把陆遥抬上了车，而那辆肇事的面包车早已不知去向。

到达医院，经过一番手忙脚乱的折腾和提心吊胆的等待，陆遥总算平安无事。

苏言守在陆遥的病床边，他的右手缠着绷带，医生告诉苏言："病人只是暂时休克，脑部有轻微的震荡，右臂有些骨裂，其他都是皮外伤，不严重。”

听完这番话，苏言便放了心。她支着下巴凝视着床上的男子，心中泛滥的是无法言喻的感动。今天要不是他，自己的小命也许就不保了。

垂下眼，回想刚才的情景，她仍觉得心有余悸，那面包车分明是故意撞上来的，是谁要害她？她向来觉得自己为人处事左右逢源，没道理惹上这样的冤孽。

“苏言。”正想得入神，耳畔传来陆遥的声音。

“我有没有毁容，有没有缺胳膊断腿？”

看着他认真可爱的表情，苏言“扑哧”一声就笑了：“没有，还是和以前一样帅。”

“这样啊，可惜，那就不能让你对我负责了。”

他还有心情开玩笑，而且中气十足，看来应该是没什么问题了。苏言看着陆遥，对他说出一直藏在心里的话：“谢谢你。”

“你知道吗，这是从你嘴里说出的除了‘对不起’以外，我最讨厌听见的三个字。”说着，陆遥故意板起脸，“为你做任何事我都心甘情愿，所以，不要对我说谢谢……哎哟，我这手怎么了？残了吗？”

“别乱动！”明明前一刻的氛围还那么微妙，突然之间他就蹦出这么一句，画风转换太快，神态又那么搞怪，敢情他这才发现自己右手上的绷带哪！

苏言不客气地赏他一个白眼：“没残，只是暂时不能用了。绷带拆掉以前就让我做你的右手吧，想吃什么想要什么告诉我就好。”

“真的吗？”陆遥顿时两眼放光，想象着她亲手喂自己喝水吃饭，嘴角不由弯了起来。

一番臆想后，他猛然想到一个很严肃的问题，立刻敛起不正经的笑：“知道是什么人要害你吗？”

苏言摇头，她实在想不出会是谁，唯一想过的嫌疑人是夏鸥。听闻唐逸想与她断绝往来，她因爱生恨，把矛头对准自己也说不定，但应该不至于这么狠吧。

“不怕，以后由我保护你。”陆遥信誓旦旦地说，“对了，我知道你最近为玛尔斯的事情很烦恼，我也知道这一切是谁在搞鬼。住建办那边我已经打通了关系，他们答应了秉公处理。”

其实苏言早该找陆遥帮忙的，他的人脉和手段一点儿都不弱于唐逸。

“陆遥，谢谢你。”除了这句她真不知道应该说些什么来表达此刻内心的感受，他总是这样默默地为自己付出，而自己却不能给他他想要的。

津市，亚欧集团。

夏宇恒刚从外面回到自己的办公室，就见夏鸥坐在他的位子上怒瞪着自己，不禁笑问：“怎么了？”

“我刚刚接到一个电话，”夏鸥语气不善，站起身给他让出位子，自己坐到了对面的办公椅上，“有个男人，大概以为我是你秘书，让我转告你，女的没撞到，撞上了一个男人。你告诉我，你在做什么？”

夏宇恒端起桌上泡好的茶啜了一口，淡淡道：“也没必要瞒你，你不是喜欢唐逸吗，我帮你把他身边的女人解决掉。”

“你是说苏言？你找人去撞她？”夏鸥不敢相信，随即被自己的这个猜想吓了一跳，“你想撞死她吗？这是犯法的！”

“交通事故，只能算她倒霉。不过现下看来，算她命大。”

“你太可怕了。”夏鸥寒着脸，她的心更寒，“除了爸妈，你是最疼我的人，是我最敬爱的小叔。所以，不要再做这种极端的事儿了好吗，那不是为我好。”

“你不要唐逸了？”

闻言，夏鸥垂下眼，告诉对方也是告诉自己："在我陪妈妈的那段时间里，我多希望有个依靠，多希望有人能明白我心里的害怕。倒是出现了这么一个人，却不是我心中所想。而我所爱的那个人，从来不闻不问。这几天我一直在想，也许把唐逸从心里赶走是一个明智的决定，我不该再这样作践自己了。"

她累了，不仅是身体，更是心灵。受够了唐逸的冷漠，她想对邓珏的温柔缴械投降了。

宁市医院里，在苏言的精心照料下，陆遥的身体恢复得很快。

其间江梦瑶来过几次，陆遥的态度倒不像之前那样冷淡，甚至笑着对她表达了谢意。

其实陆遥的右手早就可以自由活动了，只不过他特意跟护士商量好了晚几天再拆石膏，他实在不想如此舒服的日子就这么结束了，他太珍惜这个能与苏言亲密接触的机会。

他想再任性最后一次。

出院的那天，苏言将陆遥送回住处后准备离去，被他一个问题喊住了。

"你……还爱着唐逸吧？"

听到那个名字，苏言的心跳骤乱，怎么会不爱。可是她不能承认，也没必要承认了。正想说些什么搪塞过去，就听陆遥继续说："那天，眼看着你即将被车撞的那一刻，我的心里害怕极了，我怕从此失去你。而经历了这个事情后我突然想明白了，我爱你，就应该成全你的爱情。"

陆遥站起身，咧开嘴，朝她释怀一笑："苏言，从今天起，我不会再缠着你了。你不是一直想撮合我和江梦瑶吗，如你所愿，我会摆正心态重新结识她一回，说起来，她也确实挺可爱的。而你呢，好好问问自己的心，究竟想要什么。我认识的苏言敢爱敢恨，缩在这里舔情伤算什么英雄好汉，回岚市吧，把他找回来。"

把他找回来，说得轻巧，苏言自嘲地扯了扯嘴角，消极地问：“我再一次伤了他的心，换作你，你还愿意接受我吗？”

“我愿意。”陆遥答道，眼里满是认真，“有件事你可能还不知道，夏鸥跟唐逸解除婚约了，是夏鸥提出来的。”

什么？！苏言震惊不已。

夏鸥主动解除婚约，唐逸虽然有些惊愕，倒是如释重负。对于夏鸥，他终究有所亏欠。但他从来不是多情的人，他的满腔热忱，悉数给了那个叫苏言的女人。

怎么又想到她了，唐逸甩甩头，那个将他的自尊和骄傲踩在脚底的女人，不该再让她占据自己的心思。

办了一天公，唐逸拖着疲累的身体回到家，一上楼，就听见书房里隐隐传出父母的交谈声。那个名字，又那么猝不及防地撞进了他的耳朵。

“苏言这丫头，当初我就冤枉了她一次，你又这样把她从儿子身边赶走，想想就觉得对不起人家。如今婚约没了，儿子也几乎成了个不近人情的工作狂，如果早知道是这样的结果，你还会固执己见地棒打鸳鸯吗？”

“你以为我真忍心这样，”唐继尧无奈地叹了口气，“帝唐是我的心血，我不能看着它垮掉，当时那个情况，我只能寄希望于亚欧。唐逸那家伙，到底是初生牛犊不怕虎，盲目自信，他若是悔婚，就等于过河拆桥，且不论帝唐的威信受何影响，亚欧又怎么会放过如此背信弃义的帝唐。好在现在是夏鸥提出了解除婚约，要不然这么拖下去，我还真怕出事儿。”

听到这里，唐逸再也忍不住了，一把推开房门。

唐逸终于从父亲的嘴里了解到了整件事情的真相，包括苏言的身世。她果然是有苦衷的，她并不是真的不爱自己了。

意识到这一点，唐逸顿感欣慰不已，可内心终究有些郁卒。她为什么不将这一切告诉自己，为什么不跟他一起面对，为什么选择放弃他们的爱情！

听父亲说苏言曾在丽波湾等过自己一天一夜后，唐逸当下便拿起车钥匙出了门，他想先去那儿静一静。

他们曾经约定要去的地方，她曾经等过自己的地方，即便晚了数年，他也想先去赴一趟约。

如今的丽波湾建造得更为美丽，夕阳更赋予了这宁谧的休闲地一点诗情画意。

唐逸走在嫩绿的草坪，漫不经心地欣赏着眼前的景致。突然手机“叮”一声响，拿出一看，竟是苏言发来的信息。

如果说看到她的名字那一刻是无比欣喜的话，那么打开信息内容，便是更大的惊喜了。

屏幕上，只是简短的三个字：你回头。

唐逸扭过身子，看到苏言就站在不远处，她的身后是漫天的晚霞，她的笑容在顷刻间绽放，绚烂得令周遭的一切都失了色。

那一刻，唐逸知道，他的女孩回来了。那个笑容足以消融心中所有的不快，幸福感重新溢满胸腔。

喜欢她是一场小小的修行，如今历经数劫，功德圆满。